献给理查德·柯蒂斯!

横扫欧美各大游戏奖项　亚马逊网畅销游戏小说
LORD OF SOULS: THE ELDER SCROLLS NOVEL

上古卷轴Ⅱ
灵魂之主

【美】格雷格·凯斯（Greg Keyes）著
王梓涵　程栎　等译

LORD OF SOULS: THE ELDER SCROLLS NOVEL By GREG KEYES
Copyright © 2011 BY ZENIMAX MEDIA INC.
This edition arranged with BALLANTINE PUBLISHING, a division of RANDOM HOUSE PUBLISHING GROUP through Big Apple Agency, Inc., Labuan, Malaysia.
Simplified Chinese edition copyright © 2015 Chongqing Green Culture Co., Ltd.
All rights reserved.

图书在版编目(CIP)数据

上古卷轴2,灵魂之主 / (美)凯斯著；王梓涵等译.—重庆：重庆出版社,2015.6
书名原文: LORD OF SOULS: THE ELDER SCROLLS NOVEL
ISBN 978-7-229-09818-6

Ⅰ.①上… Ⅱ.①凯… ②王… Ⅲ.①长篇小说—美国—现代 Ⅳ.①I712.45

中国版本图书馆CIP数据核字(2015)第 148708 号
版贸核渝字(2014)第 21 号

上古卷轴Ⅱ:灵魂之主
SHANGGU JUANZHOU: LINGHUN ZHI ZHU

【美】格雷格·凯斯 著　　王梓涵　程 栎　等译

出 版 人：罗小卫
责任编辑：张立武
责任校对：李小君
封面设计：程　晨
版式设计：重庆出版集团艺术设计公司 · 刘　颖

重庆出版集团
重庆出版社　出版

重庆市南岸区南滨路 162 号 1 幢　邮政编码：400061　http://www.cqph.com
重庆出版集团艺术设计有限公司制版
自贡兴华印务有限公司印刷
重庆出版集团图书发行有限公司发行
邮购电话：023-61520646
全国新华书店经销

开本：880mm×1230mm　1/32　印张：11　字数：256 千
2015 年 8 月第 1 版　2015 年 8 月第 1 次印刷
ISBN 978-7-229-09818-6
定价：29.80 元

如有印装质量问题，请向本集团图书发行有限公司调换：023-61520678

版权所有　侵权必究

致 谢

感谢编辑特里西娅·帕斯特纳克和她的助手迈克·布拉夫。还要感谢负责审读和修改的彼得·威斯曼，以及负责编辑制作的南希·迪莉娅、负责市场营销的乔·斯卡洛拉、负责公关宣传的大卫·芒什，还有负责出版发行的斯科特·沙侬。另外，还要感谢彼得·海因斯、库尔特·库尔曼、布鲁斯·奈史密斯和托德·霍华德，感谢他们对于本套书的指导，以及所提供的精彩世界观。

译者序

说起《上古卷轴》，我与它的缘分可以追溯到十三年前，即使对于我这个80后来说，也算是一个不短的时间了。那是在2002年，还在上大学的我正沉浸在足球、妹子、游戏之间，当然除了足球，其他两个都很难做到专一。尤其是游戏，作为一个角色扮演、即时战略、动作、第一人称射击游戏以及策略游戏爱好者，当时的我几乎玩遍了所有的游戏。虽然《博德之门2：安姆的阴影》以及《无冬之夜》才是我当时的最爱，不过在某个无聊的下午，我阴错阳差地装上了《上古卷轴3：晨风》，从此开启了这段长达十三年的"恋情"。

必须承认，那个时代还属于欧美传统角色扮演游戏，包括我在内的大部分玩家还沉浸在《龙与地下城》规则的复杂与无限可能之中，对《上古卷轴3：晨风》这个当时在国内还名不见经传的游戏并不抱太大希望——自创规则能有《龙与地下城》规则严谨吗？原创世界观能有《龙与地下城》或是《星球大战》博大精深吗？不过就在我踏入《晨风》的世界之后，我的游戏世界观从此被改变了。诚然，当时《上古卷轴》自创的规则和世界观确实比不过其他游戏，但它的游戏性却是当时任何一款传统RPG游戏无法比拟的。在现在看来，就好比和乔布斯重新定义了智能手机一样，《上古卷轴》的理念超过了其他游戏至少二十年，这种超越，便是基于"沙盘"的高自由度设计。

这款游戏淡化了主线，淡化了规则，竭尽全力为玩家奉献了一个可以自由探索的奇幻大陆。玩家不必被任务牵着鼻子走，而是可以自由自在地按照自己的方式去游戏；如果说"上古卷轴系列游戏"有剧本的话，那么剧本的作者便是玩家自己。

后来我才知道，从《上古卷轴》初代《竞技场》开始，也就是更早的 1993 年左右，这个理念就已经融入了这个系列的血液之中。当然，我必须承认，这个主打高自由度的理念即便在最近的一代《上古卷轴 5：天际》发布的 2011 年，也略显超前。直至今日，也就是 2015 年，包括 BioWare 的《龙腾世纪》以及 CD Projekt《猎魔人》系列才开始模仿《上古卷轴》，走向了沙盘之路。不过这更彰显了《上古卷轴》开发者贝塞斯达工作室那超越了他人三十年的高瞻远瞩——他们早就预见到了沙盘游戏是未来 RPG 的大趋势。

既然是沙盘游戏，或者说既然是一款以提供一个庞大的、丰富多彩的大陆给玩家的游戏，《上古卷轴》所在的世界就一定是游戏刻画的重点。作为《上古卷轴 5：天际》官方汉化的主持者、《大众软件》专题文章的撰写者，以及这套官方小说的译者之一，我对此有过一些深入的研究。《上古卷轴》的故事发生在一个被称作尼恩的世界，这个词的意思便是"竞技场"，暗示着这个世界是诸神竞技的场所，凡人的灵魂则是他们争夺的对象。这一点可以从圣灵和魔神的设计上看出来——这两种元灵都在以自己的方式影响着这个世界，从而争夺灵魂。在 2006 年的《上古卷轴 4：湮灭》中，魔神大衮甚至暗杀了赛普汀皇帝，以肉身的形式从湮灭位面侵入凡人世界，最后被圣灵阿卡托什击败。摆在大家面前的这两部小说，便是承袭这个剧情，讲述了后面的故事。

我始终认为，游戏与文学虽然属于两种艺术形式，但却是最容易产生交集的。原因何在？我想还是在于"代入感"这个词上。是的，我们在《上古卷轴》的世界里扮演着自己，书写

LORD OF SOULS
The Elder Scrolls

着一段一段的传奇，无论是尼瑞瓦因、帝国勇士还是龙裔，整个世界都被我们拯救或是踩在脚下。这虽然很酷很爽，但多少减弱了这个世界本身的精彩。曾几何时，我也想了解一下这个世界其他的地方是什么样的，或是大家如何看待"我"这个英雄？而要满足这一点，我们就要从游戏文学中一探究竟了。

是的，我们看待《上古卷轴》的世界，从来都是以主角的视角，也就是第一人称。而游戏文学，则可以从第三视角去看待它，不是很有意思吗？这也就是为什么包括《质量效应》《刺客信条》《白狼崛起》（《巫师》游戏小说第一卷）在内的诸多游戏大作的官方小说都被玩家疯抢的缘故——玩完游戏看小说，更加精彩；看完小说再去玩游戏，更容易投入。

因此，我在这里为大家推荐这两部《上古卷轴》的官方小说《地狱之城》《灵魂之主》，不仅仅因为它们被冠以《上古卷轴》的名号，更是因为它们有着精彩的故事以及我们耳熟能详的世界观。

在《上古卷轴6》还未到来之时，让我们再次进入这个令我们欲罢不能的奇幻世界中去吧！

2015 年 3 月 16 日于天津

目 录
CONTENTS

序幕 …………………………【1】

第一部分　离间 ………【21】

第二部分　寻剑 ……【129】

第三部分　决战 ……【237】

尾声 …………………………【337】

序　幕

　　阿特雷布斯被开膛破肚了，他眼睁睁看着自己的肚子被人划开……这一幕发生在黑夜中，除了撕心裂肺的痛，他唯一还记得的就是体内散发出的恶臭，闻起来有一股腐烂的生姜味——苏尔则一边拖着他走着，一边用他听不懂的语言骂骂咧咧着。

　　此时，剧痛——在漫长的一段时间里，这是他唯一的感觉——正在渐渐消退……看来自己的生命终于走到尽头了，他这样想着。

　　也可能自己现在已经死了吧——其实他也不清楚死亡究竟是什么感觉。跨越生死的界限就在一瞬之间，或许自己根本没有注意到。

　　阿特雷布斯觉得自己开始向下坠落，就像在梦里一般。有那么一瞬，他觉得自己真的就是在坠落，因为他已经感觉不到身体的重量了。阿特雷布斯费力地睁开眼睛，但是什么都看不清；空气中满是尘埃，放眼望去，一片灰色的云雾笼罩着一切。他看到了身旁的苏尔，离他只有几步，却开始与他渐行渐远。很快，他就要被灰色的尘埃笼罩，而后一切都会化为乌有了。

　　阿特雷布斯几乎没法呼吸了，灰色的尘土直往他的鼻子和嘴里灌。喘了几口气之后，他就意识到过不了多久，他的肺里也会被灌满灰尘，绝对是这样。

不管怎样，他都无能为力。他又疲惫又虚弱，即使想活命，再怎么挣扎也注定是失败。不过即便是放弃抗争，选择自生自灭，应该也没人会责备他。毕竟，现在这里一个人也没有，又有谁会来责备他呢？

甚至没人知道他到底是生是死。

于是阿特雷布斯漫无目的地飘着，鲜血浸透了身上的软铠甲，手上也满是血。与此同时，他的盔甲、手上以至全身都粘满了灰尘，就像被一块裹尸布紧紧缠着，安安静静地等待心脏停止跳动那一刻的来临。

在幽深的黑暗中，他的眼前出现了星星点点的亮光，忽明忽暗地闪烁。那亮光一闪一闪的，越来越暗，最后就只剩下了一个微弱的光点，渐渐黯淡。在亮光中，阿特雷布斯看到了一个年轻女人的脸，因为距离太远，所以那女人的脸庞看上去很小。而就在这时，不知从何处传来一阵众人合唱之声，那歌声充满了绝望和恐惧，响彻云霄。阿特雷布斯看到了他的父亲，正坐在熊熊燃烧的宝座上，面无表情，仿佛完全没有意识到发生了什么。一片炫目耀眼的色彩闪过，将笼罩着的黑暗抹去，他父亲的身影消失了，而那个女人又一次出现了。阿特雷布斯认得那女人的长相，记起她那卷曲的黑色长发，却想不起来她的名字。他发现那女人正举起什么东西递给他看——那是一个娃娃，长得很像他，但又不是他，因为那个娃娃看上去比他更强壮、更聪明，也更优秀——身上透着一股不屈不挠，坚韧不拔的气势。

她轻轻亲吻了一下娃娃的额头，转身一脸期待地望着阿特雷布斯。

于是，阿特雷布斯默默地流下了眼泪，他微微张开了那被尘土封住的嘴唇，吸起肺里仅余的一口气。

"苏尔！"他声音沙哑地喊着。

但是却什么也看不清，只有一个模糊的人影，犹如那灰蒙蒙的布料上的一块儿深色补丁。

"苏尔！"这一次他尽全力地喊道，喉咙顿时像刀割一样地疼。

阿特雷布斯的耳朵里忽然传来阵阵雷鸣般的隆隆声，整个世界开始天旋地转。他觉得好像看到了灰色的云雾中有一簇橘色的亮光，渐渐变大，成了一个光球，正向他慢慢移过来，最后停在他眼前。

这一定是自己快要痛死了吧。

然而，那亮光还在，影像接踵而至。阿特雷布斯又看到了那个娃娃，这次是躺在了一张灰色的小床上。那娃娃的头是瓷做的，长得跟他几乎一模一样。它身上的衣服被撕开了，里面的填充物露出来了。他看到一双大手拿起了那个娃娃，然后把露在外面的填充物给塞回去，但是太少了，塞不满。于是，一只手不见了，再看到时，那只手里拿着一团灰色的东西，然后把那团东西塞了进去，最后用针线缝合起来。

缝好以后，又打了个结，然后用剪刀剪断线头。

阿特雷布斯大声尖叫起来，因为肺里又吸进了满是尘土的空气，就像成千上万根钉子扎进自己的每寸肌肤一样，疼痛刺骨。他想吐但又吐不出来，只能躺在那里呜咽哭泣。他知道一切都变了，曾经的纯净和美好都将不复存在。他像个婴儿一样地哭泣，毫无顾忌，也不觉丢脸。他哭了好久，但是哭到最后眼泪也解决不了问题，即使眼睛哭干，泪水流尽，艰难险阻也会依然存在。他感受到了命运的苦涩，这反而激起他内心的愤怒。这种愤怒又转化成了一种动力和决心，他得坚强起来，面对困境。

于是阿特雷布斯睁开了眼睛。

他发现自己正躺在一个房间里，那房间看上去就像是个灰色的大箱子，也没有明显的出口或者入口。墙壁上反射出一丝光线——他竟然没有影子。空气中有一股烧焦的气味，但他却能正常呼吸，也没有再被呛得喘不上气了。

阿特雷布斯坐起来，双手本能地抚摸了一下自己的肚子，发现自己是光着身子的，而且从小腹到胸部有一道又长又厚的白色伤疤。

"圣灵在上。"他气若悬丝。

"要是我的话，就不会在这儿向圣灵祈求。"一个女人的声音传来。

阿特雷布斯左看右看，终于看到了那个女人。那女人跟他一样也是浑身赤裸，正双手抱膝坐着。她的头发是玫瑰金色的，皮肤雪白，一双眼睛就像一对祖母绿宝石。另外她还长着一双尖尖细长的精灵耳朵。

"你知道我们这是在哪儿吗？"阿特雷布斯问道。

"在湮灭位面①，"那女人说，"玛拉卡斯的地盘上。"

"玛拉卡斯，"他摸着肚子上的伤疤，喃喃自语。那伤疤是新的，还没变硬。

---

① 位面：在游戏中意指地狱。

"他自己是这么说的。"那女人说。

"我的名字叫阿特雷布斯，"他说，"我该怎么称呼你呢？"

"你可以叫我希尔汉莎。"她回答说。

"你在这儿待了多长时间了，希尔汉莎？"他问道。

"也没比你早多久，"她说，"反正我是这么觉得的。而且也不好说，毕竟这儿的天空既没太阳也没月亮，只有一片灰色。"

"你是怎么到这儿来的？"

她耸耸肩，说道："我也不知道。"

他停住不问了，心想也许那女人也想问问他的事，所以把时间留给她。但是那女人似乎没有要提问的意思，于是阿特雷布斯又开始问问题了。

"你怎么知道这里是玛拉卡斯的位面？你见到他本尊了？"

"我只听过他的声音，他向我宣告了他的名字。我知道的就只有这么多，我很害怕。"她停顿了一下，好像又想起了什么，"那你呢？你是怎么到这儿的？"

"说来话长了。"他说。

"说说吧，"希尔汉莎说，"你的声音能让我平静。谁把你带到这个可怕的地方来的？"

"我有个同伴，"阿特雷布斯说，"一个黑暗精灵——一个丹莫——他叫苏尔。你见过他吗？"

"自从来到这儿，我什么人都没见到过，你是唯一的一个，"她说，"跟我说说你的事吧，拜托了。"

阿特雷布斯叹了口气，"你是哪儿的人？"他问道。

"巴尔费拉。"她回答说。

他点点头，说："这么说来，我们都是来自塔玛瑞尔——咱们还是老乡啊。我是西罗帝尔人。"他捋了捋下巴，发现胡子都长出来了。这是过了多久啊?"

"好吧,"阿特雷布斯说,"我来说说我自己吧。不久前,一个不明物体从湮灭位面来到了我们的世界,那东西是一个漂浮在天上的小岛,岛上是一个城市。那个岛所到之处,下边的一切生物就都会死去,可死后又都站起来了,变成不死之物。我和我的同伴当时正在追逐这个岛。"

"为什么?"

"当然是想要阻止它啊,"他说,可以想象他当时的口气有多傲慢,仿佛觉得那女人的问题很蠢,"要在它把整个塔玛瑞尔毁灭之前阻止它。"

"原来你是个英雄,一个勇士。"

"还谈不上什么英雄、勇士,"他说,"但是我们都竭尽自己的全力。我的同伴苏尔,在我遇到他之前,他已经被困在湮灭位面好多年了,所以对那个岛很熟悉。安布瑞尔——这就是那个岛的名字——它距离我们太远了,所以来不及——"

"来不及什么?"

"等我把话说完,我马上就要说了。"阿特雷布斯说。

"不好意思,我不是有意要打断你的,但是你说的事太离奇了。"

"还有比这更离奇的呢,比如,被魔神关押起来。"

"这倒也是。"她也表示同意。

"长话短说好了,"他接着说,"苏尔领着我走了捷径——我们直接穿过湮灭位面,前往安布瑞尔。"

"那你们最后阻止它了吗?"

"可惜没有,"他说,"我们根本没机会。安布瑞尔大君的实力比我们强太多了。他把我们抓住,本来要杀死我们,幸好苏尔设法带着我一起逃跑了,我们跑回湮灭位面。但我们两个似乎走错了路,离苏尔设想中的路径相距甚远。我们就这么在噩梦般的空间里游荡着。来这里之前,我们正在魔神娜米拉的位面,反正至少苏尔是这么认为的。所以这肯定是那里的什么人干的。"他指了指身上的伤痕。

"我还纳闷呢,这么深的伤口,这么重的伤,你是怎么活下来的啊。"希尔汉莎说。

"我也不敢相信。"阿特雷布斯说,"苏尔一定是把我救出娜米拉的位面了。我记得当时漂浮在灰色的尘雾里,窒息得快死掉了。然后我醒来就在这儿了。"他不想回忆他在梦里的那些画面,所以也没有提。

"这么说来,你们的任务也就此结束了。真是遗憾。"

"并没有结束,"他还是不肯放弃,"我会找到苏尔,然后我们设法离开这里。"

"是什么让你这样锲而不舍呢?"

"我们的百姓,我们的世界还在水深火热中。而且——还有人一直在等着我,牵挂着我——她目前也许还安全,可要是她——"

"啊,"希尔汉莎冲他挤了挤眼,"那一定是个女人,你的爱人吧。"

"是一个女人,没错。但是她还不是我的爱人——她是我的朋友,一个需要依靠我的人。"

"不过你希望她是你的爱人。"

"我……我还没想过,而且这也不重要。"

"那你的朋友苏尔呢?他也是为了自己所爱之人吗?"

"苏尔?他是为了复仇。他恨安布瑞尔的主人乌寒。我认为他对乌寒的仇恨已经到了极致,可以说恨到骨子里了。不过最近,我发现我也禁不住开始恨这个人了。"

他发现自己不知不觉又摸了摸那道伤疤。希尔汉莎也注意到了。

"你说会不会是玛拉卡斯救活了你?"希尔汉莎问道。

"也许吧——如果这真是他的地盘,我想有这可能——但是,我想不出他为什么要救我。从没听说过玛拉卡斯会发善心啊。"

"你听说过他?"

阿特雷布斯点了点头,说:"有所耳闻。我的奶妈曾经给我讲过一些他的事。那是我最喜欢听的故事。"

"真的吗?你能给我讲讲吗?我对魔族一点儿也不了解。"

"我没有奶妈讲得好,"他说道,"不过我记得那是个传说。"他停顿了一会儿,回想着海尔娜歌声般美妙的声音。他闭上了眼睛,想象着自己躺在床上,海尔娜坐在床边,合拢着双手。刹那间,他感受到了那久违的被呵护的安全感,还有那与世无争的天真纯净。

"在很久很久以前,"他开始讲起来,"有一个叫崔尼马克的英雄,他是艾尔诺菲最伟大的骑士,巨龙时代的勇士。有一天,他动身去搜寻魔神伯依希亚,打算因伯依希亚犯下的罪行惩罚他。"

"但是魔神伯依希亚早就知道崔尼马克要来了,于是他变成了一位老妇人,站在小路边。"

"'早安,老人家,'崔尼马克来到她面前对她说,'我在寻找魔神伯依希亚,打算惩罚他。您能告诉我到哪儿能找到这个家伙吗?'"

"'我不知道,'那老妇人说,'不过你可以沿着这条路走,我弟弟就在前面不远处,他没准知道。你要是帮我挠挠后背,我就告诉你他在哪儿。'"

"崔尼马克同意了，但是他一看，那老妇人的后背上长满了恶心的脓疮。不管怎么样，既然已经答应了就得说到做到，于是他帮她挠了挠恶臭的疥疮。"

"'谢谢你小伙子，'她说，'前面有条岔路，我弟弟在左边那条路上。'"

"崔尼马克动身上路了。伯依希亚抄近路走在了他前面，然后变身成了一个老头儿。"

"'您好，老人家，'崔尼马克见到他说，'我刚才见到了您的姐姐，她说您也许知道前往魔神伯依希亚住处的路。'"

"'我不知道，'那老人说，'不过我妹妹知道。你只要帮我洗洗脚，我就告诉你她在哪儿。'"

"崔尼马克同意了，结果发现那老人的脚比老妇人的后背更让人恶心也更臭。不过他还是履行了承诺。老人告诉他去哪儿找他妹妹，于是崔尼马克又一次启程了——这次伯依希亚同样抢到了前面，装成了一位年轻漂亮的女孩儿。"

"现在崔尼马克已经害怕见到那老人的妹妹了，不知道又得看见什么更恶心的东西。不过当他看到年轻漂亮的女孩儿，忽然觉得好多了。"

"'我见过了你的哥哥，'他说，'他告诉我你知道怎么前往魔神伯依希亚的住处'"

"'是的，没错，我知道。'她说，'你要是能亲我一下，我就告诉你。'"

"'当然可以，'崔尼马克说，但是当他倾身靠近她要亲时，她的嘴突然张大了——崔尼马克的整个脑袋都进了她嘴里，就这样伯依希亚一口就把崔尼马克的脑袋吞进肚子里了。"

"然后伯依希亚又吃掉了崔尼马克的身子，撑得伯依希亚又打嗝又放屁，还废话连篇，最后又拉了一大摊屎，崔尼马克整个人就只剩下了这摊粪便。那摊粪便站了起来，灰溜溜地走了。那个高傲的骑士从此消失，成了魔神玛拉卡斯，那些崇拜他的人也就变成了兽人。"

希尔汉莎的双眼露出异样的眼神。

"这就是你最喜欢的故事？"她问。

"在我七岁的时候，算是最喜欢的。"

她摇了摇头，说道："你们这些凡人啊，真是没有什么想象力。"

"你什么意思？"他脑子里突然闪过一个问题，"你是阿特摩尔，对吧？高精灵？你怎么会从没听说过崔尼马克呢？"

"谁说的，我当然听说过崔尼马克，"希尔汉莎说着，把右手放在地上，掌心向上。手掌就像融化了，流在地面上一样。

"你这是——"

而希尔汉莎——还在蹲着——并且开始迅速变大。她不但身形变大，相貌也同时改变；眼睛和头发的颜色渐渐消退，成为灰色，脸型也变宽了，变得跟猪一样，獠牙也长出来了。原本娇小的女人彻底变成了青面獠牙的怪兽，她站起来时，阿特雷布斯觉得脚下的地面突然摇晃起来，于是这才恍然发现自己正在那怪兽的手心里，被一把举起。监牢的墙壁正在融化，那个自称为希尔汉莎的女人，现在成了一个足有一百英尺高的怪物。那庞然怪兽一只手握住阿特雷布斯，把他举到自己眼前，而另一只手也随后伸到面前，手里握着另一个人——苏尔，也同样是赤身裸体，成了俘虏。

"魔神玛拉卡斯！"阿特雷布斯倒吸一口凉气。

"不错,正是本王。"玛拉卡斯说。他的嗓音就像粗壮的大树断裂的声音,他的呼吸就像狂风呼啸。他的眼睛看起来好像空洞无物,但当阿特雷布斯望向他的眼睛时,却顿觉心惊胆战,仿佛魂飞魄散一般。

他们周围的景物也变了。一座花园拔地而起,园中满是修长的树木,树干上缠绕着常青藤,藤蔓上还点缀着像百合一样的花朵。深邃幽暗的天空中,有无数行星在环绕,如同月亮一样遥远而又凄清。他听到了鸟语莺啼,但是声音却哀怨凄凉,仿佛在哀悼着逝去的回忆,而如今再也唱不出美妙的歌声。

"主……主上,"阿特雷布斯战战兢兢地说,"我真不是有意要冒犯您。这只是我儿时听到过的一个故事。我真的不是故意——"

"嘘,"玛拉卡斯说,阿特雷布斯立马噤声了,就像嘴里又灌进了沙子一样。"你的事本王已经听够了。所以我对你没什么兴趣。但是你,苏尔……本王记得你。你曾经宣誓效忠于本王,叛离了你自己的神灵们。当年你悄悄地溜过本王的领地,却没有觐见本王。真是岂有此理。"

"是我的错,主上,"苏尔说,"当时事态紧急。"

"而这次本王逮到你了。你竟以为你能在本王眼皮底下溜走?"

"不敢,主上。"

玛拉卡斯眯起了眼睛,那双巨瞳里迸发出凌厉威严的目光。"这个地方,这片幽暗花园,这园中飘荡的回声——这些幻影,你很熟悉是吧,苏尔?"

"是的。"苏尔嗓音嘶哑地说。

"你曾经爱上了一个女人,为了她,你践踏了自己的城市,毁灭了自己的国家,甚至屠杀了你自己的百姓。"

"我不想这样的,"苏尔说,"我只是想救她的性命。是乌寒——"

"做了就是做了。不用觉得耻辱愧疚。也不用为自己做过的那些壮举而悔恨。"玛拉卡斯张开了眼睛,紧紧地盯着他们。阿特雷布斯觉得浑身滚烫,就像骨头里被灌进了炽热的黄铜一样。

"本王治愈了你身上的伤,你的同伴的伤也好了,"他说,"现在本王该怎么处置你们呢?"

"放了我们。"苏尔说。

"放了你们,你们要做什么?"

"摧毁安布瑞尔。"

"你们已经尝试过,而且失败了。"

"因为我们没有那把剑。"在浓烟滚滚的尘土中,阿特雷布斯费了好大劲才说出来。

"什么剑?"灰尘越来越多,空气越来越厚重,阿特雷布斯的头发根根直立起来,就像鹅毛笔一样一缕一缕的。

"那把剑就是暗影剑——"阿特雷布斯刚一开口就被打断了。

"本王知道,"玛拉卡斯说,"魔神克拉威库斯·维尔的武器,吸魂之剑。"

"不只如此,"阿特雷布斯接话说,"那把剑还封印着一个同样叫做暗影的怪物。这怪物从宝剑的封印中逃跑,并且盗取了魔神克拉威库斯·维尔的大部分力量,安布瑞尔正是靠着这个力量得以生存,苏尔和我就是要找到这个城市并且摧毁它。我们相信只要能找到那把暗影剑,就可以用它来把那个怪物重新封印进剑里,这样就可以摧毁安布瑞尔了。"

玛拉卡斯只是望着他，看了一会儿，然后硕大的脑袋稍稍歪向一边。这姿势很古怪，就像个孩子一样。

"本王听闻维尔的力量变弱了，他似乎在寻找什么东西。本王跟他没什么交情。我跟任何人都没什么交情。"他又看向了苏尔，眉头紧皱。"不过，看到你背叛了他们，把自己的家乡变成了一片废墟，跟我这里一样漫天烟尘，我也笑不出来。先知魏洛思当年如此骄傲，最后也不得不低下头来，对他们当中某个人卑躬屈膝。而且，你自己的诅咒还在，所以你们的愿望永远无法实现。"

"您可以帮助我们实现，"阿特雷布斯突然脱口而出。他的身体不受控制地在颤抖，但还是在竭力稳住自己的声音。

"您一看到他就认出他是苏尔，"阿特雷布斯继续说，"这么多年了，您始终记得他的诅咒。您治愈了我们，并且化成肉身亲自来见我，查探我们进展如何，知晓了苏尔多年前的诅咒还始终与他如影随形。是的，到现在他还在想着复仇。"

玛拉卡斯的脑袋又歪向了另一边，身后的常青藤枯萎凋谢，形成了一片黑压压的黑色飞蛾，成群地飞在他们身边。

"有些事情本王还是有点儿兴趣的，"魔神说，"比如说苏尔身上的诅咒。所以，是的，本王会助你们一臂之力。那把暗影剑——你们知道它在哪儿吗？"

苏尔的嘴唇抿成了一条线。

"如果我不送你们到那儿，你们又怎么前往呢？"

"在索塞姆的某个地方，"苏尔终于回应了，"在一个戴着尸鬼图章戒指的人手里。"

玛拉卡斯点了点头。在阿特雷布斯眼里，仿佛是一座山朝着他倾倒下来。

"本王可以送你们到索塞姆，"魔神说，"别让本王失望。"

随即玛拉卡斯两只硕大的眼睛盯住了阿特雷布斯，"而你——如果以后我需要你，本王会找你的。"

"是，主上。"阿特雷布斯回答说。

魔神咧开大嘴，露出一口锋利的牙齿笑了笑。然后双手击了击掌。

"我的眼睛是不是花了。"马兹加·格拉·亚加什喘着粗气，竭力控制着想要拔剑的冲动。

一座山在天上飞着，这可是难得一见的景观。

她摘下了头盔，想要看得更清楚一些。当她从最高的白桦树上跃过，一眼就望见了那个挂在天上的东西——一座上下颠倒的高山，尖尖的山峰直刺下面的陆地。

接着，她把目光转向了那山上熠熠生光的建筑物，屋顶尖耸入云，看上去简直有如鬼斧神工。山的边缘还有郁郁葱葱的树林环绕，树的枝叶都低垂下来，向下伸展。

"有什么好怀疑的呢？"布雷纳斯问道，手里拿着纸笔飞快地画着，"我们来这儿不就是为了看这个的吗？"

"可这也太不可思议了。"她说。

"我从来没听说过哪个兽人用过这个词，"他喃喃自语道，"我还以为你们这些兽人什么东西都相信呢。"

"你的鼻子经得住我的拳头吗？这我就不信。要不试试？"她说。

"不用了，"他说，"我也不信。不过鉴于我的级别在你之上，我也不相信你会挥拳揍我。"他拨开了挡在脸上的刘海，视线从那座山上离开，"管它是不是不可思议呢，反正它就在那儿了。你还想怎么样？"

"我想保护你啊。"她说。

"我觉得很安全。"

她翻了翻白眼。理论上来说，他是她的上级，不过让她愤愤不平的是，他根本不是个军人——甚至连战斗法师也不是。就像大多数探险远征队中的巫师一样，他的技能特长就是可以从远距离了解事物。他的级别是在他们离开帝都之前，由皇帝亲自授予的。

但也许他是对的——这么奇异的一座山，对它漠然无视是不可能的，既来之，则安之吧。

他们正身处在一片高高的山脊上，山上光秃秃的，离树林差不多有十几米远。空气清新，能见度也很好。走在她前面的，是和布雷纳斯同行的四个术士，他们正忙活着自己的事，在旁人看来神神秘秘的，比如说，念咒语啦，用奇怪的装置瞄准那座上下颠倒的山啦，还有用法术召唤出隐形的带着翅膀的东西之类的……她之所以能看见，是因为当时那些东西正飞过一片云雾，显示出了它们的轮廓。另外两个人正围着他们所在的地方走，手里拿着冒着黑紫色火苗的蜡烛。他们每走几步就停下来，然后立上蜡烛；立上这些蜡烛就是为了让那些被召唤出来的东西能不被人或者什么东西发现。

马兹加一只手握住她的象牙剑柄——那是她的姊妹剑——因为她把自己的剑视作姐妹，形影不离——一边眯着眼瞧，同时还在舔着她的獠牙，"我估计那座山得有六英里远。你说呢？"

"根据约尔的测距法术，得有八英里多。"布雷纳斯说。

"比我想象的远一些哈。"

"嗯。"他把绘画本放了下来，打开一个像是望远镜似的东西，不过马兹加认为那并不是望远镜。他用那个东西观察着，嘟哝了一堆她听不懂的术语，调了调装置，然后接着再看。布雷纳斯挠了挠红色的头发，皱起了眉头，这个尼伯尼人土黄色的脸上露出疑惑的神情。

"怎么了？"马兹加问他。

"那座山不在那儿了。"布雷纳斯说。

"什么叫不在那儿了？"她说，"我正在看着它呀。"

"是啊，"他说，"是有点儿自相矛盾，这我知道。确实能看见它，但是从我的望远镜里看到的却是湮灭的晶壁。"

"湮灭晶壁？"

"是啊。魔族的居所，一个肮脏丑恶的地方，在这个世界之外，你知道吗？"

"我当然知道湮灭，"马兹加没好气地说，"当年，达根开启了连接这里和湮灭两个世界的传送门，我的祖父还关掉了其中的一个呢。"

"哦，这个就像是个传送门，只是四周包起来了。真是奇怪。"

"那你知道怎么摧毁它了吗？"

布雷纳斯耸耸肩，说："目前还没想好，"他说，"而且，我们的计划不是跟它打仗。我们来这儿只是为了看看我们能发现什么，然后回去向皇帝汇报。那座山还在向北移动，往晨风省的方向去。也许永远也威胁不到帝国的安全。"

马兹加又看了一眼那个漂浮着的岛，"怎么会不是威胁呢？"她喃喃地说。她感觉到脖颈后面粗硬的头发都立起来了，而且心跳加速。布雷纳斯看着她，眼神里露出惊恐的神色，马兹加这才发现自己刚才一直在低吼。

"别担心！"布雷纳斯说。

"它能看见我们。"她说。

"也不一定。"

"不，"她斩钉截铁地说，"我能感觉到它，能感觉到它的眼睛……"

"这不会是兽人的第六感吧？来自最原始的习性？"

"我没有开玩笑，布雷纳斯，确实有些不对劲。我感觉到——"突然，这时风向变了，她闻到了气味。

"死尸的气味，"她咆哮着，手里摸着剑鞘。突然，她提高了嗓门，狂吼着，"有情况！"于是一把抓起布雷纳斯，把他往其他术士那边推，她的战友们正往那里快速集合。

死尸们从树林里出来，马兹加还没来得及反应过来。

"看来这是来真的了。"她说。

"圣灵在上啊。"布雷纳斯怔怔地说。

那些人不仅散发着死尸般的恶臭，样子看上去也是像尸体一般。从那些人腐烂的鼻子和尾巴，还有被虫咬溃烂的牙龈上长着的尖牙来看，多数人都曾经是亚龙人。另外一些人曾经是人类或者精灵，还有几个就仅仅是——动物。他们跟跟跄跄又焦躁慌张地移动着，好像不知道怎么协调四肢，不过前进的速度很快。

他们正在行进，有组织、有纪律、有等级，有条不紊。他们也装备了各样的武器——有握着剑的，有拿着钉头锤的，还有举着长矛的，但是一半以上手里仅仅拿着大木棒或者甚至根本没有武器——不过他们人数众多，比起马兹加他们的三十多人，多出了好几倍。

最让马兹加感到惊讶的是他们的眼睛。她听说过一些传言，浮空城的下面行走着一支僵尸军队。她想象中的这支队伍是一群不会说话的野兽。而如今亲眼见到的却与想象中的有所不同，他们有思维能力，眼睛里闪烁着仇恨之光，一看就是以杀人为乐。

"还有一队人从南边过来了。"有人喊道。

这可不妙啊。他们来不及上马，而且大部分物资供给都还在山下，更别提现在只有六个士兵保护他们。

"列队，保持阵形，"队长法尔考斯叫喊着，"我们要死战到底。"

"我还以为他们只会在浮空城下面出现呢，"马兹加说，"这里离那儿还远着呢。"

"哎，"布雷纳斯说，"看来咱们这次也是不虚此行啊，是吧？以前不了解的一些事情，现在知道了。他们会派遣部队出去，为他们开路。"

"我们不能被他们困在这里，"法尔考斯说，"我们得选个方向，然后杀出一条血路。"

"往南边是回家的方向，队长。"护卫莫松喊道。

"好，那就南边。"队长说，"现在重列队形。"

马兹加移到了队伍的后面，跟着加罗、莫松和寇尔斯一起。她从背后拿出盾牌，做好作战准备，看着那些腐烂的僵尸一点点靠近。

"你原来还说没意思呢，现在可有得玩儿了。"布雷纳斯在她身后说。

法尔考斯大喊一声，整个队伍开始向她身后移动。马兹加和战友站成一排，慢慢向后退。僵尸们加快了速度，在还有五米多距离的时候，他们举起了武器准备进攻了。

马兹加怒吼着，挥剑砍向了一只两腿的蜥蜴，那只蜥蜴的脑袋被一剑砍下，体内的蛆虫和腐烂的血肉四下喷溅。无头的身体继续向前走,马兹加一边向后退,一边用剑猛砍。

战线的另一边,她听到了加罗的咒骂声,然后"啊"的一声。

"加罗倒下了,"莫松大喊起来,"快补上空缺。"

他们一步一步地向后退,地上一片腐烂残缺的尸体。马兹加看到了加罗,面朝下趴在地上。

突然她看到加罗又开始站起来了,四周围满了僵尸。

"加罗还活着!"她大声叫着。

"不,他死了。"莫松对她喊着,手里巨大的锤子举起又落下,打倒了一片敌人。

"可是——"马兹加刚要说,却突然看到了加罗的伤口,还有他眼里闪着的黑色微光,于是她明白了,这不是加罗,他再也回不来了。

"这可糟了。"布雷纳斯想。

"回去的方向在那边,"法尔考斯大声喊着,"加快速度,战士们。拼尽全力也要顶住。要么突破重围,要么死在这里。"

"我不会死在这儿的,"马兹加吼道,然后看着手中的剑,"看你的了,我的好姐妹。"

第一部分

离 间

第一章

　　一阵冷风吹过,惊醒了科林,他睁开眼睛,一眼就看到了那扇未被关紧的窗户,不禁心怦怦跳起来。科林悄无声息地伸手摸到了床垫下藏着的匕首。突然一只手伸来,狠狠地握住了他的手腕。他伸腿要踢,却发现脚腕也被抓住了。一只袋子猛地被罩上了他的脑袋,他惊恐地大叫,以为自己就要被打昏过去,而且再也醒不过来了。

　　然而,科林还是再次醒来了。那袋子还套在他脑袋上,还有那股甜得发腻的味道依然能够闻到,不过药效已经消失了。科林感觉自己正躺在一个硬邦邦的东西上,而且还起伏不定。很快他就意识到,他是在船上,并且那船正在海上航行着。他的双手和双脚被牢牢地捆绑着。绑架他的那些人并没有说话,但是能听见他们的呼吸声,还有摇桨划船的声音。由于脑袋上被套着袋子,所以科林什么也看不见,只能看到一丝光亮,不过他却感觉到了阳光照在身上,他想现在可能是接近正午的时候。

　　过了不一会儿,船身突然受到了冲撞,接着,整条船摇摇晃晃地冲到了岸边。他闻到了松树的味道。

　　他们砍断了科尔脚上的绳索,好让他走路。他一直在想,他是不是应该说些什么,但是那些绑架者行事很老到,绝对是干这一行的老手,所以他心知现在还不是时候。他们一声不响地在科尔身上弄来弄去,他能做的只有干等着,他不禁想他事先是不是应该有所预感?他是不是应该知道发生了什么?

科林曾经杀过一个人。当刀子插进那人的身体时,那人简直不敢相信,他乞求着,不愿死去,还没明白怎么回事就在困惑中咽了气。

科林真的好希望再见到母亲一眼,忽然发现自己正在流泪——他开始觉得羞愧。他原本以为自己不会如此懦弱。

抓着他胳膊的手松开了。他竭力不让自己的手颤抖。

然后一个男人叹了口气,就像个累个半死的人终于躺下来歇口气了。

"怎么了?"另一个人问,他随后深吸了一口气。

科林清楚地听到了两声重击声——之后就什么声音也没有了。他不晓得自己是不是可以开始逃跑了。

"你们为谁卖命?"一个女人的声音。

他听出来这个声音了,不禁吓得浑身发抖。上次听到这个声音是在集市区的一间房子里,当时这个说话的女人已经杀了至少八个人了。

"快说。"那女人说。

"我不能说。"

"老实点儿,别动。"那女人说。过了一会儿,套在科林头上的麻袋被摘下来了。

果然是她,乐泰恩·艾瑞丝。她的身子瘦小,鼻子挺翘,再加上短短的金发,看起来简直就是个小女孩。但是科林知道,她已经三十一岁了,湛蓝色的眼睛冷若冰霜,这可一点也不像孩子。

那双冷静凌厉的眼睛此刻眯了起来。

"你看上去很面熟啊,"她说,"我见过你。没错,我敢肯定。"

科林看向那女人的身后,有两个人倒在了地上。都是男性。一个是亚龙人,另一个是波斯莫。两个人都看起来是死了,虽然他没有亲眼见到他们是怎么死的。

"他们把你带到这里是要杀你。"她说。

"我猜到了,"科林说,"非常感谢你阻止了他们。"

"是吗?这事应该还不算完。"她从背后背着手。她穿着波斯莫樵夫式的衣着,脚上蹬着一双高筒靴,还有皮马甲和马裤。科林只见过她打扮时髦的样子,所以看到她这种装扮还是有点不适应,觉得很奇怪。

"如果我说这些人是为我卖命的,你会怎么想呢?"她说。

"那我可就被搞糊涂了。"科林小心谨慎地说。

"是啊,我想也是,"她对科林说,"他们发现你在暗中监视我,于是就向我报告了。所以呢,我当然就得亲自调查一下你的底细。科林·万尼班,来自安维尔。你的父亲已经去世了,而你的母亲是个给人洗衣服的下人。你被推荐到锐眼鹰那里,并且接受训练,最近刚刚被组织任命为巡捕。正是你发现了阿特雷布斯王子的贴身侍卫惨遭杀害,而王子也被谋杀,但是你却对皇帝进言说王子其实并没有死。现在看来,你是对的。而如今,你又来监视我,但是似乎又不是受上面的命令。所以,我想知道你是不是被什么人雇佣的。"

"你为什么杀死他们呢?"科林问道。

"因为如果不杀了他们的话,我就会杀了你。"她厉声说,"现在,我得为他们的死找个合理的理由,就说是我派他们去某个地方执行紧急任务了。不然的话,另外两个没被杀死的手下会纳闷为什么你还活生生地站在这儿,不久,风声就会传到宰相耳朵里的。"

"我不明白。"科林说。

"蠢货,我可是冒着掉脑袋的危险来找你的,"艾瑞丝突然怒气冲冲地说,"你看不出来吗?"

"我当然知道,"他说,"我只是不明白你为什么这么做。"

艾瑞丝从腰间拔出一把匕首,慢步从他身后向他走来。他吓得不敢出声,没想到艾瑞丝只是割断了绑着他双手的绳子。然后,她向后退了一小步,解开了自己的裤子,把蕾丝内裤的一边拉下来,露出了她的半边臀部。

"你知道这是什么吗?"她指着臀部上一个黑色的狼头纹身问道。

科林当然知道。那是皇帝的家族标志,只有极少数的亲信才能持有。

他虽然什么也没说,但是艾瑞丝看出来他认出那个标志了,于是她拉起内裤,又穿好了裤子。

"十年前,他把我安插在了宰相的办公府邸,"她说,"除了他和我以外,没人知道这个秘密。而现在,你是唯一一个知道的。"

"为什么你要告诉我这个?"

"因为我需要你的帮助,而且我认为我们有共同的目标。"

"是什么?"

"查清为什么宰相希尔拉姆想要把阿特雷布斯王子置之死地。"

"是他想杀死王子的?"

"是的,"她说,"是我按照他的命令派人设下的埋伏。"

"为什么?"科林勃然大怒,"如果你忠于皇帝的话——"

她爆发出一阵狂笑,"你知道的,"她说,"你当时不也在那里吗?我对付卡尔沃那帮家伙时,就感觉到了有人在那儿!"她闭上眼睛,沉默了一阵,看上去非常疲惫。

"我并不是有意加害王子的,我本不想那么做,"她说,"要是当时能有机会给皇帝送口信的话,我一定会的。但那时候形势紧迫,根本没有机会,而且我也不能暴露自己的身份,不能被希尔拉姆发现。最终,只能执行宰相的命令了。"

"那你是认为自己的性命比王子更重要吗?"

"是的。如果你对他有所了解的话,你就会同意我的观点了。"

"而希尔拉姆也想要他死。"

"显而易见。"

"那为什么皇帝不把宰相抓起来呢?"

"当皇帝第一次把我安插在宰相身边的时候,他并没有对希尔拉姆特别的疑心,不过就是安插个眼线,防患于未然。任何一个明智的君主,都会这样做。十年来,宰相都没怎么怀疑过我,但是近一两年来,他开始试探我,起初是隐隐约约地试探,到后来,试探就更加明显了。显然,他是想培植自己的亲信,一个只听从于他自己,独立于锐眼鹰,甚至连皇帝都被蒙在鼓里的秘密势力组织。对阿特雷布斯王子的袭击真的很——令人震惊和意外。

我真的没有想到会发生这样的事。只不过,由于某些刺客太过贪婪,才让王子活了下来。皇帝还没有对希尔拉姆动手,因为他觉得我们还没有掌握希尔拉姆所有的阴谋,并且宰相一职对于政局来说非常重要——甚至是最重要的。皇帝按兵不动,只等着查清宰相的军事势力,以及他的军队部署在哪儿,然后会在宰相发动袭击之前,给他致命一击。而现在,希尔拉姆还认为自己的一切都神不知鬼不觉,没人发现。我们暂时不想打草惊蛇。如果你加入进来的话,所处的形势就是这样的。"

"加入什么?"

"希尔拉姆现在很信任我,对我完完全全地放心。但是这也限制住了我。而且,在宰相身边,也没有一个能让我信任的人。我可以疏通好关系,打开各个渠道,但是我需要有人能够利用好这些渠道。你愿意做这个人吗?"

科林考虑了一会儿。艾瑞丝说的可能是实话,也可能是假话;不过,真假都无所谓。如果他同意帮助艾瑞丝,他就有了一个机会可以发现自己一直在寻找的答案,就算受到她的阻挠,他也可以想办法解决。如果他拒绝艾瑞丝,那他无疑就得在这个岛上待一辈子了。

"我愿意。"科林对她说。

第二章

梅尔-格里姆闻到了鲜血的气味，于是他潜到了化生池的深处，要找到气味的来源。这些池水里有血腥味并不稀奇，因为每天都有尸体被扔进这里，其中有许多还奄奄一息，做着临死前最后的挣扎。但是，他闻到的这血，不但是新鲜的，而且还带有一股熟悉的腐烂气味。

他闭上眼睛，张开蜥蜴的鼻孔，哪股水流中带有那个气味，他就随着哪股水流走，他用带蹼的手掌和脚掌划水，在水中飞快地游走。不一会儿就发现了一个在水中不停抽动，挣扎着要浮上水面的人。

当格里姆游到那个人身边，抓住她时，发现她已经目光涣散，气息微弱。格里姆不知道她是不是真的看到了他。鼻孔以及微张的嘴里鲜血不断涌出，如云雾般飘在水中。格里姆从身后抱住她，游向水面，但在游出水面时，她已经毫无生气了。

格里姆把她带到了岸边吸怪的洞穴，把她放在了一个小小的停尸架上，那是他的同伴用藤条和草做成，用来放置尸体的。在阳光中，她会看上去衰老而又沧桑，眼睛下面还有黑色的眼袋，头发就像细长的海草，然而在这洞穴中，在墙壁磷光的映照下，她却显得很年轻，实际可能也就十岁或者最多十五岁。

在安布瑞尔，人们生来就是成年人，而那些生来是吸怪的，负责照看和打捞化生池，长得却像孩子。

格里姆听到有人过来了，转过头看到了他的朋友维特和一个叫奥拉斯的年轻吸怪。

"卓尔欣啊，"维特叹着气，说，"我就知道她坚持不了那么久。"

"对不起，"格里姆对他说，"我没能及时把她救上来。"

"救了也没用，"维特说，"就算救上来了，她也只能再多活一天。"

"多活一天是一天啊。"格里姆说。

维特跪下来，仔细端详着这个女人的脸，看了好久，神情比平时更加忧郁哀伤。

"我们什么时候行动？"他没有抬头，问道，"是时候进行下一步了吧？"

"地图我们已经研究完了。"奥拉斯脱口而出。他还很年轻，可能也就三岁。他的皮肤有黄疸病的迹象，这是在年长的吸怪身上常见的病症。

"很好。"格里姆回复道。

"所以——就像维特说的——下一步做什么？"小家伙继续摩拳擦掌地说。

"我还在考虑。"格里姆告诉他。

"你鼓舞了我们每一个人，格里姆，"维特说，"你给了我们希望。但是现在——不知从什么时候开始的，你却犹犹豫豫的。"

"我们必须做好万全准备，"格里姆说，"务必得小心啊。因为我们一旦开始，就回不了头了。你们明白吗？"

"明白，"维特说，"他们已经准备好照你的话做了，格里姆。但是你得说点儿什么啊。"

格里姆感觉自己的心沉重起来,"会的,就快了。"他说。

"要多久?"

"等我的消息。"

维特皱起了眉头,不过还是点了点头。然后转身走向了奥拉斯。

"跟着格里姆。他会带你去看下游的水池。你跟着他在那里做事。"

"这是我的荣幸。"奥拉斯说。

格里姆等着奥拉斯去取气雾,并且为此感到内疚万分。带有腐蚀性的气雾可以使吸怪在水下呼吸,但是这也会损害他们的身体,让他们年纪轻轻就赔上了性命,卓尔欣就是这么送了命的。在所有的吸怪中,他是唯一没有在安布瑞尔出生的,也是唯一的一个亚龙人——只有他可以不用气雾也能在水下呼吸。

这个年纪最小的家伙跟着格里姆来到了浅滩,格里姆领着他下到了圆锥形的水池,指给他看那些牢牢固定在墙上的蚕茧似的东西。每个蚕茧里面原先都有一条小虫子,比他最小的爪子都小很多。但是现在,已经形态各异,即将成形,成为安布瑞尔的居民。他碰了碰附近的一个,一个瘦小的雌性生物——从外表来看——即将长成一个女人的形态。她旁边的是一个砖红色长着犄角的东西,再往前,是一个长着丹莫人那样灰暗皮肤的男人。所有这些生物都是从虫子开始,然而,在其外表之下,他们真实的身份是安布瑞尔人。奥拉斯兴奋不已,格里姆一边强忍着心中的烦躁和怒火,一边给奥拉斯讲解着怎么照料那些未出生的,以及破茧的时候,怎么把他们移到孵化池,以及怎么判定孵化的时候到了。他看得出来那孩子根本心不在焉,奥拉斯一直东张西望,并且总是往水池底部瞧,那里因为与天仪相连接而显出耀眼的亮光。

"你对那个很感兴趣吗?"格里姆问他。

"那是天仪,"奥拉斯说,"是安布瑞尔的心脏和灵魂。如果我们控制了这个……"

"即使我们能做到,"格拉姆说,"付出的代价也会很惨重。"

"但是如果我们真的揭竿而起,与领主贵族们决一死战——"

"嘘,小声点儿,"格里姆说,"谁说要跟某个人或者某些人作战了?"

"呃,我猜我们会这样做的。"奥拉斯说。

"'我们'是谁?"格里姆说。

"哦,"他有点儿窘迫地说,"我本来没想告诉你的。"

"告诉我什么?"

"年轻的吸怪们,我们称自己为格里姆族。我们誓死跟随您,为您效力。"

格里姆愣住了,感觉一阵恐惧。

"听我说,"他说,"我们的目的很简单——我们需要气雾的替换品,这样你们的肺就不会再受到损伤,不会因为干这个活,年纪轻轻就把命送了。我们再想办法给领主们找点儿麻烦,让他们意识到我们有这样的需要。我们不希望因此导致战争。"

"是啊,"奥拉斯说,"给他们找点儿麻烦?那怎么做呢?"

"我们吸怪是干什么的呢?我们维护水池的正常运行。也就是说为安布瑞尔及其边缘的每个人提供食物、水和营养——当然,我们还把新生命带到这个世界。我们只需要让他们看到如果缺少了我们这些人在这儿干活——或者这里的活儿因故受阻或中断,会成什么样子。让他们知道我们的重要性和价值。

明白了吗?"

奥拉斯用力点点头,说:"明白了!"然后,他的目光越过格里姆,"那是什么?"

格里姆顺着他的目光看到了一个小小的胚胎,就快变透明了,里面蜷缩着一个东西。虽然还很小,但是却不像是婴儿——更像是未长成的小一号的成人。身上长着鳞片,还有肉粉色的大眼睛和小爪子。

"那是亚龙人。"格里姆说。

"跟你长得有点儿像。"

"很快就会跟我长得差不多一样了,"梅尔-格里姆说,"我就是亚龙人。"

他知道这一刻终有一天会来,但是没想到竟是现在,他觉得心里好像缺了一块。

他想见到安娜格。

"真的很抱歉,我曾经要杀你。"斯莱尔对安娜格说。

安娜格眨了眨眼睛,看着桌子对面这个灰色皮肤的女人,此刻正坐立不安。

"那你又试过再杀一次吗,还是只有上星期那一次?"她问道。

斯莱尔睁大了红色的眼睛,说:"我只杀过你一次,绝对没有第二次,我发誓。"

"嗯。那么你已经道过歉了,"安娜格说,"也就是说你现在正在浪费我的时间。"

斯莱尔没有回应,但是也没离开,只是站在那里,稍稍动了一小步。安娜格极力掩饰住自己的兴奋,又回去干手里的活了，将马的脑髓和丁香油乳化，把这种灰色的东西快速搅匀，然后又加了几滴油，搅得像蛋黄酱一样黏稠时，就把它放在一边。

斯莱尔还在那里站着。

"还有事吗？"安娜格忍不住发火了。

"我——你还没有派给我活儿干。"

"那好，你就坐在这儿守着这里吧。"

"我得做点什么啊，"斯莱尔说，"托尔本来就看不上我。要是他再发现我无所事事的话——我真的很担心，安娜格。"

安娜格闭上眼睛，数了四下。当她睁开眼睛的那一刻，恨不得看到斯莱尔正拿着刀向她捅过来，然而斯莱尔还依然可怜巴巴地站在那里。

"去把榴莲壳剥了吧。"

"可是——"

"又怎么了？"

"榴莲太臭了，"斯莱尔朝着正在准备着什么的安娜格摆摆手，说，"你在那儿干什么呢？"

安娜格觉得斯莱尔在监视她。想窃取她的想法和理念。

管她呢，反正她也窃取不了。

"我在提炼恐惧感。"她说。

"又再做一次？"

她提起了那桶黏稠的东西，说："恐惧感、忧虑感、幸福感——这些强烈的情绪都会存留在大脑里。"

"但是如果灵魂没有了，这些不也都随之消失了吗？"

安娜格笑了，没有理会她，把一部分黏稠物放进了一个圆柱形的玻璃缸里，用一片薄薄的膜过滤掉其中的四分之三。

"那是什么？"斯莱尔指着那个用来过滤的东西说。

"那是奇美拉鳗的皮，"安娜格说，"这皮可以让他们根据不同的情感变化而改变自己身体的颜色。我给它稍作了一下改动，让它只过滤出恐惧感。"

"你在用鳗鱼皮来过滤出马的恐惧感？"

"非常与众不同的鳗鱼皮。"安娜格回复道。她把一根管子插进一个小离心机里，然后转动把手，让它旋转起来。过了一会儿，她停了下来，把瓶子拿起，指着底部暗黄色的液体给斯莱尔看。

"那就是恐惧？"斯莱尔一脸怀疑地问。

"你还想不想知道了？"安娜格说。

"我想我想。对不起，你说吧。"

"坐下。哎——老是在我眼前晃悠，都把我弄紧张了。"

斯莱尔退后坐在了一个小凳子上，双手平放在腿上。

"你说得没错，某种程度来说，恐惧——或是其他情绪——不仅仅属于化学范畴。但是某些更高等级的物质，例如某种血管或者灵魂里的东西，确实支配着大脑以及身体。"她打开了管子底部的一个小阀门，把里面的液体倒进一个圆锥形的小玻璃容器里。然后又拿了一个跟这个一模一样的，把两个容器底部对底部密封在一起，形成一个针形管。她摇晃容器，于是第一个容器里的液体被均匀地附着在第二个容器的表面。然后她把整个容器放在了一个半透明的环形纤维上，而这个环形纤维与一条从地上出来并且穿过工作台的同种材质的脉冲电缆相连。

"现在我们把灵魂能量通过这个进行传输，"安娜格说，"化学中的恐惧会吸收这些能量，并且把它变成真实的物质。"

片刻之后，什么都没发生；然后，针形管中突然出现了淡紫色的亮光，接着又突然变暗了。安娜格等了一会儿，然后拿下针形管又摇了摇。附着的液体流了下来，流到了底部，形成了具有黏性的粉末。她把密封打开，拿起了被灵魂能量附着的针形管。然后她把这新的合成物质放进了一个牛角勺里，小心翼翼地交给了斯莱尔。

"给你，拿好了。"安娜格说。

斯莱尔眨眨眼看着这个淡紫色的东西。

"我能尝尝这个吗？"

"想尝就尝吧。"

"还是算了吧，"斯莱尔一边说着，一边试探性地用手指蘸了一下，轻轻地来回捻着，"感觉有点儿——"话刚出口，突然她的脸就变形了；眼睛变大了，脖子上的血管都突出来了，她一下子尖叫起来。斯莱尔从凳子上跌落下来，像胎儿一样蜷缩在地上，憋得喘不上气，不得不大声尖叫。

"你也可以碰它，"安娜格说，"它会很容易通过皮肤渗透。"

斯莱尔的反应只有不受控制地抽搐颤抖——她已经无法尖叫了。

对于安娜格来说，心里是极其矛盾和煎熬的；一方面，她想继续看着眼前这个女人继续遭受痛苦。愤怒是美丽的，因为它的核心和实质就是没有丝毫怀疑。当你一旦被愤怒所占据，你会知道你是正义并且无可指责的——整个世界都站在你这一边——在那一刻，你就是神，任何挑战或者反对你的都是大错特错，那些人便是异教徒、背叛者，将受到严酷的惩罚和折磨。斯莱尔是罪有应得，这还是轻的呢。

那为什么在这盛怒之下,她还是会觉得难受呢?为什么她怀疑是自己错了呢?

因为她并没有真的怨恨斯莱尔。她愤怒是因为她逃离安布瑞尔的一切希望都被毁了。她怨恨当初那个愚蠢的小女孩,幻想着可以像史诗中的英雄那样拯救世界,而现在她将终其一生生活在这个令人厌恶的地方,终其一生生活在这些令人厌恶的人群之中。

斯莱尔就是这些人中的一个。但是,她还是不忍心眼看着斯莱尔失去意识。

于是,安娜格叹了口气,拿出了准备好的一个瓶子,那是以防实验出现意外事故而为自己预备的。她把瓶塞打开,在斯莱尔鼻子底下晃了晃。斯莱尔吸了吸,喘着粗气,突然剧烈地抖动了一下,接着就瘫倒在地了。虽然还是呼吸困难,但是眼神已经不再涣散了。

"谢……谢天谢地,"斯莱尔费力地说着,还是气喘吁吁的。

斯莱尔扫视了一遍全身,似乎是害怕自己缺了胳膊或是少了腿。

"你救了我,是吗?你本来可以袖手旁观的。"

"我是在一旁看了很久。"

"再持续一阵我就会变成疯子了。"

安娜格耸了耸肩,愤怒和无助始终驱之不散,她极力控制着不让自己掉下眼泪。她到底是怎么了?

"我不敢肯定你是不是能像以前一样神智健全。"安娜格说道。

斯莱尔苦笑着说:"是我咎由自取。"

"你不用告诉我,我也不想知道。"安娜格告诉她。

"我不这么认为，"斯莱尔低下眼帘，说，"托尔根本不在乎我，也不管我的死活。没人在乎。可你就不同，从没有人骂过你——"

"我可不像你，斯莱尔。"安娜格说。

"也许不是，"她说，"但是你越来越像以前的你了。"

说完，斯莱尔离开了。安娜格甚至感觉那女人的脸上有些许胜利的表情。

斯莱尔走后，安娜格的泪水终于流了下来。

自从被困在安布瑞尔之后，她已经好久没有哭过了。她眼看着自己出生长大的城市毁于一旦。而她的父亲，虽然没有亲眼见到，但是她心里清楚父亲已经死了，还有西科瓦，以及所有那些她到安布瑞尔以前认识的人都已经不在了。而安布瑞尔就是屠杀他们的凶手。对于这些她一直铭记在心，虽然每天都承受着生存的压力，不知道明天会不会饿死——她却始终心怀活下去的希望和决心。

但是，自从被斯莱尔下了毒之后，那些恶棍开始恐吓折磨她，于是她准备好了要逃跑，离开安布瑞尔，因为她再也不想每天生活在恐惧中了，再也不想受到这种毫无人道的控制了。然后她和梅尔-格里姆趁着夜色出逃，阿特雷布斯王子已经在约好的地方等着他们，他的力量和勇气足可以保护她。

但是他们还是没逃出安布瑞尔——而如今……

"你哭得太伤心了。"背后传来一个温柔的声音。

安娜格闭着眼睛，不过既然他已经知道她哭了，也就不用再费事把眼泪擦掉了，这样只会显得更软弱。

她转过身来，脸颊上还带着滚落的泪珠，从凳子上站了起来。

"厨师长。"她说。

当她第一次见到托尔的时候,她就觉得这个男人有一种阴郁邪恶的帅气,他那双不可思议的蓝色眼睛让安娜格深陷其中。而如今的他却像毒蛇一样可怕阴险。

他别有深意地看着玻璃瓶中淡紫色的东西。

"那里面是什么?"他问道。

"是恐惧,厨师长。"

"哦?那给我们尝尝吧。"

她犹豫了,"这东西劲儿很强,厨师长。"

"我会小心的。"

安娜格给了托尔一点,看着他把那东西放到嘴边,用舌头舔了舔。他的眼睛立刻不可思议地变大了,大口喘着粗气,最后几乎喘不上气了。皮肤上还跳跃着几簇小小的电火花,安娜格感觉脸上的碎发都朝着他的方向吸过去了。

接着托尔低头看向安娜格,眼神看起来有些奇怪。

"太神奇了,"他喃喃自语,"你真是个天才,小天才。真是奇思妙想。要是再有点儿——呃,一点儿主动性,一些野心就更厉害了。"

托尔微微一笑,说:"我看见斯莱尔了。看上去受到了惊吓,就像看见了世界末日一样。"

"她尝了这个东西了,厨师长。"

"你让她尝的?"

"是的。我让她尝的。"

"嗯,有进步。但是为什么她还能走呢?以她的体格承受不了这个东西,跟我一样。我以为这东西足可以毁了她的心智的。"

"我给了她解药。"安娜格承认了。

托尔盯着她看了会儿，然后发出了啧啧的同情之声。他的眼睛——那双曾经明亮耀眼，让安娜格沉醉其中的眼睛——已经变得暗淡无光。

"非常好，"他说，"把那东西拿过来。我想到了一个物尽其用的办法，把它当作料连同硫黄一起放进烤兔里，作为我为伊雷尔大人预备的第三十三道菜呈上去。给他来点儿与众不同的。也许，如果可以的话，是否也能请你为我怀有一丝懊悔和同情呢？"

"我可不是一匹有同情感和懊悔感的马，厨师长。"

"行，"他说，"科努今天早上被蒸馏燃素严重烧伤了。我要把他的大脑送过来。"

"但是要是他还活着的话——"

"给他治疗又花时间又浪费资源，而且他也干不了多久的活。倒不如把他的大脑送过来更有价值。"

她认识科努，是个有趣的人，总喜欢讲一些自嘲的笑话，还总是拿自己做的东西开玩笑。

"厨师长——"她刚要开口。

托尔翻了个白眼，"这又不是让你亲手杀了他。"说完，他就走了。

安娜格跌坐了回去，吓得浑身发抖。

"我在干什么啊？"她轻声对自己说。她需要格里姆。

"你在干什么？"第二天晚上，格里姆问她。每周他们都见一次面，地点在一个食品储藏室地下几米的一个被人遗忘的空旷角落，一架老旧的泥浆过滤器旁。安娜格能听见厨房里的动静——一般晚上都没有什么声响——而格里姆就站在管道的几步之外,这样如果有人来的话,他可以立刻通过管道回到水池里。

"我想搞清楚为什么我们不能离开,"安娜格跟格里姆说,"这跟安布瑞尔利用灵魂有关,我敢肯定。至少可以从这里开始调查。但问题是我不能只做实验,却没有得出任何结果或者做出什么成品,要不然的话,托尔会认为我没有利用价值了。到时候——一切都完了。看看可怜的科努就知道了。"

"你正在做着该做的事,"格里姆说,"你感觉很糟,那是因为看到了托尔的真实面目。"

"都是因为我,不然托尔就不会杀死科努了。"

"不会的,就算没有你,他也会这么做的。本性难移。"格里姆说。

"你说得倒容易。"安娜格说,"你又没连累过什么人被杀死。"她攥紧了拳头。"我连累了不少人被害死了,格里姆,不止科努一个。还有齐娜的厨房里的每个人,也许甚至还包括阿特雷布斯。"

"还是没有他的消息吗?"

"没有,"她哀伤地说,"我只是在咱们准备逃跑之前跟他说过话。他当时在等我们的路上,格里姆。我真担心最糟糕的结果会发生。"

"别担心,还没有确凿的消息呢,"格里姆说,"他也许跟咕咕鸟走散了,也可能在某个地方,在那里魔法不起作用。"

"也许吧。"

"但是即使他发生了什么不测,那也不是你的错。"

"要是当时我搞到更多情报,要是能告诉他更多的消息——"

"你已经做得很好了,已经出乎他的意料了。"格里姆说,"比我做得都好。"

"胡说。要不是多亏了你,我根本就不知道该怎么在这个可怕的地方生存下去。是你找到了我,格里姆。而我根本没有能力找到你。还有这些地图——我始终搞不懂为什么那些吸怪帮助你弄这些图。"

"这个嘛,"格里姆叹着气说,"我对他们承诺了一些事情。"

"什么意思?"

他沉默了片刻。"当初我们想要逃跑,你说过正在研究如何在水下呼吸的事情,你还记得吗?"

"当然记得。为什么问这个?"

他无声地用手比画着。

"什么?"

"吸怪族,"他最后还是说出来了,"那些跟我一样在水池里干活的——他们无法在水下自由呼吸。他们得吸入气雾才可以呼吸,但是气雾对他们的身体损害很大。所以他们的生活非常悲惨,并且都年纪轻轻就死了。"他抬头看着安娜格,说,"我在想,你能不能帮他们制造个什么东西,不让他们的身体再受到损伤。"

安娜格想了一下,然后很谨慎地回答。

"可以,"她说,"我可以偷偷搞到少量必要的东西,然后制作出一点儿,倒是不难。但是你可能需要更多——甚至很多——这可就不一样了。那样的话,我就得弄个很大的容器。这得经过批准才行,否则会引起注意,惹上大麻烦。"

"如果我提到吸怪,托尔就会疑心为什么我知道那些人,为什么我这么关心他们。他认为自己在看管着一个弱小之人,他也一直觉得我软弱可欺。这样你很可能会暴露的。"她停顿了一下，然后继续更小心慎重地说，"不管怎么样，我们的目标是打倒安布瑞尔，并且一定要在它摧毁我们的世界之前，你还记得吗？"

"吸怪与这无关，"格里姆说，"他们一辈子就是干活，然后悲惨地死去。"

"难道你——"安娜格突然笑了起来。

"什么？"

"总是拿我和我的工作寻开心，终于轮到你了吧？"

"他们——他们似乎把我当成他们的头领了。"

"为什么？"

"我告诉他们如果我们能——呃——组织起来，团结一致的话——情况就会大大改善的。"

"组织起来？你在领导他们反抗？"

"我本意不是这样的，"格里姆懊恼地说，"我是说，当看到我跟工头大胆对抗时，他们从我身上得到了启发，后来就——哎，或许当初应该建议让他们为我做地图的。"

"地图？"

"这样我就能找到你，我们就能逃出去了。"

"哦。可现在我们被困在这儿——"

"他们看来还是希望让我继续坚持下去。"

"是啊，我想他们也会这样想的。"安娜格说，"那你是怎么想的呢？"

格里姆的瞳孔放大又缩小了，然后点点头，说："我也愿意继续待下去，"他说，"世道不公，他们怎么活下去呢。"

"你也可以换个角度想，"安娜格告诉他，"搞罢工或者怠工的吸怪越多，你就越有可能找到让安布瑞尔停止运行的办法。

没准这跟你曾经跟我说的天仪有某种联系。我们需要了解更多的情况。"

"没错。"格里姆说道，可是声音却透着一丝不安。

"格里姆。"安娜格双手抚摸着他的下巴说。

"嗯？"

"我很支持你关心这些人，我也为你找到了自己的事业而高兴。为了能拯救这些吸怪，我会全力配合你。但是为了他们或者我们的世界——如果消灭安布瑞尔也许会牺牲他们以及我们两个人的生命的话——我们也毫不动摇。对吗？"

他点了点头，但是动作却有些僵硬。

"你瞧，"安娜格说，"厨房的人手也捉襟见肘，对吧？如果吸怪挑起声势浩大的骚动，那些领主们就得开始考虑寻找气雾的替代品了。我已经做好一个了，万事俱备，只欠东风。就等着托尔找我来要了——明白吗？"

"明白了。"格里姆回答。

"我们就从这里着手。但是同时，你也得继续搜集更多的信息，好吗？我是说，如果我想出了能逃离这个地方的办法，也许我们可以带着你的朋友们一起走。我们得到的情报越多，我们可选择的余地就越多。"

"有道理。"格里姆深吸一口气，说，"我会看着办的。不过你呢——那个要杀你的女人怎么办？还有托尔呢？如果真如你所言，他觉得你软弱可欺——你千万要小心，我可不想有一天在化生池里看见你。"

"你解决你那边的问题，"她轻声说，"我解决我这边的。"

安娜格抱了抱格里姆，然后目送着他走了；但是之后，她开始觉得忧虑不安，不知道她和格里姆是不是真的还站在同一条战线上。

第三章

科林正埋头在桌上的纸堆里，一声轻轻的咳嗽声，转移了他的注意力，于是抬起了头。离他桌前几步远的地方站着一个人，原来是行政官马罗，只见他站得笔直，两手背在身后。科林连忙推开椅子，站了起来。

"长官。"科林敬礼道。

"嗯。"马罗点点头，依然站着不动。

"有什么可以效劳的吗，长官？"科林行礼好半天了，快坚持不住了，于是问道。

"我就是想问问你收到什么情报了吗？"

科林眨了眨眼睛。

要是收到什么情报，我肯定会报告的啊——他开始胡思乱想，但是又很快回过神来，怕被看出来。

"确实没有什么消息，长官，"科林说，"出什么问题了吗？"

"你收到了最新的截报。"

"是的，收到了，长官。"他说，"但我还是找不到梭默和这个——浮空城之间的联系。"

"他们肯定有什么勾当。"

"啊，是的，长官，他们勾结谋划着不少事情，"科林说，"梭默的特工继续对哨兵城和巴尔菲亚的难民营进行骚扰和袭击——巴尔菲亚已经发生了一系列的谋杀行动，我们绝对肯定是他们干的。谋杀行动也有明显的特点——受害者都是混血，或是被先祖神州认定为血统不纯的人。而瓦伦森林的情况就更糟了。我们无法保证物资供给能平安输送给那里的反抗军。上周已经有六十个反抗者被逮捕和审判，另外还有四个我们自己的人。某个环节出现了漏洞，但是我们还没有找出漏洞出在哪里。他们对我们的各种行动都了如指掌。"

"但是这当中有没有——"

"没有。梭默完全没有跟东边有联系。"

马罗看上去有点儿生气了。他拿起角落里的另外一把椅子，拖到了科林桌子的对面，然后坐了上去。

"你看了关于浮空城的报告了吗？"

"还没看，长官。自从调查阿特雷布斯案的任务被撤——"

"很遗憾。更可惜的是你所说的一切都是对的。但是你却让行政长官维尔看上去像个傻瓜，下不来台，结果自己遭殃了。多亏我想方设法把你弄回来，让你能有机会管理一些事情——呃———些重要的事情。"

"在下万分感激，长官。"

"我有些事情要告诉你，巡捕长。因为我希望你能好好思考一下。但是你只要听着就可以了，不许说出来。"

"当然，长官。"

"我想你应该也知道一直以来流传的一些故事——关于安布瑞尔的故事。"

"是的，我知道。据我所知，这些故事都是来源于一些信件，那是阿特雷布斯王子再次失去踪迹之前，寄给他的传记员的亲笔信件。"

"是的。这些信件激起了大众的好奇心，引起了成千上万种猜测。来自湮灭的浮空城，上面居住了奇怪的生物，所到之处一切尽毁，并且还创建了一支如行尸走肉的僵尸军队。"

"这些我都听说过。"

"目前根据探子回报，我们得到了少量信息。"马罗说，"这些传说基本上都是真的。另外还有一些新的情报。安布瑞尔——就是这个浮空城的名字——降落在了里尔莫斯，并且正在一直向前行进，它出现在了瓦丹费尔，而且确定有一群死而复生的僵尸紧紧跟随。同时还有件事——吉迪恩和风暴堡的各城都被占领了。你明白这是什么意思吗？"

"里尔莫斯和瓦丹费尔之间已经毫无阻隔，一马平川。"科林思考了一下，然后回答说。

"没错。显然这支僵尸军队已经不需要跟随在主人身边了。"

"不过即使远离浮空城，那些僵尸的数量还在持续增长吗？他们会自我繁衍吗？"

"这个还不清楚，"马罗说，"我们所掌握的情况是一支浩大的僵尸军已经进入了西罗帝尔，似乎正向着帝都而来。"

"明白了。"科林说。

"你确定没有任何迹象显示他们可能与梭默勾结吗？如果他们从东边侵袭，先祖神州从西边攻来，或者尼伯尼从北面来，那我们的领土可就岌岌可危了。"

"我还没有发现梭默已经了解了这些情况，他们应该没有参与进来。不过为什么——呃，长官请允许我问一下——为什么您认为梭默肯定与他们勾结起来了？"

"如果不是他们，那就是另有其人。"马罗捋着下巴上稀疏的胡子说，"当然，对于如何应对湮灭所带来的危机，你是受过严格的训练的。"

"是的，当然，长官。"

"我们都心知肚明决不能再让塔玛瑞尔再次遭受湮灭的入侵。"

"然而我们即将被入侵了。"

"是也不是。安布瑞尔显然并不是完全进入了我们的世界。"

"我不明白。"

"它就像是在湮灭的一个口袋里。"

"不过它却能影响我们的世界。"

"是的。但是希诺和维斯帕学院达成了一致的观点——两者还从未达成过共识——那就是即使安布瑞尔如此诡异，但是如果没有收到命令，它就无法进入塔玛瑞尔。"

"命令？"

"召唤、咒术、邪术。这类魔法是梭默经常用的。"

科林点了点头。"而且用得越来越多了，"他说，"我觉得我们关注的方向错了。一旦发现我们受到了攻击，我敢肯定先祖神州一定会趁机得利，不过依我看，倒是可以巩固一下瓦伦森林的防守，因为到时候我们很可能无暇顾及这里。他们已经有所计划，甚至已经筹划了数十年——据我所见，他们并没有一时头脑发热立刻就投靠湮灭大君或者其他什么人，与其沉瀣一气。"

"那还会是谁呢？"

"为何没有人想到安-兹利尔呢？"

"那帮蜥蜴一样的人？"马罗的语气里透着轻蔑，"他们那帮人形不成什么气候。就算他们掌握某种秘术可以召唤，他们何苦费这么大劲儿呢？他们都满足于在沼泽里老老实实过日子。"

"他们入侵过晨风。"

"那是为了复仇。几十年前,他们就止步不前了,从那时起,他们就远离世事,对什么都不闻不问了。"

"除了一点,他们一直防备帝国,认为帝国要侵略他们的领土。"科林直截了当地指出。

"据我所知,我们从没想过要入侵黑沼泽。谁想要那破地方呢?"

"我只是觉得应该盯着他们点儿,毕竟,那里是安布瑞尔第一次显现的地方。"

马罗看起来还是没有完全相信,不过还是点了点头。"很好,"他说,"我会授权让你看到相关的报告,如果有任何需要和要求,可以联络我的办公室。毕竟,在阿特雷布斯的事情上,你说的都是对的。但是——切忌功高盖主,明白吗?我可不希望维尔的事情再次上演。"

"我懂得,长官。"

他目送着马罗离开了,然后把目光又聚焦到了那些文件上面,但是却没有真正在看。

也许行政官说得对,安-兹利尔并没有什么威胁。在他们的眼中,他们都是本土主义者,只关注与清除原来的殖民者带来的影响,将原先由外族势力统治的黑沼泽还原到本来的面貌。而且,严格意义上来说,安布瑞尔是从某处的海平面升上来的,所以也有人怀疑是神出鬼没的蛞蝓人召唤浮空城飞向了塔玛瑞尔。毕竟,他们被认为是伟大的巫师。

他思来又想去,反复思索,还是没有理出什么头绪,于是他便想到了其他的"案子"。

还是没什么消息。尽管得到了艾瑞丝的大力举荐,可是他还是没收到艾瑞丝的任何消息。而且,他也没有什么要禀报她的，他可不想贸然涉险跟她联系。

几小时后，他得到了来自黑沼泽的情报。于是，他便开始研究起这最新的资料；有希诺和维斯帕学院从远方收集的情报，但是也有不少从地面得来的报告。一些是由驿使快马加鞭送来的，不过大部分还是通过魔法传送过来的。大部分的情报是关于安布瑞尔的面积以及行进的路线，另外风暴堡和吉迪恩的荷包也渐瘪了。科林感觉似乎漏掉了什么，于是又看了看他们掌握的关于安-兹利尔的极少量的资料。他发现了十分有趣的事情。

下雨了，塔洛斯广场被火把和灯光照得灯火通明。科林走在泥泞的小路上，空气却依然清新。一个虎人杂耍班正在附近表演节目，赏心悦目的摔跤表演，猫科动物独有的柔术，扔火把，等等。周围围了一大群人，热烈鼓掌，并且把钱币扔在杂耍艺人的脚下。科林从一群拿着木剑挥舞比画的孩子们身边走过，不自然地咳嗽了两声，表情僵硬。他小时候也曾经像那些孩子一样。他依稀还记得和小伙伴们一起玩这样的游戏。但是却完全记不起来当时的感受了。

科林向右转，走了几步，站在了一条漆黑一片的小巷里。这里就算有人死了——或者被杀了——也不会有人发现，因为人们都在灯光耀眼的广场欢乐嬉戏呢。

她发现他了，不过还是迟了一步。她很清楚要是他打算对她下手的话，早就一命呜呼了。自从认识她以来，这是艾瑞丝第一次暴露了自己的情绪，科林看见了她眼中恐惧的神色。他几乎能听到艾瑞丝惊惶不安的心跳声。

"别紧张，"他说，"我需要见你。我不敢给你送信。"

她向后退了一步，缓了口气，继续戴上了冷酷的面具。

"你怎么知道我会在这儿？"她问道。

"你一般都会走这条路。你从这里去酒馆,去见你的妹妹,走这条路比较近。"他稍稍扭头,指了指这条狭窄的小巷。

"你一直跟踪监视我?"

"最近没有,以前跟踪过。我想不通为什么你不走大路,偏偏走这里。"

她自嘲地笑了笑,"如果有人跟踪我,我可以听见的,"她说,"没有人逃过我的眼睛,看来是我太大意了。你有何贵干?"

"我正在看关于黑沼泽的报告,"他告诉艾瑞丝,"不过这些资料都被设限了——宰相希尔拉姆干的。"

"这不稀奇啊。"她说。

"为什么会这样?怎么回事?"

"去年,希尔拉姆秘密出访了一次黑沼泽,表面上看是与安-兹利尔人的领导人协商谈判。他会把所有显示他曾经到访的资料都抹去的。"

"难怪,这就解释通了那些以前的报告。"科林说,"但是我要说的是最近搜集的一些情报,关于来自浮空城的攻击。"

"哦?有意思。"艾瑞丝说,"真是很有意思。你是说这跟对阿特雷布斯的攻击是有关系的?"

"这是毫无疑问的,"科林说,"阿特雷布斯当时就在进攻安布瑞尔的路上。我们搜集到各种不同渠道的线索,包括街边张贴的告示,都说明了这一点。很显然,希尔拉姆想要极力阻止对安布瑞尔的进攻,尽量拖延帝国在这件事上的决定,能拖多久就拖多久。现在,我们知道了浮空城的一支军队已经进入了西罗帝尔的东部。"

"安布瑞尔也转变了方向,"艾瑞丝说,"现在正在越过瓦鲁斯山,向帝都行进。"

"那么，"科林说，"我们就得要想想为什么希尔拉姆希望安布瑞尔进攻帝都。他跟安布瑞尔到底有什么关系？你想到什么了吗？"

"没有。你呢？"

"呃，我想是希尔拉姆召唤了安布瑞尔，"他说，"用了什么手段协助它到这儿来。也就是说他跟浮空城的领主达成了某种协议，换取了什么条件。"

"没错，的确是这样。"艾瑞丝皱起了眉，说，"获取未经审查的文件确实有些棘手。他自己保管着这些文件——如果自己保管的话——在他私人的房间里。"

"有没有什么人跟他一起去的黑沼泽？"他问。

"有，我想想。他带了——"突然，她瞪大了眼睛，"呀，这可糟了。"她说。

"怎么了？"

"他带的人是迪莉娅·胡尔克。但是她已经死了。"

"死了？被谋杀了？"

"根据报告说是得病死了。而且也没什么理由可怀疑的。那现在——我们该怎么办呢？"

"还带了别人吗？"

"他租了一条商船乔装去的。我敢肯定，那条船的名字已经无迹可查了。"

"那么他得付钱吧。"

"他不想让皇帝知道，所以他可能没掏自己的腰包，没花自己的钱。"她环视了一下四周，"时间太久了，会被人发现，"她说，"还有别的事吗？"

"迪莉娅·胡尔克。她住在哪儿？"

"我不知道，但是我可以查出来。等我的消息。"

"好的。"

她准备要走了,不过又转身回来了,"干得好。"她说。

"谢谢夸奖。"

"下次来我家见面吧。你知道在哪儿吗?"

"知道。"

"你当然知道。走到窗户,敲四下。我要是在家的话,就会出来。小心别被人跟踪。内阁里面已经越来越乱了,到处都有问题。"

"我会小心的。"科林说。

她点点头,转身要走。

"你也要小心。"他说。

她停住了脚步,但没有回头,然后继续前行了。

第四章

安娜格望着泛着绿光的化生池,看着圆锥形山谷的石壁,许多虫子一样的生物上上下下地蠕动着,那山谷便是安布瑞尔的心脏。山谷上方,纵横相接的绳索闪闪发光,形成了一个巨大的蜘蛛网,更像是某种巨型的海洋生物,那亮光与塔玛瑞尔的太阳相映成辉。安娜格就是在这阳光下出生长大的。这蛛网让她觉得压抑和恐惧,塔玛瑞尔的阳光照亮了浮空城,她能触摸到这阳光,能感受到那温暖——但是,她却无法穿越天际,去往阳光照射下更广阔的世界。

"你还一直没去过那里呢。"托尔说。

安娜格强迫自己看着他。她第一次见到托尔时,托尔和他的手下屠杀了她所在的厨房里的所有人——但是只留下了斯莱尔和她。即使周围躺着无数惨遭屠戮的尸体,他看上去还是那么镇定,淡然自若。安娜格当时对他从心里感到恐惧,而现在这种恐惧愈加强烈了。她感觉托尔随时都会站起来,把她扛起来,然后从阳台把她扔下去摔死。而后,便再不会想起她这个人。

但是面露恐惧只会让她死得更快。托尔不喜欢弱者。她必须在托尔面前展示出另一面。

"那是因为你一直没请过我去那里。"安娜格回答。

他耸耸肩,然后吸了一口手中的长长的曲面玻璃管里的雾气。

"我知道你为什么没去过那里，"他说，鼻孔里结了冰，"你说呢？"

"你对我很失望，因为斯莱尔给我下了毒，我却请求你放过她。"

"不止这个。我以为你跟我一样，渴望不断超越，不断提升。但是你却压抑着自己，这样我就帮不了你了。"

"那为什么让我来这里？"安娜格问。

"因为你始终在激起我的兴趣。你发明了无数的东西。我希望最终能了解你。"

安娜格突然有了种不祥的预感，耳后的头发都竖了起来。

"我希望能让您满意，厨师长。"她说。

"是吗？"

"是的。但是要以我自己的方式。"

"显然，你只有迎合我的需要才能让我满意。"

安娜格壮起胆子，摇了摇头，"那只是最低级的，"她说，"小孩子的想法。"

"什么？"

"没什么，"她说，"我的意思是能做出让主人想象不到的菜品，这样的厨师才是最好的。"

"那令我想象不到的是什么呢？"

"这就是我要为你做的了，"安娜格装作开玩笑似的说，"你别急嘛。"

"可是，我有点儿等不及了，"托尔说，"难道我还得按你的时间表来吗？"

她强露笑容，说："但是我还是能激起你的兴趣的。"

"这倒是不可否认。"他又吸了口雾气，说道。

他挪过视线,望向远处,看了很久,然后又转过头,盯着安娜格。

"有场宴会即将举行,"他说,"就在几天以后,是为安布瑞尔国王准备的。请了四个厨房进行菜品比拼,为瑞尔勋爵,安布瑞尔的宫内总管准备宴席——其中有我的厨房,还有费米尔、卢尼埃尔和艾什德利的厨房。哪个厨房最受总管的青睐和好评,哪个就可以为安布瑞尔国王准备御膳。我不用说也知道肯定我的厨房最终胜出。"

"这是毋庸置疑的,厨师长。"

"在我看来,费米尔是我们主要的竞争对手。她以丰富的创造力著称。在费米尔以前,菜肴基本只有八种口味:咸、苦、辣、甜、酸、瞬、快、死;但是费米尔找到了第九种口味,而且没有名字。很多人想办法复制这种口味都失败了,也有不少人探究这味道是怎么创造出来的,但是也没有任何发现。所以呢,安娜格,虽然你想以让我意想不到的东西吊着我的胃口,但是现在你给我听好了,你得给我找到这第九种口味。不然的话,那些你想取悦我,让我满意的计划都是空话。听明白了吗?"

"听明白了,厨师长。"安娜格说,"我一定不会让您失望的。"

"但愿如此。"托尔说,而安娜格搞不懂这句话是肯定语气还是疑问语气,"现在你可以走了。"

"还有几个问题,厨师长。"她说。

"什么问题?"

"您有没有这第九种口味的样品,这样的话,我就能知道需要复制什么。"

"没有,一点儿也没有。"

"您亲自品尝过吗,厨师长?"

托尔的脸有那么一刻像是石化了一般。

"没有。"他终于开口了。

"那你可不可以告诉我这是看得见的还是看不见的东西?"

"我们猜想很可能是看不见的,只有等级最高的几个贵族才能品尝到。"

当安娜格离开以后,发现自己腿都软了,膝盖在颤抖,而且她觉得像是做了场噩梦一样,看到这一切都发生在别人身上。她回到了厨房,想要安静一会儿,让自己平静下来,好好想想——自己该从哪里入手。

安娜格确信只要是她尝过的一定可以复制出来,但是这次却没有机会尝到——简直是不可能完成的任务——如果现在就放弃的话,那就更没有希望了,不是吗?她必须相信自己是可以做到的。费米尔不就成功了吗。这是偶然创造出来的,还是精心研制而成的呢?

安娜格走到了自己的工作台前,远离了熙熙攘攘和喧嚣烦乱,开始漫无目的地翻腾着柜子里的各种粉末、液体、蒸馏水和酵素,然后又无意识地晃动着容器里的灵魂力量。一个小时以后,她把东西都放了回去,双手托着脸颊。她脑子根本运转不起来。叹了口气,她又回到了自己的房间,不过还是没有什么思绪,最后还是放弃了,打开了一瓶红酒。

斯莱尔进来时,安娜格正在喝第二杯。

"对不起,"斯莱尔说,"我不知道你在这儿,这大白天的就——"

"没事,过来吧,"安娜格说,"我只是在想事情。"

"我不是有意打扰你的。"

"有时候说说话也有助于我思考。"她一口气喝干了第二杯酒，又倒了一些，"咱们一边喝一边聊。"

斯莱尔迟疑地看了一眼，最后还是听了安娜格的话。

"你知道费米尔的第九种口味吗？"安娜格问道。

"倒是听说过。"斯莱尔小心翼翼地说。

"在我来安布瑞尔之前，五种基本口味里我只知道其中四种。后来到了厨房，被逼着学做饭，才知道要想做好一道美味的菜肴必须把这些味道都中和进来，和谐统一。我到了这里以后，你，斯莱尔，告诉我还有另外三种味道，都是精神层面的。"

"快、死和瞬。"斯莱尔接着话说。

"所以我在想，"安娜格说，"我分别用舌头的不同部位尝到五种基本味道，很久以前，我曾经在书里读到过味觉是天生的，随着成长就能辨别出这些味道。但是，我做不到，没法像那些贵族一样，尝出快和死有什么不同。我可以看出跳得欢的虾是活的，静止不动的虾是死的，而味觉也是一样的，可惜我的舌头不具备分辨这两者的本能。至于说瞬，就完全是另一回事了，对吧？这些味道都是使用灵魂创造而成的。当菜肴被呈上来的时候，虽然说是品尝，但是依靠的并不是舌头。真的，皮肤或者眼睛也同样能品尝——而瞬不是单纯的一种味道，而是成百上千种不同的东西，通过某种特别的烹饪方法综合而成。就像你那天尝过的恐惧感或者将来的某一天我制成的欢乐感一样。这和未经提炼的灵魂能量所带有的活性感觉有什么可比性吗？"

斯莱尔喝了一口酒,说:"这就是说你认为这第九种味道不是瞬了?那就肯定是某种新型的味道。"

"也可能是完全不同的类型,如同瞬跟咸味和辣味是毫不相干的一样。"

"这东西是怎么被发现的呢?如果只知道辣、酸和甜,人们又怎么会想到世上还存在咸味,并且学会做出这个味道呢?"

突然有什么触动了她的神经,渐渐有了点儿灵感。

"尤其是要是有的人没有舌头的话,"安娜格在脑子里不断追问着,"那我们就遇到麻烦了。"

"我们?"

"你仍然是我的助手呢,斯莱尔。"

"我知道,"斯莱尔说,"我只是以为——"

"我这是再给你一次机会,"安娜格说,"最后一次机会,明白了吗?"

斯莱尔用力地点点头,然后突然眯起了眼睛。

"你已经想到什么了,是吧?"

安娜格笑了,"不是你想的那样。"

"那是什么?"

"我想也许可以一箭双雕。"她说。

"什么意思?"

"托尔觉得我不够强势,不够有野心,因为我不愿意为了活命而做违心的事,不愿往前走。"

"是的,"斯莱尔说,"我听他这么说过。"

"我会做出第九种味道的,"安娜格信誓旦旦地说,"而且我也要给托尔看看,我愿意往前走多远。"

"怎么做?"

"我从费米尔那里把它偷来。"

斯莱尔听了顿时目瞪口呆。"这是不可能的。"她说。

"你看,"安娜格酌了一小口酒说,"我们可以花两个星期的时间来做这个——很可能会失败——或者我们也可以去保存着那个东西的地方,花点儿时间学习让安布瑞尔国王满意的最佳使用方法。"她又重新坐了回去,"我想这就是托尔想要让我做的。也许这就是他设计好的,用来试探我。"

"听起来的确是他的做事风格,"斯莱尔承认,"但是潜入另外一个厨房,混过所有的守卫,小命能保住就不错了,更不用说还不能被逮到——我真不敢想象怎么才能做到。"

"我可以做到,"安娜格告诉她,"我知道怎么学到隐藏最深的秘密,也知道怎么弄到藏匿起来的菜谱——只要花点儿功夫——就不会被发现。"

"真搞不懂你到底想没想清楚,"斯莱尔说,"即使你逃出来了——要是费米尔发现任何蛛丝马迹,看出你偷了她的东西,她会让托尔把你交给她的,而且托尔也肯定会照做的。这就是规则。也许托尔早就想到这一点了。"

"那别被她逮到就好了,"安娜格说,"而且也别留下任何痕迹。"

斯莱尔神色坚定,似乎已经下定了决心。

"告诉我,该怎么帮你,"她说,"我不会让你失望的。"

"那就好,但愿是这样,"安娜格说,"你要知道,这可真的是你最后一次机会了。"

"我知道。"斯莱尔回答。

"很好。等我有什么需要我会告诉你的。"

一切都指向了化生池,也就是说很多事情都牵扯到了那里。

这一切早在格里姆找到了边缘树林时就开始了。

安布瑞尔的浮空城是个表面凹凸不平的圆锥形山体，山峰直指地面。化生池处在山体的盆地，大部分人口都聚集在狭窄拥挤的城中心建筑里。贵族们则居住在用水晶和金属建造而成的精美建筑的最上边。但是浮空城的边缘则是另外一个世界，无数的树木环绕着整个浮空城，树根深深扎根在岩石层，化生池为这些树木提供养分和水源，树木的枝叶低垂，向着城外的方向散开，就像是领子的蕾丝花边一样，形成螺旋状。漂浮的岛上有奇怪的鸟群飞翔，诡异的花园里，花朵从腐烂的树木里钻出，树上结着水果和坚果，像猴子一样的东西在树上吱呀乱叫。

除了水塘，他最喜欢的地方就是这里，与化生池相比，有时他甚至更喜欢这里。一部分原因是这里能让他感到自由，而另一部分原因是对他来说，这里更让他感到熟悉和亲切，更贴近他的本性，这几个月以来，他几乎将自己的本性都忘了。

然而，放眼望去，这里的景色却让人感到烦恼不安。向前看，所见之处都是平原和森林，只有在远处才显得柔和美丽。向下看，就是另外一番景象了。上千人的僵尸大军在开阔的平地上行进，是安布瑞尔的幼虫让他们成了活着的死人。

地面变得开阔了。安布瑞尔改变了方向，带着他们向东，飞过了几座高耸的山峦。他们身下是白雪皑皑的荒原，几乎看不到树木。那些僵尸军队看起来不计其数——更糟的是——还组织有序，按照等级列阵行进。

"好久不见了。"一个轻快柔和的女孩的声音。

他没抬头就已经知道来者是谁了。

"你好，菲娜。"格里姆说。

从她炭色的皮肤和红色的眼睛来看，菲娜可能曾经是个20岁左右的丹莫人。但是他比维特还像人类，而不像丹莫了。由于安布瑞尔人出生之时便是成人的模样，格里姆从他们更早以前的谈话中推断，她可能最多也就五六岁。她常穿的衣服是衬衫和齐膝的裤子；今天的衬衫的绿色的，短裤是黄色的。

"你给我带来淡紫色的小虾了吗？"她满怀期待地问。

"没有，"他说，"不过我觉得你更喜欢这些。"

格里姆递给菲娜一个小袋子，她满脸笑容地接了过来。但是打开袋子以后，却显得一脸困惑。

"藤壶怪。"他解释说。

菲娜从袋子里拿出了一个。看大小和形状跟大鲨鱼的牙齿差不多，深绿色的，摸上去很平滑，宽处的底部还有个潮湿的管状附肢。

她咬了一下牙状的贝壳。

"硬的。"她说。

"在这儿，"格里姆说，"看我的。"

他拿起了一个藤壶怪，用手一压，壳就碎了，然后捏住一个突起的部分，把里面柔软的东西拉了出来。格里姆把它递给菲娜，她咬了一口，嚼了一会儿，然后笑了。

"不错吧？"格里姆说，"这些东西原产于里尔莫斯周围的海里，我就是在那里长大的。曾经有人把它们采集起来，并且把它们养大，因为它们突然之间就长在了池子里。"

"太美味了，"菲娜说，"你总是有办法给我惊喜。"

"这没什么。"梅尔-格里姆说。

"但是我却不能经常回报你。"菲娜说。

"也许今天可以，"他说，"跟我说说关于这片森林的事。"

"森林?"

"是的。"他敲了敲身旁的树枝说。

"我真不知道该从何说起。"她回答。

"这个嘛,"格里姆想着该怎么说,"我注意到那些树能长出水果和坚果,甚至还有谷物,都是同样的种类。那还长出什么?"

"还有什么?"她双手一拍,想到了什么,"还有盐和糖,酸的东西和红酒,醋和硫黄,铁和玻璃。这些树有制造东西的神奇能力——只要告诉它们怎么做就可以。"

"谁来告诉他们?"

菲娜思索着,"这个嘛,我也不清楚,"她说,"已经这么久了,它们做的东西已经不少了,我觉得它们自己可能也都忘了。要不然就是它们根本不谈论这些。它们只是告诉我们该做什么了,或者该采集什么了,什么东西错了,得找厨房的人来帮忙什么的。"

"等一下,"格里姆说,"那些树跟你说话?"

"当然了。你听不到吗?"

"听不到,"格里姆说,"完全听不到。怎么会这样?"

菲娜瞪大了眼睛,格里姆这才发现自己身上的棘刺鼓了起来,他正在发出战斗的信号。他极力克制住自己,让自己镇静下来。

"为什么问这些,格里姆。"菲娜问他。

"这关系到我自己,"他说,"也关系到我身边的人,关系到为什么他们会死。"

"我不明白。"她说,"但是我能看出来你很心烦。能跟我说说吗?"

格里姆想了好久。安娜格一定会说别相信这个女孩,她不相信安布瑞尔上的任何人。但是菲娜是唯一帮助过自己的人。

"好吧,"他终于开口了,"我说给你听。因为这也许对你也有意义。也许会让你思考一些事情。所以,别怕打断我,有问题就问我。"

"我会的。"

"我曾经告诉过你:我是从一个叫黑沼泽的地方来的。我们称自己为撒西勒人,而别人都叫我们亚龙人。"

"我记得这些。你还说你们那里的人都是一样的。"

"一样的?是啊,跟你们相比,是这样的。我们都有鳞甲,也都能在水下呼吸什么的。你们出生时,安布瑞尔会选定你们的长相和种族。而决定我们的是——遗传。"

"什么意思?"

"这个现在不重要,我们可以以后再谈。重要的是:在黑沼泽还有另外一个物种——希斯特。他们是有意识的树木,而我们——与他们相联系。他们很多,也是一个,都与根相连,我们,也是如此,都与根相联系。有人说我们是由希斯特创造的,我们去往他们去不到的世界,替他们看他们看不到的东西。他们可以召唤我们,也可以把我们送走。等我们被取了名字,就会吸收希斯特的元气,然后我们就会有变化——有时候变化很小,有时候变化很大。"

"什么意思,什么叫'变化'?"

"几十年前,我们的国家遭到湮灭的入侵。希斯特早有预料,把我们召唤回黑沼泽。我们当中很多人都变异了,以应对面临的战争。我们变得更强壮、更敏捷和迅速——可以跟可怕的东西相抗衡。"

"我开始明白一些了,"菲娜说,"你是说你们的希斯特很像我们的边缘森林。"

"是的。但是却不一样。他们不像希斯特一样跟我说话。但是你说他们跟你说话。"

"不是用语言,"她说,"他们会做梦,会经历一些事情,会传达他们的需要。但是我想象不到他们会做出计划,就像你描述的那样。"

"但是他们在睡梦中可以改变事物,就像希斯特一样。"

"哦,是这样的。不过,如我所说,他们没有主动性,必须别人告诉他做什么。"菲娜把手放在格里姆的肩膀上,说"我还是搞不懂这件事为什么让你这么心烦意乱。"

"希斯特是合二为一,相互统一的,"格里姆说,"但是有些时候一些树木变节了,与其他的树木脱离。这样的事情是很久很久以前在我的国家发生的。而且我认为在你们的世界入侵我的家园的前夕,又发生了一次,变节的树木与安布瑞尔勾结起来,甚至助纣为虐。你听明白了吗?他们害死了我们许许多多的同胞,所以他们就像那些僵尸一样为安布瑞尔卖命。现在,我怀疑是他们最初召唤来了安布瑞尔。你能不能回忆一下——"

而此时菲娜已经目光茫然,似乎在回忆着什么。格里姆停了下来,等着她。

"我们在一个虚无空间里,"她说,"周围什么都没有。然后突然那些树开始唱起了奇怪的歌,人们以前从来没听过。他们唱啊唱啊,根本不停,而且歌声很美。人们都没有印象以前是否发生过这样的事情。后来,我们就来到这里了。他们还继续唱着,但是声音变得更轻了。你听。"

菲娜抓起格里姆的手,按在树皮上。这真的很奇特,有那么一刻,时间静止了,他感觉到的只有树皮的粗糙,还有菲娜柔软又温暖的手。接着菲娜开始哼唱起来,开始还是轻柔的吟唱回荡在边缘森林里,后来声音突然变尖了,那声音与菲娜的吟唱一模一样,轻柔悦耳,悠扬婉转,还有上千个和声在回响着,仿佛每粒种子,每片枝叶都按着自己的乐谱在附和着。格里姆记得这旋律,从一出生就听着这旋律。那是希斯特的歌声。

不过边缘森林的旋律却有些不同——更简单一些。尽管如此,格里姆还是沉醉在其中,很久很久,他无法用言语表达,也无法思考,只是跪在树下,任由菲娜握着他的手,感觉自己宛如新生的婴儿,将自己的灵魂与之相连,成为一体。

第五章

　　大多数的陷阱和圈套都很简单，科林是这么想的。越简单就越有效。

　　迪莉娅·胡尔克的公寓看上去就很简单。自从她死后，这所公寓就已经被收回了，所以科林不得不等待时机，等着它现在的主人——一个地毯销售商，名叫勒维夫·迪莫的虎人——等他走了以后，才能进来。房子已经有年头了，一片昏暗，估计从来都没有阳光照进来过。只要睁开他通灵的眼睛就足够能看清了。她就在那里，成了幽灵，依旧在等待着。幽灵通常是游走着的，除非被某种力量牵扯着并且供养着，他们才会待在特定的地方。在他看来，这个地方就是如此——果然，他的预感应验了。

　　但是他看到的并不是迪莉娅。甚至可以说根本不是幽灵。屋子里的这个东西是为了对付像他这样的人而留下的。他的视觉被扭曲了，眼前出现了一个幻影怪，不肯现形，然后突然凝成一团，进入了梦达思，也就是这个世界，科林被伤到了。他没能躲闪开向他吹来的东西，他根本不知道被什么袭击了，因为那东西是无形的。而且更糟的是，那东西在他的胳膊里游走，穿过每一寸肌肤、每一根血管、每一块骨骼，他都能清晰地感觉到，简直难以置信，并且为此感到愤怒。起初，他以为自己的胳膊没了，结果一看，其实还在，里面的肌肉在不停抽搐着。

科林二话不说就地一个翻滚，反身抽出腰中的匕首，这些下意识的动作都是经过特殊训练而练就出来的。那东西朝他扑来，他用那个半透明的武器向那东西砍过去。那东西被打碎了，并且发出了一种尖锐的声音，他虽然感觉不到，但是公寓的玻璃都被震碎了。

科林用的并不是真正的匕首，但是却很厉害。他随身带着以备用来对付幽灵鬼怪，虽然不知道到底是什么东西，但至少是某种圣器，是由某种神力凝结锻造而成的水晶般的物质，神圣而不可侵犯。

不过科林还不确定他到底伤没伤到那个幽灵一样的家伙，所以他一步步后退，集中精力寻找它，暂时忘记胳膊上传来的噬死般的疼痛，全神贯注应对目前的情况。

那东西又来了，这次他感应到了，向着那东西的中心刺去。他感觉到了一股阻力，那家伙又发出声音了，这次疼得发抖的不是科林，而轮到那家伙了。于是科林趁机接连捅了一刀又一刀。一片淡黄色的薄雾在他头顶上盘旋，就像旋转的刀片一样朝着他的头削过来，接着那片淡黄色爆裂开来，溅落在他身上。四肢突然没有了知觉，他发现自己瘫倒在了地上。

那东西在向他逼近。

突然觉得自己被奇异地抽离了，科林闭上了眼睛抗拒着那个东西，并且进入了自己的世界。那里有一颗属于他的小星星，他身体的一小部分穿越了这个世界甚至湮灭位面，它来自艾瑟瑞斯——一个充满着纯洁之光和魔法的国度。

剧痛和寒冷啃噬着他，于是他把星星变成了太阳。

太阳的光亮和能量，使他睁开了眼睛，张开了嘴，光线穿透了那幽灵，将它四分五裂，犹如狂风吹散了云雾一般，这次那幽灵没能再发出声音，立刻消失得无影无踪了。

科林倒在地上，看着自己胸口起起伏伏，记不起来他刚才做了什么。也不认得刚才去的是什么地方。此刻无法动弹。

他应该感到惊慌恐惧的，可是太累了，感觉到的只有疲惫。

屋子的另一头，一个陌生的女人在盯着他看，静静地，一动不动。

科林记起了小时候在安维尔城的日子，他划着船，眺望着海面，幻想着在遥远的地方有无数岛屿。他还记起了他的母亲，洗衣工长期繁劳艰辛的工作把她的后背都压弯了。

他记起了他杀过的一个男人。他根本不知道那个男人的名字。那是在一座桥上，那个男人借着光线望向河对面。男人看到了科林手上的刀，想要用双手抵住锋利的刀刃。他向科林乞求，饶他一命，但是科林还是刺向了他，直到生命渐渐逝去。他记得那是成为巡捕必须要经过的终极考验。

他的记忆如潮水般涌来，与此同时，他的四肢也有了知觉。身体里就像有无数根针一样刺痛。

直到有力气站了起来，他才想起自己身在何处。科林面对着那个女人，她还是一言不发。她是个红卫人，一头浓密的卷发，坚毅飒爽的脸庞，看起来大约五十多岁。

"你是迪莉娅·胡尔克？"他问。

听到那个名字，那女人眨了眨眼睛，其余的地方还是一动不动。一些幽灵还有记忆，记得所有的事情，而一些幽灵则记忆全无。甚至还有的幽灵根本不知道自己已经死了。

"你跟宰相希尔拉姆去了黑沼泽，你还有印象吗？"

那女人转动了一下。她低头向下看，一只手微微抬了起来。

科林顺着那女人的手势，看到她正指着一块护墙板。他走过去看，发现那里有些松动。在墙缝里，他发现了一个软软的皮包，里面是一本书。"我可以看看吗？"科林问道。

那女人的手又放了回去，但是却没有回答，于是他打开了那本书。书里的文字大部分是用塔玛瑞尔语写的，一些空白处的字迹用的是尤库语，他曾经学习过，所以略懂一些。这是本日记，后面还有一些插页。他发现了几页有关于黑沼泽的记录。科林刚看了一页，就听到了走道里传来脚步声，这才意识到他在地上已经待了将近一整天了。于是，他立刻夹着书，顺着没有玻璃的窗户跳了出去。迪莉娅看着他走了，并没有阻拦。

    太阳快下山了，还残存一丝余晖。不过科林还是想走在阳光下，好尽快忘了在公寓里经历的一切。他经过集市区，买了些苹果和猪肉馅饼，然后在路边摊上买了柠檬水。他在一栋高楼的屋顶上找到了一个绝佳的地方，可以俯瞰到艾瑞丝房后的小巷。他在屋顶上一边吃东西，一边翻看那本日记，身后有几只鸽子，悄悄靠过来，想要叼食他吃东西时掉下的碎屑。

    迪莉娅在日记里详细地描述了他们为黑沼泽之行所做的准备，也让科林清楚地了解到迪莉娅的想法，她认为皇帝起码是知道这次出行的。希尔拉姆解释说这次出行如此隐秘，是为了不让皇帝的敌人知晓此行的目的。迪莉娅对于面见安-兹利尔人也是毫不知情的，但是她也看出希尔拉姆与安-兹利尔人达成了某种协议。她也被误导和迷惑了，错误地相信希尔拉姆此行的目的是与安-兹利尔结盟，以共同对抗梭默。但是科林也搞不清楚他们具体谈了些什么内容。最让他感兴趣的是，协议还包括要求希尔拉姆在市树下举行某种仪式。

迪莉娅的日记里写道：

那棵树极为高大。我只在瓦伦森林见过比它更高的，但是相比之下，希斯特更加枝繁叶茂，更加魁伟壮观。而且感觉好像被赋予了生命一般，是一种与众不同的存在。亚龙人声称树是有智慧的，我从来都不相信，但是这次，当我站在它面前时，我终于再也无法怀疑了。而且，我还感觉到它充满了某种恨意，不过这也许只是我的想象，因为整个过程都在友好的氛围中进行。长久以来，安-兹利尔人一直都蛮横自大，而且傲慢无礼，这个城市也一片腐烂恶臭。从踏进里尔莫斯的那一刻起，我就一直想着赶紧离开这里。

然而，宰相却截然相反，看起来兴高采烈，甚至喜气洋洋的。安-兹利尔人对着那棵树唱起歌来，唱得五音不全，难听极了，而且还唱了好久，我都快睡着了。希尔拉姆还时不时地跟他们一起哼唱起来，不过也是瞎唱，根本找不着调。他点起了火盆，我敢肯定这是某种魔法。他年轻的时候，曾经师从魔法师吉尔德领导的魔法组织，后来那个组织分崩离析，彻底完了。所以，我知道他对这些魔法的东西是很在行的，不过尽管如此，还是挺让我感到惊讶的。

给我的感觉是他好像是在召唤什么，因为他一直喊着"安布瑞尔"，而且重复了好几遍。尽管他说的语言我根本听不懂，但是重复念着的那个词听起来像是个名字，也许是我猜错了，因为什么也没有召唤来，可是大家都很高兴，欢呼雀跃。

明天我们就要启程回家了，真是再高兴不过了。

科林继续读着日记,让他感兴趣的另一段文章出现了,迪莉娅开始怀疑皇帝是否批准或者知晓他们的这次出行,她决定去直接试探希尔拉姆。

他心惊胆战地读着最后几句话:

> 今天的午餐时候,希尔拉姆再次重申了他的观点,但是我还是有所怀疑。明天我将要面见皇帝。我会亲自问他。
>
> 希望明天我的身体能好一些。我的胃有点儿不舒服,而且关节也疼得厉害。也许这汤不合我的胃口。

科林往回翻阅,看看日记的早些内容,但是都被涂黑了。他倚靠着屋顶上的烟囱,看着艾瑞丝未被灯光照亮的窗户。天上既没有皎洁的明月,也没有云雾笼罩,只有闪耀的点点星光。他静静地坐着,任凭夜幕垂下;先是一群燕子低空掠过,接着是一群蝙蝠振翅飞去,最后传来了猫头鹰的低喃自语,还有蛙鸣蝉叫。集市区有只狗在叫,紧接着便有无数只狗应声相和,一犬吠形,百犬吠声。一会儿工夫,半个城的上空都回荡起合唱般的犬吠声。一对小两口正在不远处为了牡蛎的价格争吵不休,还有悠扬悦耳的琵琶琴声随风飘散而来。

艾瑞丝此时可能正跟她的姐妹在一起呢。科林还得再等几个小时,还有时间想想该怎么做,该不该给艾瑞丝看这本日记。她到底是不是皇帝派来的卧底?

他曾经被派去寻找阿特雷布斯王子。王子违背了他父亲的意愿偷偷走了,独自去寻找并且对抗浮空城。他并没有走远;科林发现他的整个卫队都惨遭杀害——而且,从种种迹象来看,似乎王子也没能幸免。阿特雷布斯,事实上是被他的父亲和大臣们吹捧起来的。他所赢得的所有战斗和决斗都是事先安排好的,而那些歌颂和描写他的吟游诗人和作家都是被朝廷重金收买的。但是王子对这些并不知情,只有他身边的极少数人知道,而且不包括他的近卫队。当王子一旦决定动身远行,踏上探险的征途,他的得力干将戈兰就会向宰相府上报,并做好相应的准备工作。

但是这次不同——至少与以往的惯例不一样。这次宰相布下了埋伏。这就使得科林对艾瑞丝进行了调查;科林知道戈兰去找艾瑞丝了,跟以往一样。他发现艾瑞丝亲自布置了对王子的进攻计划,后来,科林跟着她到了一个房子里——根据他听到的情况——艾瑞丝杀死了王子及其卫队,还有房主。他还是不知道艾瑞丝是不是召唤来什么东西,或者是不是化身成了恶魔,把那间房子彻底变成了屠场。

然而,艾瑞丝向他承认了这些。她也为此给出了自己的解释。

大部分的陷阱都是很简单的。

科林叹了口气,用手挠了挠头发,感觉脸上有微风吹过。

他听到了一丝动静,忽然睁开了眼睛。

十几米外,科林看到了一个男人的身影,穿着黑色夹棉的无袖短上衣,一副黑暗兄弟会的装扮。那家伙侧着身子,正跪在小巷对面那栋楼的屋顶上。科林看向他,他像蜘蛛一样沿着绳索滑了下去,进入黑暗中,细细地寻找着有利的位置,然后他停了下来,依然像蜘蛛一样悄悄溜到了艾瑞丝的窗前。过了一会儿,科林看到窗户上反射出的星光,看来是窗户被打开了,眨眼间的工夫,窗户又被关上了。

阴风陡起,一阵凉意袭来,科林发觉自己正在流汗。

有人想杀死艾瑞丝。

他迟疑了半天，自己都觉得惭愧，他想做出一个最明智的决定。如果艾瑞丝死了，他就可以全身而退，不用牵扯进这整个事件中了。

但是这样一来，他就永远没法知道以后会发生什么了，也许当他看到帝国崩溃瓦解那一天时，才会感到后悔，才会醒悟到当初应该可以做些什么阻止这一切发生的。

而且远不止这些。还有她，如此脆弱，容易受到伤害……

在那一刻，他意识到他是认可艾瑞丝的。她就是科林多年以后想要成为的那种人。然而，他看到了艾瑞丝内心的空虚和疲惫。他还是不能确定是不是能信任她，他们是不是在同一个阵营的。

但是科林不希望她死。

他抬头仰望天空。她该回家了。估计那个刺客也知道吧？

科林没有绳索。他可以跳到窗户那里，也许可以，不过胜算不大，而且还会发出声响。不过他倒是可以跳到旁边的那栋楼，在艾瑞丝到家之前，赶到她门前，就用不着跟那个刺客正面交锋了。突然，他看到了窗户里的灯光——不是那间屋子里的，而是来自另外一间屋子。

他暗自咒骂了一声，向后退了几步，估算了一下距离，然后一跃而起。

他的脚尖碰到了窗台，他弓起身子，手肘挡在眼前。窗户的玻璃碎了，可是木框纹丝未动，所以他又被反弹了回去，后背朝下朝着十米下的地面摔了下去。他踹了一脚碎了的窗格玻璃，设法抓住了窗框，身体也摆了起来，肩膀撞在了砖墙上。他气喘吁吁地，提起一口气，纵身一跃，爬上了窗户。

科林刚一打开窗户,就有人朝他扑来。他跳下窗户,潜到暗处,飞身一跃,朝着亮着灯的房间翻滚过去,并且抽出了身上的匕首。他不经意间发现自己满手是血。

科林正要翻身而起,一把刀砰地一声砍在了身边的地上,刺客就在身后;那刺客左手一把黑刃刀,同时右手正在从短上衣里抽出一把白刃刀。科林倒吸一口冷气。刹那间,一切都变慢了,房间里闪出一道金光。他挥动双臂,但是脚下失去了重心。接下来发生的,他已经预感到了,他结结实实地撞在了坚硬的墙壁上,摔在地上时,疼得直想大叫;但是喊声被憋在嗓子眼里,怎么也叫不出来。

攻击他的人正在房间另一头,倚着书架。他大吼一声朝着科林走来,一步、两步,到了第三步,膝盖就打弯了,于是一拳没打中科林,直接砸在了地板上。科林看到他的匕首正好插在了那个倒地的男人两片肩胛骨的中间,鲜血滴落在地上。

科林呻吟着,撑着地想要站起来,但是感觉双腿在打颤。他心里默默向迪贝拉女神祷告,不过也不知道她听得到听不到。他也不知道多久才能站起来。他爬到了倒下的刺客身边,从他的手里夺过了黑刃刀。然后把刀插进了刺客第一和第二根脊椎骨之间的地方,又使劲扎了扎。然后,这才看看自己的模样。

科林的胳膊被窗户的碎玻璃划了好几道口子,不过伤口不深,没什么危险。刺客的另一把刀刺穿了他的胸肌连接肩膀的地方。他这才感觉到了伤口处的疼痛,他意识到那把刀一定是刺到了骨头上,幸好是这样,要不然就会刺到心脏了。不管怎么样,要是刀上没有毒的话,小命还能保住。

突然,余光一扫,他看到了另一个男人,从窗户的方向过来,他想转身,但是太晚了。

突然犹如闪电般的雷霆一击,那男人跌跌撞撞向后退去。眨眼间,出现了一个东西,一个可怕的东西。科林瞥见一道绿色的鬼火,鳞片带着像镰刀一样的爪子。那男人还没来得及叫喊,整个身躯就被撕碎了,溅得满屋都是。接着,那怪物又转向了科林,发出了一阵咆哮。

"停!"一个声音响起,那魔族停了下来。

艾瑞丝站在他身后,眼睛瞪得比以往更大了。这让她倒是显得更年轻了。她的白色衬衫的袖子上染着鲜血,太阳穴上有一片红渍,眼睛也出现了青紫。

"搜索并守卫。"她指示那魔族,只见那怪兽转过身,心不甘情不愿,耷拉着脑袋,没精打采地走向了窗户。

"你怎么——"艾瑞丝不知该怎么说了。她喘着粗气,显然是担心他。

"过来,"他说,"你别的地方没受伤吧?"

"我从来没见过他,"她低头看向那具尸体,说,"从来没听说过这个人——一切都猝不及防。"

"让我看看,"他说,"你倒是小试了一下身手。"他检查了一下艾瑞丝手腕上的伤口,是防御时的轻伤,伤口不深。

"我听到了动静,像是玻璃碎了的声音。我猜可能是转身时抬起了手,可是那个男人已经在这儿了。"

"那动静是我弄的。"科林说,他正找着有没有致命的伤口。

"我不明白。"

"我当时正在街对面的屋顶上等着,然后看见有人想破门而入。"

"他是来杀我的。"她的呼吸还是很急促,皮肤热得发烫——正常来说，不应该这么热的。"

"明摆着的。"他说。

"还好有你，不然我早就死了。"

"这么说的话，要不是你，我也会被第二个男人干掉的。"他补充道。

"天啊，你身上到处都在流血。"

"没关系，"他说，"但是说到流血，你的胳膊——"

艾瑞丝看了一眼，然后又看向他。他发现自己一只手扶着她的肩膀，一只手捂着她的腹部。他感觉到她的腹部在颤动，眼神也变得不一样了。

笨蛋，他暗骂，真是个大笨蛋。

她的皮肤烫得都快熔化了。两个人的嘴唇贴在了一起，她的呼吸更加急促，就像是想要从对方的身体里吸到更多空气一样。他闻到了一股燃烧着的丁香的味道，并且感到一股电流穿过他的身体，这种感觉他以前从来没有体验过，一种不可思议的力量填满了他心里的空虚。艾瑞丝把脸枕在科林的肩头，科林也是如此。他们双双摊倒在地上了，扭成一团，互相撕扯着对方的衣服。

因为身上的血而打滑，汗水滴落在伤口上，里面的盐分浸渍了伤口，但是这些都无关紧要。

过了一阵，似乎是过了好久，科林躺下休息了，而艾瑞丝在擦拭他的伤口，先用温水清洗，然后抹上一种白色的药膏，抹上以后，有一种温暖的舒服感，还有淡淡的芥末香味。感觉简直好得不能再好了；他体验到了两个人肉体结合的亲密和欢愉。他们已经挪到艾瑞丝的卧室了，她给他盖上了厚厚的被子，让他躺得更舒服些。而她自己坐在床边，月光洒下，她从脖子到胸部的肌肤，就像珍珠一般闪亮夺目——除了有些地方还有干了的血渍。"感觉好些了吗？"她问。

"好多了，"科林说，"虽然不得不说，刚才一开始的时候，我还没有太进入状态。"

艾瑞丝低下了头。他觉得她不好意思了。

"这是下意识的反应，"他说，"当你意识到自己快要死了的时候，有时候——你知道的。"

艾瑞丝摇了摇头，说："我召唤魔族时，必须用我的意识控制它们。我必须足够强大，否则它们就会转而攻向我。魔族——它们暴戾而又易怒。有时我甚至能感应到它们的暴虐。"她转过头来，"我觉得——"她摇了摇头，轻轻抚摸着科林胸口上的伤痕，说，"我已经等了好久好久。没有人让我有这么充足的信任，可以——做这个事。我一直都没有安全感。"

"这样说来你相信我？"

艾瑞丝笑了，"不，但是——"她莞尔一笑，"是下意识的直觉。而且也跟你有关。"她坐直身子，说，"我也知道，你没有理由相信我。我也给了你很多理由，让你不要相信我。可是现在我只想让自己活下去。有时觉得这代价真的太大了。"

"代价？"

"这不是人过的日子，科林。我三十一岁了。我二十一岁的时候，就进了希尔拉姆的内阁，成了卧底。那时，我和另一个人在一起，那简直是场灾难。我干着工作，还要承受内心的恐惧，有时还不得不做些可怕的事情。每天晚上，我都和我妹妹一起喝酒，待上一两个小时，然后才回家。但是我却不能跟她说我是做什么的。她可以天天不在家，喝酒赌博，游山玩水，搞些风流韵事。但是我不行，我必须小心翼翼保护自己。而现在，我也命不久矣了。"

"对你的暗杀失败了啊。"科林说。

"但他们是被人派来的，我的对头就是希尔拉姆自己。他还会派更多的人来的。肯定是有什么地方出了纰漏——很有可能是跟岛上的那两个人有关。被他们发现了。"艾瑞丝握着科林的手，亲了一下，"你还很年轻，"她说，"你可以抽身而退的。你也应该这么做，我不会阻拦你的。"

"你这是要放弃了吗？"他问。

"不，不是，我不能放弃。但是我也不能把你拉下水，跟着我冒险。"

科林叹了口气，"我已经在水深火热里了，"他说，"我必须——我必须做些什么。你明白吗？"

"你今晚已经做了，"她说，"你也已经救了我的命。这还不够吗？"

"如果你明天死了，那就不是。"

"我们都会没命的。至少你让我又多活了一天，而且还是很美好的一天。"

"这还不够。"他说。

"为什么？"

"不为什么，就是不够。"

"别生气。"她说。

"我没生气。"他回答。

"听语气就是生气了。"

"好了，"他闭上了眼睛，说，"虽然语气重了，但是我没生气。"其实自己是生气了，不是吗？

艾瑞丝什么也没说，但是随后轻轻在科林的嘴角吻了一下。

"不需要粗暴,"她说,"我也是很温柔的。"

科林想起了在岛上被艾瑞丝杀死的那两个人,还有他跟着艾瑞丝去的那间屋子里被杀死的无数人。他也想起了被他杀死的那个刺客,并且发现自己完全没有什么感觉。

科林吻上了艾瑞丝,窗外传来了夜莺的歌声,仿佛一切一如往常,依旧宁静安详。

第六章

"立定,"队长法尔考斯喊道,"布雷纳斯、马兹加——再带上三个人,搜查一下村子。"

"遵命,队长。"马兹加回话,同时尽力掩饰声音里的疲惫。随后,才发现自己说话有点儿鲁莽了,她看向了布雷纳斯。

"我可没受过这种训练,"布雷纳斯说,"你我都知道。你来选吧。"

她点点头,说:"莫松、托什、纳·拿沙,跟我来。"

其他人都跟马兹加一样疲惫,实际上,马兹加倒是开始有些担心布雷纳斯了。他是个学者,虽然他有些技能,并且在过去的几周里,布雷纳斯凭借他的技能还救过她几次,但是毕竟他既不是战士,也不是战斗法师。而且他也没有强壮的体格,也没有接受过作战训练,他的劣势开始显现出来了。

他们在山脊南边的包围圈内打了几次突围战,他们的战马都死了,无一生还,而他们的人数也折损了将近一半。虽然他们将不死的僵尸远远甩在了后面,但是也把自己逼到了极限。他们的补给都耗尽了,却没时间停下来打猎或者捕鱼,因为那些僵尸军队不止一队人马,他们遇到的只是一小撮,还有大批的队伍正翻山越岭,气势汹汹地向着香丁赫尔挺进。

他们跌跌撞撞地小步快跑冲向山下的村子,说是村子,其实就是光秃秃的平地上盖着十几座村舍,还有一口井。马兹加如饥似渴地盯着那口井,但是她现在不能喝水,还有任务要完成。

他们走进村子,只见村子里站着七个人,不过片刻之间,越来越多的人从村舍里出来。他们看上去并没什么威胁,也根本就没有什么武装。

"我们是帝国的军队,"马兹加大声说,"谁是这里的头儿?"

一位满头白色卷发,比较年长的红卫女人站了出来。

"我想应该算是我吧,"她说,"我叫莎莉雅,法定特许的守山人。"

"莎莉雅,"马兹加说,"让你们的人暂时别动,我们不会伤害你们。"

他们快速地挨家查看,也不理会村民的抗议、莎莉雅的抱怨;最后终于证实了马兹加的观点——这些人都是农民和猎户。于是马兹加吹了两声口哨——一声长哨,一声短哨。

过了不久,队长法尔考斯带着其他人都从山上下来了。

"队长,这位是莎莉雅,"马兹加引见说,"她是特许的守山人。"

"队长,这是怎么回事?"莎莉雅问,"什么时候开始帝国军队可以不经过批准就随便搜查民宅了?"

"受陛下之命,或者战时特例,是可以搜查的,女士,"法尔考斯说,"您和您的村民再过半天时间就会没命了,所有人都逃不掉的。"

"你说什么?"莎莉雅问。

"守山人,是吧?"法尔考斯清了清嗓子,说,"你们真是死守着这山啊。"他提高了嗓门说,"听好了!你们有十五分钟收拾行装。只拿吃的喝的还有打仗能用的,别的什么也不能拿,我说真的。要是有马的话，现在就牵过来，充为公用。"

"你有什么权力命令我们离开自己的家园？"莎莉雅恼怒地打断了法尔考斯的话。

"我不想看着你们留在这里等死，"法尔考斯说，"我想让你们在敌人到来之前赶到香丁赫尔，这样才能保全你们的性命。但是如果你们再这么无理取闹，耽误我的时间——那么你们就都得送命。何况即使现在动身都有些来不及了。现在——全都听我的命令！"

守山人瞪大了眼睛，但是没敢再有异议。听到法尔考斯的强硬语气，没人再敢反对他。此时的他简直就像皇帝一样威严。

他们轮流在井边喝水，把水淋到身上，不在井边的人帮忙收集马匹，村子里一共有六匹马。他们用四匹马套上了两辆四轮马车，载上年幼病残的人。法尔考斯和战斗法师库尔骑上了另外两匹马。

又一轮怨声载道开始了，人们忙忙碌碌起来，用了不止十五分钟。不过，最终他们还是带领着四十个小到两个月大到六十岁的村民上路了，那条被风雨侵蚀的小道根本算不上是路。

马兹加和布雷纳斯在一辆马车的一侧跟着。布雷纳斯的脸色苍白。

"马车上还有空余的地方呢。"马兹加建议他上去。

"我没事，"他低声说，"感谢阿卡托什，我不用像你一样承受身上那么重的肌肉和骨头。"

"是啊，你身上所有的重量都在脑袋上了，"她回应说，"说真的。你还是休息一下比较好。"

"他可以坐我这里，"一个小孩说，"我想下去走走。"

马兹加看了一眼马车，发现说话的是一个穿着棕色斜纹布马裤和黄色毛毡布衬衫的孩子。

"你看，"她说，"这个小男孩愿意把他的座位让给你。"

"是的，"那孩子说，"不过，我不是小男孩。"

马兹加仔细看了看那孩子，短短的棕色刘海，挺翘的鼻子还有纤细瘦弱的身材。

"哦，是女孩。"她改口道。

"这才对。"布雷纳斯说。

"快过来，"那女孩说着就跳下来了，"我七岁了。我可以走得跟别人一样好，甚至比他们更好。"

布雷纳斯摇了摇头，但是随即就摔倒了。

"呃，我考虑考虑吧。"他叹了口气。

"没错，"马兹加说，"当那些蛆虫僵尸追上来的时候，我们需要充满战斗力的你，这可不是假话。"

她以为布雷纳斯会嘲讽她，没想到他只是点点头，费力地往车上爬。马兹加推了他一把，把他弄上了车。

"那里有空位。"她说。然后她低头看着那女孩，说，"你跟得上我吗？"

"我跟得上所有人。"女孩说。

"那我们就走着看吧。"

"你是个兽人。"女孩说。

"现在的她是吗？"布雷纳斯说，现在他看起来有点儿精神了，"我一直想在某个地方，有一只熊和一头猪正洞房花烛呢。"

"什么意思？"那女孩问。

"不用搭理他，"马兹加说，"他就是想让我揍他。"

"为什么？"

"有些人就是以挨打受虐为乐。"马兹加回答。

"那我倒真想见识一下。"

"等他觉得好点儿了再说吧。你叫什么名字？"

"洛赛特，但是他们都叫我小地精。"

"为什么？"

"我也不知道，他们就是这么叫我。妈妈说我有一对像地精一样的耳朵。"

"哈，"马兹加说，"仔细一看，是有些像。这些人里面哪个人是你妈妈？"

"哦，她已经不在了，"小地精说，"我六岁的时候，妈妈去世了。"

"我的妈妈在我七岁的时候去世了，"马兹加说，"在奥辛纽姆被洗劫那天。据说我母亲死前杀死了三十个人。"

"我妈妈不是在战争中死去的。她是病死的。"女孩歪着头问，"你的母亲跟谁对战？"

"红卫人和布莱顿人。"马兹加回答。

"你成为一名帝国的战士是因为你的母亲吗？"

"我成为一名战士是因为我的母亲。我成为一名帝国战士是因为如果不是第七和第十五军团前来救援，我们当中会有更多的人死去。他们为了我们，深入险境，不怕牺牲，让幸存的人得以在天际省安全地生活下去。"

"跟你现在做的事情很像。"

马兹加依然记得当初的恐惧和混乱，在刺骨严寒中徒步走了好几个星期——而且饥肠辘辘。"但愿不是。"她说。

"蛆虫是什么？"沉默了一阵后，小地精问道。

"什么？"

"你刚才说有蛆虫一样的东西在追赶我们。"

"是的。我是那么叫他们。他们曾经是人——后来他们死了，死灵法术一类的东西把他们复活了，现在的他们身上满是蛆虫——所以我把他们叫做蛆虫僵尸。"

她原以为那女孩会露出害怕的表情，没想到她的表情却是在思考。

"我的妈妈就葬在村子里，"她说，"你说他们会把她变活吗？"

"可能性很小，他们更喜欢刚死去不久的尸体。不管怎样，即使你妈妈复活了，也不是真的她，而是附在她躯体里的恶魔。"

"他们为什么要这么做？"

"看起来是要攻占塔玛瑞尔，"马兹加回答，"但是，不管是谁要这么做，希望他能换一个不那么臭气熏天的队伍。"

"对于陛下的选举制，我也想说同样的话。"布雷纳斯说。

马兹加正准备反唇相讥，结果看到布雷纳斯已经闭上了眼睛。"毛洛克，"她喃喃自语说，"即使闭上了眼睛，也是个恶魔。"

他们就这样行进着，女孩时不时地碎碎叨叨，还保持着均匀的步伐。夜幕降临，她还是和布雷纳斯换了位置。这位法师休息一阵以后，看上去好多了，而小地精也很快就睡着了。

"你让那小女孩在你耳边念叨了一整天，"布雷纳斯说，"而你竟然没烦得想敲她的脑袋。这可太不像你了。"

"是吗？"

"还记得上山途中在咱们营地转悠的那个孩子吗——在山上的那个小镇里？你吓唬他说要用皮带把他绑在树上？"

"那是因为他太烦人了。"

"这个孩子也一样啊，真的，"他说，"是你变了。"

"我变了？"她轻蔑地哼了一声。

"我觉得你是想发出类似熊啊猪啊一类的声音，我是这么认为的。"

"你比平常更不正常了，"她说，"喜欢孩子？我？"

"就我观察来看，是的，"布雷纳斯说，"你并没有变得越来越小，而我们损失了很多战友。这让你开始思考了。"

"你好好思考吧，"她说，"我知道得够多了。"

"可是——"

"闭嘴！"她恼怒地说。

马兹加的声音有些大了，引得很多人扭头看向她。

她看不出布雷纳斯的表情是洋洋自得还是一脸懊悔。

——哼，这就是人类。

正午过后，马兹加透过树丛看到了山下阿凯教堂尖尖的屋顶。如果步行的话会更快一些，但是马车下山的时候比较费劲，需要花费更多的时间。马兹加隐隐感觉身后传来令人恐惧的气息，而且危险越来越逼近了。虽然有英勇善战的寇尔斯和莫松殿后，可马兹加还是有些担心，不住地回头看。

警报拉响了，不过发出警报的不是寇尔斯和莫松——而是来自北边，在他们的左侧，是纳·拿沙和格拉威尔斯。

两个人发出警报后不久就迅速跑过来了。

"如果我们不快点的话，他们就会中途把我们拦截了，"纳·拿沙说，蜥蜴手指怪异地抽动着，他情绪激动的时候就会这样。

"马车是个麻烦。"法尔考斯说。于是，他转过头，走向那些村民，说，"我们就快到了，但是接下来我们不得不跑着去那里了。把所有的行李都扔掉，听明白没有？香丁赫尔就在山下，离这儿半英里都不到。"

马兹加扔下了自己的行李,走到了小地精的跟前,但是小女孩摇了摇头,说:"我说过了,我能跑。带上里弗·贝兰克尔吧,他在那儿——他的脚有些不听使唤。"

马兹加点点头,一把抓起了那个男孩,看起来六岁左右,体重还不到她行李的一半重量。马匹被放开了缰绳,上了年纪的人被放到了马上。母亲们抱着或者拉着自己年幼的孩子。

法尔考斯带头开始小步慢跑,在马兹加肩头的男孩咯咯直笑,显然他认为这是一场有趣的赛跑比赛。小地精履行了她的承诺,跟在马兹加身边跑着。

他们跑下了山,来到了山下的平地。法尔考斯加快了速度。透过林间的树木,香丁赫尔的城墙赫然显现。

然而那些蛆虫僵尸也来势迅猛,结成参差不齐的一队方阵朝着他们的左侧冲过来。马兹加一看就判断出那些僵尸马上就要到了。一些村民吓得尖声大叫,有的开始哭了起来,更多的人惊慌而逃。

法尔考斯呼喊命令,但是马兹加听不清命令是什么。即使如此,过了不一会儿,纳·拿沙、寇尔斯、卡森分散开来组成了一个半圆阵型,库尔在他们后面。

"队长,"马兹加喊道,"请求加入——"

"不行,"法尔考斯也大喊着,"你还有你的重任在身。抓紧时间,赶快走!"

她和布雷纳斯交换了个眼神。

"我跟着你,"他说,"一切听你的。"

马兹加低头看了看小地精,感觉到了肩上的重量。

"我可不会下口令。行动吧。"她大声咆哮着。

于是他们大步跑了起来。

他们跑到了树林边，马兹加感到背后传来一股热浪，又听到了砰的一声爆炸声，于是回头看去。可是什么都看不到，只有黑色的烟雾和波浪般翻腾的火焰。

他们穿过了树林，来到了城墙下的空地。城门在右边，门是开着的，门口集结了大约五十个士兵。

他们离城门还有三十步左右时，小地精突然惊声尖叫起来。马兹加回头一看，有六个僵尸快步赶了上来。

她放下了里弗，抽出了宝剑。

"带着他们通过城门，"她朝着布雷纳斯大声吼道。然后，做好了迎战的准备，蓄势待发。

宝剑砍向了第一个——一个烧焦了大半身子的丹莫人——砍到了那人脖子和锁骨之间的地方，沉重的剑刃沿着那个地方一路劈下，砍断了肋骨，然后卡住了。第二个僵尸举着巨大的弯刀向着马兹加砍过来，她怒吼一声，挥拳打向了那僵尸的脸，手指骨节咯咯直响，都快打碎了。她用插住僵尸的宝剑格挡住了另外扑过来的两个僵尸，暂时把他们甩了出去，这时，又来了一个，这个僵尸没有武器，马兹加怒吼着呐喊着，那是她母亲在最后的战斗中的呐喊声。鲜血如冰雨一般从眼前滴落，愤怒如火一般熊熊燃烧。

她还记得接下来发生的事，小地精在朝她大喊。她呆呆地低头看，地上躺了一片尸体，宝剑还在僵尸的身上卡着。二十米外，有六十多个蛆虫僵尸正朝她奔来。

她一脚踩在了僵尸身上，用力拔出了宝剑。然后转身杀出了一条血路，一路冲向大门，其他人都在那里等着她。

法尔考斯命令大家都吃饱喝足然后休息，没有人争论。蛆虫僵尸没有攻城武器，而香丁赫尔也有自己的军队，而且还有一支帝国军团。不到一个小时，他们就在城北的城堡附近搭起了营地。马兹加又一次尝到了热腾腾的食物和冰爽的麦芽酒，她已经好久没如此享受过了。

她不记得自己什么时候睡着了，她只记得醒来时看到帐篷里透出的柔和灯光。

她把盔甲留在了帐篷里，到外面去伸展一下筋骨，沿着流经城市的河边散散步。太阳还没有越过城墙照射进来，但是万物都已苏醒。高大健壮的马拉着一辆辆的货车过桥，货车上载满了一袋袋或者一箱箱的货物。河对面，一个丹莫女人正在撒网捕鱼，慢慢地拉网上来。马兹加闻到了煎烤香肠的味道飘散而来。

不过她看到大多数人都站在城墙上。

她看着河面的水流好一阵子。听着脚步声，她知道是布雷纳斯来了。

"这地方真美啊，"他说，"你以前来过这儿吗？"

"没有，"她说，"房子看着挺有趣的。"她点头指向河对面。镇上大部分建筑的木材都是裸露着的。较低楼层外部铺上了石料，而较高楼层的横梁和框架之间都涂上了灰泥，而且还有奇形怪状的花纹。屋顶是凹形的，屋顶上的瓦片就像鱼鳞一样。

"这叫半方材，"布雷纳斯说，"这是晨风的建筑风格，也许曾经是。"

马兹加折下一根树枝扔进了河里,看着它随着水流漂走。

"听到什么消息了吗?"

"没有,"他说,"不过我得去看看我的那些仪器。"

"然后到城墙上去?"

"比城墙更高的地方,"他指着一座最高的建筑,用石头建造,上面还镶有彩色玻璃的窗户。

"我跟你一起去。"她说。

"我觉得我现在还不需要护卫。"他说。

"世事难料。"她回应说。

阿凯的教堂里,一派庄严肃穆,还有彩色的灯光。他们找到了一个牧师,跟他解释了一番后,他指给他们登上教堂尖顶的路。

站在教堂的尖顶,即使城墙上的人都显得很渺小。马兹加首先看的是森林、山峦还有远处的瓦斯山脉。最后才不情愿地看了看近处的景象。

蛆虫僵尸们正在城门外一百米处集结。

"他们在弩炮和投石车的射程范围之外,"马兹加说,"看来他们并不傻。"

"是啊,他们不傻。"布雷纳斯回答,"有些巫术可以造出像他们这样的生物,但是造出的生物都是没有智商的,而且行动迟缓。我们要对付的这些是新的物种。你听说昨晚发生什么了吗?"

"什么?"

"一个人自然死亡了,然后像那些僵尸一样又活了。守卫抓住了那个人,不久,警报就拉响了,还发生了三起同类的事件。"

"就像加罗以及在山上牺牲的那些人一样。"

"没错。不管是什么力量复活了他们,这种东西可以在几步之内传播。"

"我们杀了一个,就得警惕城里有个僵尸复活。"

布雷纳斯点点头。

"你怎么看?他们是要我们饿死在这儿吗?"

"不是,"法师布雷纳斯说,"我认为他们是在等增援部队。"他一边说,一边指着远处。

她顺着布雷纳斯指的方向看到了它,在远处,如云朵一般苍白,确定无疑。

安布瑞尔过来了。

第七章

　　安娜格从绿色坚果一样的东西里挑出果肉,然后放进嘴里慢慢嚼起来。她感觉到了一股像黑胡椒一样的热辣,随之而来的还有一种芥末和洋葱一般强烈的辛辣感。味道虽重,这东西却小小的,就像煮熟的腰果。

　　"味道太棒了,"她对格里姆说,"这东西是什么?"

　　"新的物种,"格里姆说,"可能是来自晨风。"

　　"是吧……"安娜格将信将疑地说。

　　"维特说,有时候化生池连续好几年都不会孕育出某种物种,不过随后这个物种又开始了新一轮的孵化,同时又有别的物种在短短几年内消失了。"

　　"这是怎么回事?"安娜格不得其解,"难道是安布瑞尔把种子和卵藏在什么地方了?"

　　"我觉得不是,"格里姆对她说,"我觉得是那些树的作用。"

　　格里姆看起来激动又兴奋异常,似乎知道了什么隐情。

　　"那些树?"她问道。

　　"边缘森林的那些树。"格里姆说,"我们当初逃跑的时候你也看到了。"

　　"哦,是的,"她说,"但当时天太黑了,而且我又慌慌张张地——呃——逃跑。"

"我确信那些树是希斯特的表亲。"

"那就有意思了。我还是想象不到这意味着什么。"

"那么——想想黑沼泽的黑橡树和白橡树。他们都是橡树，因为都有橡树子；他们的树叶都是螺旋形的。但是其他地方又有不同。就像表亲一样。"

"好吧，"安娜格说，"我有点儿明白了，以前还真没这么想过。那你是说边缘森林的那些树是有智慧的，像希斯特一样？"

"是也不是。他们都能交流，像希斯特一样，但是所用的语调却不一样。要不是菲娜告诉我，我还真听不到，后来——"

"菲娜？"

"是啊，树林里的园丁之一。是她帮助我找到你的。我跟你提过她。"

"没有，你没提过她。"安娜格说。

"我只是跟她说说话，聊聊天而已。"梅尔-格里姆说。安娜格觉得他是在狡辩。

"她是女的？"

"是的，她是女的。"

"哼。"

格里姆低吼了一声，被安娜格理解为是窘迫不安。"不是你想的那样，"格里姆说，"她不是——我的意思是，她是安布瑞尔人，样子看起来是丹莫人。"

"行了。我只是想不通，你跟她交情这么好，为什么从来没提起过她？"

格里姆眨着眼睛看着她，她意识到自己说的话很愚蠢。她嫉妒了。她有什么可吃醋的呢？

但是事实就是这样,这么多年了,他们是最好的朋友,可是他从来没说起过这个女人……

她使劲把这个问题抛开。

"那些树。"她说。

"啊,对,"格里姆回答,"我们族人中有些人相信希斯特是从湮灭来到塔玛瑞尔的。而安布瑞尔也是来自湮灭。所以说他们是近亲并不是牵强附会,没有根据的。"

"说得对,不过也有可能是极大的巧合。"

"我不认为这是巧合。我觉得是城市之树召唤了安布瑞尔,或者是边缘森林的树木召唤了希斯特——不过我认为他们是串通好了的。"

"这里的那些树是怀有恶意的吗?"

"不是,他们——比希斯特更加难以捉摸。可能智慧程度没有希斯特那么高,也可能智慧运用的途径和方向不同。他们更加简单。不过,同希斯特一样,他们可以把元气输送到不同的东西上,就像你操作自己的设备仪器一样。而他们可以创造生命,改变外形。"

安娜格思考了一阵。

"听起来很有道理。我的任务之一就是将水池中的原料收集起来,把它们转化成树木生长所需的养分。但是这过程中还需要通过这些树木的根部释放这些物质。我没有在大型的发酵培育场工作过,但是我注意过整个过程中离不开根部。"

"依我看,这些树木记得安布瑞尔所有生命的组成,"格里姆说,"他们生产出一种物质——安布瑞尔人最初的生命体——幼虫。然后本源赋予他们灵魂,于是他们就按照树木记忆中的物种而生长。"

"哇,这可真有意思。"安娜格说,"如果我们能给这些树下毒,毁掉他们,那就从根本上摧毁了安布瑞尔。"

格里姆瞪大了眼睛,说:"但是不可以——"他刚要说,又停下了。"这需要花费很长的时间,"他说,"而且也许根本不可能做到。"

"如果他们像希斯特一样,都与根相连接——那么显然,他们都从化生池里汲取养分。"

格里姆表情凝重。安娜格从来没见过他有过这样的神情,让她想到了格里姆愤怒时的样子。

"看吧,"她说,"你的表情就是在说那些树就是杀死我们身边所有人的元凶。"

"我没有,"他说,"我是说他们以前是。有人利用了他们。"

"格里姆,你不能——我知道你对这里的一些人有感情,但是——"

"你不懂,"他说,"你恨这里的每一个人。"

"格里姆,我曾经想要跟这里的一个人交朋友,但是那个人却要杀我。"

"我知道,"他说,"但是吸怪族不一样,菲娜也是。"

安娜格叹了口气,说:"算了,事情一件一件谈,一次只能解决一个问题。费米尔的厨房,我能进去吗?"

"你进不了太远的地方,"他说,"跟我进你厨房的距离差不了多少。"

"但是我们现在不是在这儿吗?这里已经很远了啊?"

"不,不是的。我可以进你的食品储藏室,所以别的厨房的人要是伪装一下的话,也可以进到这里。但是,如果再走远一点儿的话,就会触动警报,进入戒备状态,有些是通过墙上的装置发出警报,有些是通过某种生物的视觉或者嗅觉发现不速之客。还有一些,据我所知,是通过魔法。据我搜集到的信息,至少有二十个其他厨房的人曾经试图偷偷穿过费米尔的食品储藏室,但是都被抓住或者杀死了。而自从你来到托尔的厨房工作后,也有差不多同样多的人想要潜入托尔的厨房。"

"我从来没听说过这样的事。"

"那是因为偷偷进来的人都被扔进生化池了。"他说。

"啊!但是你说我能进入储藏室,是吧?"

"要是你足够小心的话,而且得在夜里。"

"假设到了那里我还没被人发现,也没留下任何气味可寻,更没有发出声响呢?"她问。

"那样的话,你还能再走十五步,有人这么做过。"

"嗯,知道了,"她说,"谢谢你,格里姆,这对我很有帮助。"

"你这是要找死啊,"他说,"你还记得上次拿我做隐形实验吗?整整一个星期我身上的所有器官都显现出来,人人都看到了。"

"我已经接受那次的教训了。"她向格里姆保证。

"但愿如此。你什么时候去费米尔的厨房?"

"今晚。"

安娜格被轻轻地推醒了。她睁开眼睛,看到了多戈在她身边,像一只青蛙似的蹲坐在她床边的凳子上。

"什么事?"她问道。

"托尔厨师长要见你。"多戈说。

她揉着眼睛立刻坐了起来,"发生什么事了?"

"这不是你能问的。"多戈回答说。

她环视了一下四周,"斯莱尔呢?"她问。

"早就被叫去了。"多戈说。

"她穿了我的黑金色长袍了吗?"

多戈一头雾水,"你说过我可以给她的。"

"是啊,我说过,是吧?那好吧,把那件黑色的给我拿来吧。"

多戈点点头,跳着跑开了。

一个小时后,她穿戴整齐了,在阳台见到了托尔。这次不只托尔一个人,身边还站着他的两个副手——因托瓦尔和叶尤姆。因托瓦尔身材细长瘦弱,脏兮兮的黄色头发,一副啮齿动物的嘴脸。叶尤姆是个粗壮的女人,长着一张引人注目的心形脸庞,皮肤暗淡无光。这两人除了指使她干活以外,根本没跟她说过话。

当然,还有斯莱尔也在。

在阳台的另一头——像是被隐形了一样——站着另一拨人。领头的是一个极高极瘦的女人,留着短发,一双大大的翠绿色眼睛。她身边还有两个男性随从,一个砖红色的皮肤,头上有角,另一个永远是一副惊讶的表情。

"托尔厨师长。"安娜格微微低头致敬。

托尔怪异地笑了笑,朝那个绿眼睛的女人示意了一下,"这位是厨师长费米尔,还有她的助手乔哈和艾格仁。"

"见到您是我的荣幸,厨师长。"安娜格说。

费米尔笑了,这让安娜格想起了生活在淡水里龇牙咧嘴的食人鱼。

"我听说你感谢——或者说是责备过——那些偷偷溜进别人厨房的家伙。"费米尔的声音显得神秘莫测,让人有种窒息的感觉。

"我想可能说过吧。"安娜格回答。

"而且你的创造力似乎遇到了瓶颈。"

"任何事物都会达到极限。"安娜格小心翼翼地说。

"然而,为了突破这种极限,你似乎不惜一切代价。"费米尔继续说。

安娜格看向了托尔,他的脸上面无表情。

"我不太明白。"

费米尔的脸色变了,刚才的和颜悦色一下子转变成了声色俱厉。

"昨晚你潜入了我的厨房想要偷取我第九种口味的秘密,你敢否认吗?"

"厨师长,"安娜格说,"我没有,真的没有。"

"我们有证人,还有其他的证据。"

"证人?"

安娜格捕捉到一丝抑制不住的胜利喜悦浮现在斯莱尔的脸上。

"如果是你干的,"托尔说,"你知道的,我必须把你交给费米尔。这是规矩。"

"难道集结大队人马攻占别的厨房,而且屠杀厨房里所有的人就可以,溜进厨房偷东西就不行吗?"

"我可是得到了奇涅厨师长的许可才干的,"托尔回答,"我可以想攻占哪儿就攻占哪儿。但是你又不是厨房里的头儿。到底是不是你干的?你有没有偷费米尔的东西?"

"我说了我没偷。"安娜格回答。

"那好,那咱们就亲眼看看。"费米尔说。她指了指地上的一个盒子。她的红皮肤的随从弯下腰,把拴盒子的锁拿了下来。一个东西爬了出来。

安娜格头一个想到的是蜘蛛,但是这东西的腿没那么坚硬;也不像乌贼的腿那么软,在这两者之间。而且当那东西伸开腿,她才发现——它有翅膀,就像蚊子的翅膀一样,跟她的手掌一般大。

那东西的翅膀突然扇动起来,飞到了空中,慢慢飞向了她,三根触角还不停地转动,搜索着什么。她还是站着不动,不知道如果她犯了什么错的话,那东西会不会叮她。她想努力抑制住心跳的速度,但是心还是怦怦地跳个不停,根本控制不住。

那东西的触角在她脸上摩挲,接着又钻进了她衣服里,然后在她左手停了一会儿,突然一下子就扑向了斯莱尔,并且发出了刺耳的鸣叫声。费米尔皱起了眉头,而托尔扬起了嘴角。

斯莱尔大感不解,吓得呆住了。托尔伸手指向了费米尔,然后轻轻地指了指斯莱尔。托尔的两个护卫按住了斯莱尔的肩膀把她押走,斯莱尔疯了似的地瞪着安娜格。

费米尔翻了翻斯莱尔的口袋,然后又伸进另一个口袋。从第二个口袋里,她翻出了一个小药瓶。她拔开瓶盖,闻了闻,然后用手指沾了一点尝尝。

"就是这个,"她说,"她的衣服上有我厨房的气味,她口袋里藏着我的第九种味道。你还需要更多的证据吗?"

"不需要了,"托尔说,"证据已经很确凿了。"

"你是怎么偷到的?"费米尔问斯莱尔,"有迹象显示你去过我的厨房,但是我的调料周围都有严密的安保,你却没有留下任何去过的痕迹。我必须得弄清楚你到底是怎么办到的。"

"我没去过。"斯莱尔的愤怒爆发了,"是安娜格。是她搞的鬼——如果是我干的,那我何必警告你她要去偷你的东西呢?我怎么会——都是她干的!"她疯狂地撕扯着自己的衣服,就像衣服着了火一样。"这衣服是她的!她把我们都耍了。"

"让我理清一下思路,"托尔轻声说,"你警告费米尔小心我的人?而且是背着我做的?"

斯莱尔吓得缩了缩身子,犹如被困得走投无路的野兽,然后忍不住啜泣起来。

"她还是得归我。"费米尔说。

"哦,当然,你可以带走她,"托尔回答,"我相信你会把我们两个人的仇都解决掉的。"

"首先,我还是有问题要问,"她说,"很多很多问题。"她点头指向安娜格,说,"我也要问她一些问题。"

"除了那个小偷的证词以外,没有任何证据可以指证她,"托尔说,"所以你不能带走她。"

费米尔高傲地抬起下巴,但是没有争辩——她示意她的手下把斯莱尔带走。

"安娜格,求你了,救救我。"斯莱尔呜咽着说。

安娜格有些心软了,她想起了刚到安布瑞尔的头几个星期,她和斯莱尔一起共度的每个夜晚,一起看着天上的星星。

"这不是我能决定的,斯莱尔,"她平静地说,"这一切都是你自己造成的。"

于是,他们把斯莱尔拖走了。斯莱尔没有再求她,至少安娜格没有听到。

等那些人都走了,托尔指了指椅子。

"坐下。"他说。

她听从托尔的命令坐了下来。

"你是怎么办到的?"他问道。

"厨师长——"她欲言又止。

"你现在安全了,"托尔说,"如果以后没再发现新的证据的话,你已经安全了。我能猜到你故意暗示斯莱尔说你要去费米尔的厨房,然后在她的衣服上弄上化学仿造的厨房污点来陷害她,然后你可能用某种办法洗去了自己身上的气味。不过,我还是要再问你一遍——你到底是怎么做到的——怎么通过层层的安保,偷到第九种味道的?"

安娜格发现自己的恐惧感消失了,已经转化成了胜利的喜悦。

"我没有偷,厨师长。"她说。

"什么意思?"

"我只是进到了她厨房的走廊,故意让衣服沾上气味。我发明的——或者说是复制的第九种味道,是我自己制作出来的。"

自从认识他以来,这也许是托尔第一次惊讶地张着嘴却说不出话来。

"怎么会这样?"他问道。

"我只要想想这种味道就可以了。只要弄明白了原理,做出味道就易如反掌了。而现在,费米尔已经证实了我做的味道是对的。如果不是她,我还不能确定呢。"

"那第九种味道是什么呢?你还有吗?"

"我可以再做一些。"她向托尔保证,"为了不被发现,我身上没带着。"

"但是这味道是什么呢?"

"第九种味道是跟其他味道都相反的。是完全不存在的味道。"

托尔的瞳孔缩小然后又放大了,这让她想起了格里姆。

"就像词语之间的空格一样。"他喃喃自语。

"我想到的是音乐,"安娜格说,"有很多音调、和弦、和谐音以及不和谐音——然而还有无声——那也是音乐的一部分。"

他笑容更灿烂了,还用食指敲打着桌面。

"我本可以放弃你,对你死心的,你也知道。"他说,"我觉得你跟我说的什么出人意料的惊喜,在我看来都是无稽之谈。没想到你却做到了。而斯莱尔——她却永远也看不到了。可是你为什么花了这么长的时间才给我惊喜呢?"

"我有自己的理由,也有自己的时间安排。"她说。

他的眼神变得炽烈,握住了安娜格的手。

"你很会取悦我,连你自己都想象不到,"他说,"现在,跟我一起吧,让我也取悦你。"

她握住了托尔的手,倾身靠向他——迟疑了一下,然后吻上了他的唇。没想到吻上去软软滑滑的,就像光滑的玻璃。腹部突然感到一丝异样,这让她觉得既兴奋又有些害怕。托尔回应着她,一开始很轻柔,但是随后欲望越来越强烈,安娜格推开了他。

"按照我的时间节奏,"她轻声说,"我有我的理由。"

她等了片刻,还以为他会发怒,没想到态度却很温和,然后突然大笑起来,"也许有一天我会杀了你的,"他说,"但是现在,我很爱你。走吧,为瑞尔大人发明些令他高兴的东西吧。我明天再去看你。"

在走廊里,安娜格的膝盖颤抖不已,几乎快站不住了。

"该死的。"她咒骂道。

她恨托尔,比以前更恨他。但是她的身体却背叛了她。让她感觉糟透了。

过了一会儿,她进了自己的卧室,拿出了盒式项链,然后打开了项链坠盒。也许今晚阿特雷布斯会有回应吧。

但是她希望他回应吗?她跟他说什么呢?她怎么跟他解释

对斯莱尔做的这些事呢?她怎么跟他说跟托尔之间发生的事呢?

她不能说。她合上了项链坠,打算睡觉。她转过身,不想看到斯莱尔那张空着的床。

第八章

科林半夜醒来。他以为屋里只有他一个人,结果看到了站在窗边的艾瑞丝。看到她,科林想起了安维尔城外山上顺水而生的白杨树。

艾瑞丝听到他走过来,目光在看着她,只是她的脸隐藏在月光照射下的阴影里。

"我不该继续待在这里的。"她说。

"是吗?"科林说,"那你为什么还在这里?"

她耸耸肩,说:"我以为我们不会结束的。"

她一定是看到了他脸上的表情,所以笑了起来。"不是,我是说那天晚上的事已经结束了,"她说,"我的意思——你来这里是有原因的,对吗?是要告诉我什么事吧?"

"没错,"他说,好像在谈论着什么无足轻重的事。不过他还是解释了一下——关于希尔拉姆在黑沼泽干的一些事情。

"这些似乎只是印证了我们当初的想法。"她说。

"这里有阴谋,"科林说,"那本日记就是证据,不是吗?"

"是证据,"她说,"不过不是太好的证据。"

"怎么才叫好的证据呢?正是皇帝对希尔拉姆起了疑心,才会把你安插在他的内阁里。难道这还不能使他相信吗?"

"我不知道,"她说,"你对希尔拉姆了解多少?"

"了解得不多。"科林承认。

"他的势力一直都在。在上一任国王在位的时候,他就已经在朝廷任职了——那时候他是驻晨风的大使。他曾是结巴索利斯的总理大臣,索利斯是个邪法战士,统领过帝国,后来被提图斯·迈德夺走了王位。"

"我有印象。他是个不受百姓拥戴的统治者。"

"虽然不受拥戴,但他是尼伯尼人,尽管他反复无常又堕落腐败,但是即使他是个克洛维亚的篡权者,议会里也有很多人支持他。希尔拉姆出身于一个古老的尼伯尼家族,与其有着千丝万缕的联系。他调停各方争端,设法说服议会相信迈德是个解救者而不是征服者。他也对希诺魔法学院有着极强的影响力。可以说,尽管人们厌恶他那副卑躬屈膝,奴颜媚骨的丑恶嘴脸,但是他在帝国势力极大,一人之下,万人之上。如果迈德在没有正当理由的情况下讨伐他,就会引起一场血腥的内战。"

"真是难以置信。"

"那是因为你不了解希尔拉姆。我觉得迈德最后终究会取胜,但付出的代价也会很大。"

"那该怎么办?"

她又转身面对着窗户,"别担心,"她说,"我会想办法处理的。"

"到时你的性命都难保了,"他说,"去见皇帝,把你知道的情况都告诉他,快去啊。"

"不行,"她说,"如果出现任何差错——"

"你肯定有什么跟皇帝联系上的办法。秘密渠道一类的。"

"有一个暗语,"她说,"一旦皇帝听到这个词,他就会去一个约定好的秘密地点。但是如果我这么做了,他就会像你说的那样做了。"

"这样不好吗?"

"当然不好,因为我们没能阻止希尔拉姆。十年了——我十年里做的一切都白费了。"

"那让我去吧,"科林说,"我替你跟皇帝说。我把一切都告诉他。"

他没有刻意想屏住呼吸,但是他感觉到了自己紧张得喘不过气。

她看出来了。

"你并不相信我,"她说,"你觉得我说我是皇帝的人是在说谎。"

"我希望能相信你。"

她回头望向窗外,轻启红唇。

"加斯帕,"她说,"暗语是加斯帕。"

这是科林第二次觐见皇帝,在一个狭小而又简陋的房间。他被绑了起来,蒙住了眼睛,然后被带到了这个地方,他连门在哪儿都没看到。石块的颜色跟白金塔里面的石块一样,除此之外,他完全看不出现在身在何处。

因为不是在朝堂之上,所以皇帝也没有身着朝服。他只穿了件普通的克洛维亚士兵的装束,深灰色的羊毛束腰上衣和皮质的马裤。皇冠也只是一个简约的金色环箍。腰上挎着一把宽刃剑,剑鞘都已经破旧了。两名护卫站在几步之外,但是科林估计要是他图谋不轨,不用等护卫们前来,他就已经惨死在迈德的手下了。

"我认识你,"皇帝说,"阿特雷布斯的护卫惨死的尸体被发现时,是你这个年轻人第一时间告诉我他并没死。"

"是的，陛下。"科林回答说。

"你是锐眼鹰的巡捕。"

"是的，陛下。"

"你越级来见我，用的是只有我和另一个人知道的暗语和标志。"

"我知道这不寻常，陛下，您口中那另一个人也知道。我只希望知情的人越少越好，不过好像还是多了一些。"

提图斯·迈德点点头表示同意。然后他暗示护卫们离开，于是科林独自一人面对着这个世界上最有权势的人。

"谁派你来的？"皇帝问道。

"乐泰恩·艾瑞丝。"科林说。

"她本人怎么没来？"

"几天前的一个夜里，黑暗兄弟会的两个刺客企图暗杀她。她不敢冒险亲自来见您，担心会被跟踪。她现在不能被发现。"

"杀手是谁派去的？"

"现在还没有什么发现，陛下。两个刺客都死了，我找不到任何与之有关的线索——都说兄弟会做事干净利落，神不知鬼不觉。这次自然也没有留下任何作案痕迹。"

"但是艾瑞丝肯定会联想到有谁想要杀她。"

"她怀疑是您的宰相希尔拉姆，陛下。"

皇帝点点头。"她肯定这么想，不过你这个巡捕是怎么跟这件事扯上关系的呢？"

"艾瑞丝请我协助她，"他说，"让我帮她找到希尔拉姆涉嫌与那件惨案有关的证据——他企图杀害您的儿子。"

"有意思了，"皇帝说，"希尔拉姆给我呈上了一些证据，证明艾瑞丝才是惨案幕后的凶手。"

"她组织了那次的袭击，"科林说，"但是下令的是她的上级。"

"希尔拉姆?"

"艾瑞丝认为是他。"

"认为?"迈德踱着步子,双手背在身后,"她在他眼皮底下十年了,"他喃喃自语,"这么长时间,一丁点证据都没拿到。让我根本无法找到合理的理由把他扳倒。"

"陛下,恕臣愚昧,如果您对宰相心有疑虑,那就……"

"没那么简单,"皇帝说,"那样的话会引发内战——特别是我们还得面对那些——行尸走肉的军队,谁知道该怎么叫他们。"

"陛下,艾瑞丝和我都认为那些僵尸不是突如其来的,"科林说,"我们认为希尔拉姆与安布瑞尔有所勾结。"

他简要地讲了一下关于希尔拉姆前往黑沼泽的事情。科林说完,迈德立刻站了起来,沉默了好久,眉头深锁。

"那本日记在你手里?"

"是的,陛下。"

他把那本日记呈上,静静地等着皇帝看完。

"为什么你不把这本日记交给你的上司呢?"皇帝看完后问道。

"我不能确定该不该相信他们,陛下,"科林说,"我真的不知道该相信谁。"

"我明白了。不过,现在倒是我不知道相信谁了。也许这一切都是真的,但也许里面有些是艾瑞丝编造的谎言。"他摸了摸下巴,"给我找出证据,"皇帝说,"真实确凿的证据。要让议会无可辩驳。"

科林靠墙站得笔直。

"我们收到了一封来自安布瑞尔的信,一个脏兮兮烂哄哄的东西送来的,交给了我的一个将军。"

"真的吗,陛下?一封信?"

"是的,措辞非常友善,可能是出自那里的领主之手,他自称叫安布瑞尔。他们包围了皇城东部的每个路口,很快他们就会把西部也占领了的。他们要我们缴械投降,离开皇城——但是得留下所有的武器和财产。安布瑞尔要的是皇城而不是城里的百姓。期限是安布瑞尔到来以前。你没觉得有些蹊跷吗?"

"他向其他被包围的城市也下了劝降书了吗?"

"也下了劝降书。但是,根据你们的报告,安布瑞尔要求人们都留下来——希诺和低语魔法学院都想不出防御的方法,也不知道怎么阻止人们惨遭屠杀。为什么他们这次却不需要把人当做维持他们运行的燃料,而把人们都放走呢?"

"陛下,这样看来,他们想要的不是燃料,而是皇城里的什么东西。"

"也许安布瑞尔对皇城并不感兴趣,而是为了那个召唤他的盟友而来。如果我带领我的军队撤离,那么希拉姆会有什么举动呢?篡夺我的王位,然后派安布瑞尔来追杀我吗?"

"就我们的了解来看,这很有可能。"科林说。

"但是要是我们猜测错了,就会引发内战,现在还不能冒这个险。所以找出证据来。除了艾瑞丝,不要让任何人知道。"

迈德把手伸进口袋里,拿出了一把小小的金属钥匙。

"小心保管,"皇帝说,"这是希尔拉姆办公府邸和房间的钥匙。要是他发现这把钥匙在你身上,他就会知道这是我给你的,事情可就糟了。如果他真是跟安布瑞尔勾结,他就会了解安布瑞尔的秘密,知道是谁在对安布瑞尔发号施令,以及怎样把它停下来。替我把这些真相都找出来,而且动作要快。不能一条路走到黑——你明白吗?我们的时间越来越少了。在敌人到来之前，即使你们什么都没找到，我也要质问他，不管这将会引发什么后果。"

"是，陛下，属下明白。"

第九章

辗转反侧三个小时了，安娜格还是睡不着，最后她还是放弃翻来覆去地折腾，径直起身坐了起来。怀着忐忑的心情，她又打开了盒式项链，阿特雷布斯依然没有回应，其实安娜格也没有真的那么期盼他会出现。她不禁开始怀疑他可能已经死了。

"我对不起斯莱尔，我不该这么对她，"安娜格自言自语着，"但是我不得不那么做。"

可这么做是为了什么呢？现在该怎么办呢？她迷惑住了托尔，不过只是暂时的，很快他就会失去耐心的，到那时她只有两个选择，要么直接拒绝，要么彻底顺从。

结果会有那么糟吗？

"绝对会的。"她对自己说。但是如果顺利的话，她就更有可能发现安布瑞尔的秘密，摧毁它就指日可待了。反之，最坏的结果就是，她成了托尔的情妇，也许会一时受宠，然而很快就会被他厌恶，弃如敝屣，就像他对待斯莱尔那样。到那时，她的处境会更加凄惨——比现在也好不了多少。

她唯一的出路就是逃出他的魔掌，也就意味着一切都要靠她自己——不依靠托尔。

机会转瞬即逝，而且不会再有第二次。如果她能做出美味佳肴，引起托尔所说的"领主们"的注意——那么她的机会就来了。

既然命运的罗盘已经开始旋转,就无法停下来了。假如她烹制的菜肴是瑞尔大人有生以来尝过的最好吃的——假如她能给瑞尔留下难以忘却的印象——也许瑞尔会把她任命为厨师长,赐给她自己的厨房。

想到这里,她开始盘算起来,这让她心里终于踏实了些,很快就睡着了,梦里一直都在做饭。

安娜格又见到了格里姆,这次是在双月的映照之下,高大粗壮的树枝之上。她紧张兮兮、小心翼翼地俯瞰地面,但是几乎一切都被云雾笼罩住了。格里姆却出奇地安静。

"你在听树的声音吗?"她问道。

"我在思考。"他轻声回答。语气有些郁郁不安。

"我不想那么做的,"安娜格说,"可是身不由己。"

"我不是在想斯莱尔的事,"格里姆说,"而是你要求我做的事。"

"这很容易啊,"她说,"就算吸怪从来没去过食品储藏室,但是他们可以跟那里干活的人说说话啊——我知道他们常跟干活的人聊天。我只要求你们给我提供一点消息。"

"你要求的可不是一点消息,而是很多消息。而且吸怪已经给你不少消息了——甚至都是无偿而不计报酬的。"

"我们之间怎么变成这样了?"安娜格问道,"格里姆,请你告诉我,我还可不可以依靠你,你还是不是我朋友。"

"我是你的朋友,"格里姆说,"这是当然的。而且一直以来,你让我干什么,我就干什么,不是吗?我只是说——也许这次,该轮到你帮帮我了。"

"可我现在还没有资格和条件制作大量的水下呼吸装置,"

她说,"只要我能做,我一定会做的。"

"我相信你,"他说,"不过,现在我需要的不是这个,而是武器。"

"什么?"

"在废料堆和化生池之间疏通、过滤废物的诸多管道都是有生命的。管道上的无数血管根据需要负责疏导或者阻挡废物的流通。我需要能麻痹这些血管的药物,以及解药。我要设法使食物受到污染或者变质,只有把有毒物质排出才能吃。我需要给吸怪们弄些武器,好让他们发起反抗行动。不需要太多的武器——够用就行。你知道怎么做这些东西。"

"是的,我知道,"她说,"让我想想。"

安娜格闭上了眼睛,感觉到了从陆地上的世界传来的一股引力,那么近,又那么遥远。这么久了,她试验了很多次,都没有成功,她和格里姆想要活着从这里离开,似乎依然希望渺茫。不过,要摧毁这个困住她的牢笼还是有一线机会的。格里姆这是在给她一个机会,让她了解怎么对安布瑞尔搞破坏,怎么铺开一张大网把安布瑞尔牵制住。这么好的机会,她怎能拒绝呢?

"好吧,"安娜格终于开口了,"但是我们必须小心谨慎,行事周全。首先,托尔的厨房必须照常运转,至少现在是。同时,我们不能在这些反抗行动中被发现,也不能引起注意。我想最好就是——在行动开始之初——没人知道是吸怪干的。"

"我不明白,"格里姆说,"我们正要为了气雾的事情给那些领主们施压,但是如果他们不知道发动事件的人是我们——"

"我真觉得你根本不知道自己要对付的是什么人,"安娜格对他说,"一旦他们怀疑到吸怪,所有的厨房——或者更糟的,甚至那些领主——就会追查到你。后果不堪设想。"

"他们会把我们都杀死。"

"说不好,不过你是必死无疑的。他们会查出其他那些带头的人,然后把他们也都杀了。"

"有可能。"

"不妨听听我的办法,"她跃跃欲试地说,"等到一切都乱作一团,他们都焦头烂额的时候,你挺身而出,力挽狂澜,唯一的要求就是废除气雾,用更加人道的设备将其取而代之。"

"那你有什么计划?"格里姆说。

"这个嘛——首先,我们要蛊惑所有的厨房互相攻击。"

"怎么才能办到呢?"

"宴会,我复制出第九种味道就是为了这次宴会。安布瑞尔本人也会参加。四个厨房都在明争暗斗想要赢得为宴会烹饪菜肴的殊荣。他们之间互相使些阴谋诡计,这一点也不稀奇,不是吗?"

"现在我有些明白了,"格里姆说,"到时,你的厨房会最终在这场比拼中占得上风,鹬蚌相争,渔翁得利。"

"没错。"

格里姆挠了挠自己的胳膊,"我倒是觉得这个主意没有什么不好,"他说,"可是你为什么要让托尔赢呢?"

"因为他赢了,就意味着我赢了。他没准就会获得提拔,并且把我带在身边。"

"那你的目的是什么呢?"

"我离权力的中心越近,能给他们造成的打击也就越大。而且这样的话,我也能给吸怪族更多的帮助。"

格里姆点点头,"有道理,"他说,"我会告诉他们的。"

"那我就开始准备你要的那些东西。现在,趁着咱们还没被发现,赶紧下去吧。"

"我想再在这儿待会儿,"他说,"听听树的声音。"

"那改天再见了。"

安娜格感觉心里一阵愧疚,因为她不想欺骗格里姆,但是他对事情已经失去了应有的判断力。她爱格里姆,而且也很需要他——但是为了他们两人的命运,也为了这个世界,迫不得已的情况下——她会利用他。

托尔一副厌恶反感的表情,接着突然变得一脸杀气,安娜格吓了一跳。她转而发现并不是因为她给托尔闻了闻浓缩的发酵鸭蛋浓的味道,他才有这样的表情——而是闻到了空气中不同寻常的气味。

"是滤水器的气味吧,"安娜格说,"化生池的淤泥把它堵住了。"

"我知道这是什么气味,"托尔冷冷地说,"你别瞎猜了。这个厨房里的每种气味我都再熟悉不过了。只要有一丝异常的气味,我的鼻子就会有所察觉。有人一而再,再而三地蓄意搞破坏,我绝不会放过他们!绝不!"

"是谁搞的鬼呢?"安娜格问道。

"也许是费米尔,"他纠结地说,"问题是,可能是她,但也有可能是卢尼埃尔和艾什德利。"

"这是为什么呢?竞争者之间相互明争暗斗,不是挺平常的吗?"

"也不尽然,"他气冲冲地说,"已经超出底线了,而且超得离谱,超得让人忍无可忍。"他一拳重重地砸在桌子上,"竞争是难免的,而且时常会有。我们彼此之间互为对手。但是这么频繁和严重的破坏活动,以前从没有发生过。现在是他们攻击我们,我们攻击他们——没完没了,越来越严重。"

"等等,"安娜格说,"我们也攻击他们?"

"当然了,"托尔说,"较量一旦开始,只有傻瓜才会等着挨打。但是上次费米尔对我们出言不逊,我们已经提出了最后的警告,本以为事件已经平息了。谁知现在她——或者是另外两个人中的某一个——他们又向我们重新开战了。"

"为什么领主们不介入呢?"

"因为没有与之有关的律法。直截了当地公然入侵是严格受法律监管和控制的。但是这种暗地破坏……而且,虽然我们通常都能查出是谁搞鬼,但是没有明显的证据,就算到了领主那里也无济于事,你也知道。直觉、本能一类的东西只有我们相信,对领主来说,他们并不理解。"

"是谁先开战的呢?"她尽量装作天真而又傻傻地问。

"多数人认为是艾什德利。他根本赢不了。"他轻蔑地笑了起来,"到现在为止,他还一次都没赢过。只有费米尔还配得上跟咱们较量一下,艾什德利厨房的那些人简直就是废物。卢尼埃尔比他也强不到哪去。"

"那很好啊,"安娜格说,"看起来我们远远强过其他几个厨房。"

"基本上是的。基本上是。不过其他几个厨房的人都恨我,你也知道,因为我是从下层一步步爬上来的。他们都看不起我,都恨不得我失败,盼着我厨房的人越来越少。也许他们全都在背后暗地使坏,让我赶紧下台,他们好取而代之。迟早他们会联起手一起来对付我。"

"你没有防护措施吗?你就不能派些护卫吗?"

"把他们派到哪里守卫呢?化生池?废料堆?滤水器下面?

就算我有一百个护卫，也难免百密一疏，总会留下死角。不行，我们唯一能做的就是杀一儆百。这就是我要做的。我要让他们好好掂量一下得罪我的后果。"

说完托尔就走了，安娜格一个人默默地干着活。

她发现自己在轻声哼着歌，多年来无时无刻不在担惊受怕中，此刻恐惧终于消失了，她终于体会到了喜悦的感觉。她的计划进行得比想象中还要顺利。这是托尔第一次对他吐露这么多心声，上个星期，流言传得越来越厉害，托尔来找她，让她改进一下水下呼吸的方法。几个厨房互相之间剑拔弩张，一个个都使出了阴险狡诈的诡计，而且凶相毕露。但是却没有人想过这些事都是怎么开始的。格里姆和吸怪根本不需要费多大劲就能把事态进一步扩大——只要到处跟人聊聊，流言就传开了。事实上，这是自从安娜格来到安布瑞尔以来，第一次听到人们纷纷对吸怪交口称赞——赞扬他们能迅速处理危机，排除隐患，还称赞他们善良宽厚，不辞辛劳，任劳任怨。这是个大好的消息，因为这就意味着格里姆既能达到自己的目的，又不需要激化吸怪和领主们之间的冲突和矛盾——等到托尔的厨房胜出，她就可以顺理成章地建议用新的设备取代吸怪现在使用的气雾，作为对他们的奖赏。她已经想好合理的借口以便发明更加隐蔽的毒药了。

当然，这解决不了什么根本问题，但是格里姆一定会很高兴的。

还有一件令安娜格心花怒放的事就是她的菜单进展也很顺利。这要感谢吸怪族提供的消息，让她了解到了不只瑞尔大人自己，甚至是出席宴会的几乎所有人所喜欢的口味、菜品的式样以及个人偏好。她知道瑞尔大人喜欢谁，也知道他看不起谁，这也是她计划中的一部分，通过菜肴让后者受到些羞辱和难堪。

她知道瑞尔的脾气怪异，总的来说偏爱新鲜、刺激、奇怪的东西——而且他品味粗糙、嗜血成性，并且以此为傲。这一点似乎是在效仿安布瑞尔本人，也就是安布瑞尔这个地方的主人，他就时常吃一些粗劣低级的东西。瑞尔曾说过这样的口味并不显得野蛮粗鲁，而是显得很有成就感和满足感。

她继续干着活，随着日子一天天过去，她的心情也越来越好。

格里姆跨坐在树上，开心地放声大叫。

他用爪子轻轻攀在藤蔓一般细的树枝上，微风在安布瑞尔的上空盘旋，树木枝叶如同水波一样荡起一阵涟漪。菲娜银铃般的笑声随风飘来，她就待在附近的树枝上。

"我说得没错吧！"她大声喊着。

"是的。"他承认，"比飞起来的感觉还要好，我说的是真的。"

"你飞起来过？怎么飞起来的？"

"没什么，"他说，"没什么大不了的。"

一开始，他只是觉得兴奋激动，但是过了一会儿，他开始对那些树有了感应，他感受到了树木内心的喜悦，随后，不知不觉地他进入了一种心无旁骛、心神合一的境界，这种感觉既不可意会，也无法言传，任何人都无法理解和体会，是一种视觉、味觉、触觉还有感觉上微妙的融合。菲娜叫他下来，待在更粗一点的树枝上，他很不情愿地听了她的话。不过他觉得更加神清气爽——也更贴近自己的本性了——这种感觉他已经很久没有体会到了。

"谢谢你，"他说，"这感觉——真是太棒了。"

"是吗?"她说,"有时我甚至希望干脆放开手掉下去算了,永远都不回来了。"

"是啊,"格里姆说,"但是最终还是不得不回来。"

"为什么呢?"菲娜问道。

"这个嘛,因为——不回来就死了。"

"回到安布瑞尔,再经历一次生死轮回。人们一直都是这样。"

"轮回?"

"爬上树梢,然后放开手,随风而去。他们说有时这种感觉一直在你心里挥之不去,根本抑制不住。"

"你怎么知道这些放手跳下去的人心里是怎么想的?"

"哦,我朋友吉诺尔就是受这种感觉驱使着要跳下去,不过被科恩拉住了。谁知第二天,他又出来了,然后爬上树跳下去了。"

格里姆还记得这种被鬼附身一般的感觉,一种临死前内心平静到极致的感觉。

"我要是想跳下去的话,你不会警告我的,对吧?"他好奇地问。

"警告你?为什么?"

"因为——"他停顿片刻,然后接着说,"听着,别再爬这么高了,好吗?我不希望你死。"

"哎呀,我不会死的,傻瓜,还是会回到安布瑞尔的。"

"对——然后再轮回,转世重生,成为另一个不记得我,不再是朋友的人。"

"我不会记得你,"菲娜说,"但是我会再次认识你,梅尔-格里姆,不管我转世重生成什么样子。"她眨了眨亮晶晶的大眼睛说,"也许我会重生成你的样子。多有意思啊,是吧?"

格里姆的心里一阵火热,张着嘴却不知该说什么。

"你怎么了?"菲娜问。

"求求你,"他说,"答应我——以后不要再爬这么高的树了。"

"别搞得这么严肃,好不好,"她说,"你说了我就答应你。"

"太好了,谢谢。"

实际上,菲娜让他想起了不愿回首的往事。

"现在我们做什么?"

"现在?"他叹了口气,"哎,说到重生,我得回化生池了,看看最近要孵化的那些幼虫。"

"再待一会儿嘛。"她央求着。

"我必须得走了,"他说,"况且,你也有你的工作要做。我不想让你惹上麻烦。"

"嗯,那好吧。明天见?"

"明天见。"

格里姆走了,但是脑子里还是想象着菲娜要是成了亚龙人——或者类似于亚龙人的样子——跟他待在一起时会是什么情景。实际上,他心烦意乱,突然发现自己已经到了孵化池,盯着那些即将孵化的幼虫好半天,但是脑子却在别处。

他们长得很像撒西勒人,眼睛很大。

他第一眼看见他们时,就知道他们是撒西勒人了,但是却不愿多想。因为他那时根本无法面对他们。

不管厨房以及领主们以后会有什么样的命运,吸怪都无法摆脱气雾。他们会一个一个地死去，然后被另一批像他一样的人替代，他们不需要气雾就能在水下呼吸。等到所有的吸怪都死去，他们的愤怒和怨恨也就随之而结束了。

但这也就是说维特和奥拉斯以及所有他认识的吸怪都将痛苦地死去。他原本希望能拯救他们，给他们更好的生活，然而他的存在本身就注定了他们悲惨的命运终究是无法更改的。

其实他们就快成功了。托尔的厨房终将获胜，吸怪会得到更健康的生活条件作为奖赏。然后幼虫变成了亚龙人，而那些吸怪可以好好地过完剩下的日子。

于是他狠下心来做了不得不做的事情。他小心翼翼地把那些幼虫都杀了，把它们带到了边缘森林，从高高的树梢上把它们扔了下去，那些幼虫化为了一股灰烟，随风而逝。

宴会当天一大早，托尔就来找安娜格了。他的眼睛因为狂怒而显得异常冰冷。他穿着一件衬衫，和一条看上去像是鲨鱼皮做的马裤。他把类似的衣服扔到了她的桌子上。

"把衣服穿上。跟我们走。"

"厨师长？"

"我收到消息，我们的水池将再次遭到破坏。"他说，"快一点。"

"不过没关系的，"她说，"即使这样也不会影响到宴会的菜肴。"

"不是因为这个，"托尔大声喊着，"我能连这点都不知道吗？胆敢如此放肆，我绝不会让他活过今天。我要亲眼看着他死，你也得跟着我一起去。"

梅尔-格里姆在水下六七米处的水草之间潜伏着,看着一伙人悄悄走近养料池,这是将废料堆和化生池连接和疏通的地方。那伙人不是吸怪,他们游泳的姿势也很笨拙。他们身上都带着看起来很吓人的长矛,总共有六个人。

等那伙人消失在暗处,格里姆才露出头,悄悄跟在他们身后,然后隐蔽起来,准备伺机而动。

他盼着那伙带着武器的家伙弄出点儿动静来,这样的话,他的同伴们就会有所察觉。可惜他们动作很轻,一丁点声音也没有。

那些家伙停住脚步看看内部的血管,发现已经闭合了。然后他们又往边上游,游向维生管道。这些管道很窄,也很平滑,都围绕在一个巨大的阀门周围,将废料堆的废料输送到七个心室里。管道里面黑暗而又泥泞,管壁却没有以前那么厚了。那伙人打开了水下照明,一道道光束穿透了黑暗,照到了一个身影,那人竟然是维特,瞪着他那双大眼睛,手里拿着养料注射器。

"不许动,"一个男人说,"你在干什么?"

维特张口结舌,好半天说不出话来。

"检查管道,大人,"他说,"最近这些管道被堵了。"

"是的。"那个男人说。其他五个人把维特围了起来,"你拿着个养料注射器干嘛?这是边缘森林上面的农夫用的。据我所知,化生池这里可用不着这个。"

"呃,这个嘛,我估计——它是从上面掉下来的,"维特结结巴巴地说,"我还正琢磨这东西是什么呢。"

"撒谎!"那男人发怒了,"真是难以置信!费米尔竟然收买了吸怪来对付我!怪不得呢!"

"费米尔?"维特一头雾水。

"不只是吸怪,"另一个人说,"看这个养料注射器——背后肯定还有边缘森林的人。"

"哼,"那男人说,"我们走着瞧。如果吸怪和农夫们都搅进来了的话,一定会引起领主们的注意的。"他将长矛指向了维特,"吸怪,把你知道的一切都如实交待。"

"是我一个人干的,"维特说,"跟任何人无关,一人做事一人当。"

"你以为我会相信吗?别担心,很快就会水落石出的。我会把你脑子里装着的所有事情都挖出来的。"

格里姆相信那男人不是吓唬他,而是会说到做到。那样的话,大祸临头的不单单是吸怪族,还有菲娜。

第一个男人的脖子瞬间被格里姆的爪子划开了,那男人甚至都不知道怎么回事就死了。第二个男人也只是叫了一下就应声倒地了。而第三个——那个说话最多的那人——他的反应倒是很迅速。他想要用长矛扫向格里姆的腹部,但是格里姆的动作更快,他抓住了长矛尖部,接着长着多根硬刺的头直接撞向了那个男人的脸,那男人鲜血汩汩直流,跌入水中,顺水漂走。又一长矛刺来,格里姆旋身闪过,刺向他的人是个红色皮肤,头上长角的女人。这些人动作又笨又慢。他躲过了矛刺,一把把那个女人撕碎了。另一个白脸的女人轰然倒下,背上插着一个注射器,西林尼尔不知从哪里冒出来,缠住了那女人的双腿和双臂,突然维特提起长矛刺穿了那女人的脖子。

格里姆血管里的血液在沸腾,而他自己却没感觉到,这是一种暴力而又邪恶的喜悦,简直难以想象。

另外一个家伙,就是那个被格里姆一头撞倒的男人正要从水里起身回来。格里姆潜入水里,然后一把揪住了他的头发,把他拉向了自己的胸前。

"天啊,"那男人有气无力地说,"你知道我是谁吗?你到底知不知道自己做了什么?"

"我知道。"格里姆怒吼着。

"我是厨师长托尔。你知道吧?快放我走。"

"恕难从命。"格里姆说。

"你敢!"托尔的眼睛突然闪耀出奇怪的银色光芒,池水开始嘶嘶作响,冒起了水泡。

"啊!"格里姆手臂上传来一阵剧痛,大叫起来。身上的肌肉无法控制地紧绷起来,手指也无法动弹。托尔咆哮着向他走来,另一个侥幸没死的同伴从侧面快速奔来。维特和西林尼尔离他太远了,根本来不及救他。

安娜格这才反应过来发生了什么,袭击他们的人竟然是格里姆。而正当他和托尔正面交锋之时,她却朝着他攻击过来。

她看到托尔周围的水在翻滚,格里姆突然瘫倒在地,疼得难以呼吸。托尔稳稳地站在翻腾的水中,那副熟悉的得意傲慢的表情又一次浮现在他脸上,一下子激怒了安娜格,让她忍无可忍。当她靠近格里姆时,他扬起嘴角,刚要张口说话,突然停住了。

怎么会是她?

她从袖子里抽出了匕首,笨拙地挥起这把隐形的匕首。托尔想用自己的胳膊阻挡,利刃干净利落地划过了他的肘关节。安娜格惊惶不已,几乎停止了呼吸,惊愕地看着托尔。

"我看错你了。"托尔喘息着说。随后,她看到他整个人模糊成了一片,看不清楚,然后自己也失去了意识。

等她缓过神来时,她已经躺在了格里姆的怀里,两个人还在水下没有上岸。那两个吸怪惊讶地看着托尔的尸体,除了断了半截胳膊以外,脑袋几乎也被砍断了。

"格里姆。"安娜格低声说。

"我刚才根本不知道你在那伙人里,"他说,"真没准会失手杀了你的。到这来干什么,多危险啊,你知道吗?"

"是托尔非要带着我来的,"安娜格说,"他气坏了——想要出击,杀一儆百。"

她回头看了看残缺不全的尸体,"哦,斯坦达在上啊,格里姆,瞧瞧我这是干了什么啊?我没想——"

"我也没想到。"格里姆说。

安娜格浑身发抖,像湿漉漉的纸片一样。她看着地上的一片死尸,深色的血液在水里随着漩涡打转,鲜红的血几乎没有,都是像巧克力一样的深色。

简直像做梦一样,安娜格不敢相信这是真的。她刚才还跟托尔说话来着,甚至不久前还亲过他!

"这可怎么办啊,"维特惊慌失措地说,"你杀了厨师长!这可跟杀了领主的罪过一样大啊!"

不,不是的。安娜格还是不肯相信。没有人死,这是个误会。你们根本没来过这里……

"别说那么多了,"格里姆说,"先把这里清理了吧。"

他们迟疑了片刻。是啊,必须得先清理干净。瞧瞧这狼藉的一片。

"但是过不久就会有人会发现他失踪的,"维特说,"他们会再派人来找他的。"

"说得是,"格里姆说,"所以我们要毁尸灭迹,让那些人找不到他,也找不到任何人。"

"那该怎么做呢？即使把他们的尸体肢解了，扔到废料堆里，嗅犬也会找到他们的。"

"不用担心，"格里姆成竹在胸地说，"我知道该怎么办，他们不会被找到的。"

"他们会查问我们的。"

"知道真相的只有我们四个人。"格里姆说。

"你什么意思？"西林尼尔开始要游走了。

"没人会伤害你的，"格里姆说，"我说的不是这个意思。"

突然安娜格想到了什么。

"听我说，"她说，"听着。根本没人知道吸怪跟这件事有关，对吧？其他那几个厨房肯定会以为是某个厨房的人杀了托尔。我们根本不需要把尸体处理掉——而是故意让人发现他们。但是必须得让人们在费米尔的废料堆里发现他们。而这里——所有的一切——都必须清理得一干二净。我再把这里清洗一下，就像我们从来没来过这里一样。而你们呢，负责伪造案发现场，让人们以为托尔是在企图侵入费米尔的厨房时被杀死的，你们听明白了吗？"

格里姆的瞳孔像过电影一样，一会儿放大一会儿缩小，然后他再一次睁开了眼睛。

"难道你——"他刚要开口，又闭口不言了。

不过不用他说，安娜格也知道他在想什么。

"不，格里姆，"安娜格说，"这不是我计划好的。我从来没想过——你是知道的。但是，如果我们放手一搏，下对赌注的话，就一定会成功。我们大家就都得救了。"

"他们会怀疑你的，"格里姆说，"你可是唯一生还的。"

"所有知道我来过这儿的人都在这儿呢，"她回答说，"等到大家都发现托尔失踪了，我也会跟其他人一样表示惊讶的，都会先问他去哪儿了。"

格里姆想了想才点头。

"你真的认为这样做会万无一失吗？"

"赌一把吧，"安娜格说，"也许我们会被查出来，也许会残忍地被杀。但是反正也没有别的办法了，横竖不过都是一死，不是吗？"

"是啊。"格里姆也是这么想的。

"那好吧，"安娜格说，"那咱们就干起来吧，争取活着看见明天的太阳。"

于是，他们开始行动了。

第二部分
寻　剑

第一章

正午时分,厨房的备餐室里,人们开始窃窃私语起来,流言传得满天飞。托尔的两个副手——因托瓦尔和叶尤姆——则在大厅里激烈地大吵起来。

正在这时,领主伊雷尔大人驾到,厨房里顿时鸦雀无声。

安娜格从来没见过什么领主。她想象中的领主大人们长得都跟大家差不多,而衣着可能更光鲜一些。

衣着光鲜她是猜对了。伊雷尔的外袍是黑色烟雾制成的,而且上面有无数的火花一闪一闪。外袍里面的修身长袍似乎是铁水做的。

伊雷尔整个人的身体近乎半透明。他转身时,骨头都能透过身体显现出来。他那双大大的眼睛闪耀着淡紫色的光,即使闭上眼睛也能透过眼睑现出紫光来。他身材很高大,比屋子里所有站着的人高出一头。

"托尔死了,"伊雷尔说。声音虽然很轻,但是能飘散到厨房的每个角落,"谁是他的副手?"

因托瓦尔和叶尤姆互相看了一眼,然后因托瓦尔上前迈了一步。

"是我,伊雷尔大人。"

伊雷尔点点头,"明天就要比赛了。你们赢得了吗?实话实说,别拐弯抹角。"

因托瓦尔清了清喉咙。他看起来吓坏了,安娜格看见他的手指都在发抖。

"大人,没有了托尔,我们的胜算已经大打折扣。"

"大打折扣?"伊雷尔扬起眉毛说。他伸手指了指——用一根手指轻轻弹了一下——因托瓦尔立即大叫一声跪在了地上,顿时一头栽下去,倒地不起了。

"我再问一遍,"伊雷尔说,"咱们能赢吗?"

"赢、赢不了",叶尤姆说,"没有了托尔,我们赢不了,大人。"

伊雷尔点点头,叶尤姆吓得往后缩。

"早该如此,"他说,"这么简单的问题直截了当回答不就好了。谢谢。"他叹了口气,"临阵退出是有些遗憾,不过总比出丑强。"说完,他就转身准备离开。安娜格闭上了眼睛,强压住心里的恐惧。

"我们赢得了,伊雷尔大人。"她说。

周围响起了一片惊愕之声,但是她丝毫没有理会,定睛看着伊雷尔。

"你是?"

"我叫安娜格,大人。"她回答。

"哦,原来是托尔手下那个异想天开、古里古怪的发明家。"

"是我,大人。"

"你发明了不少东西,我都挺喜欢的,"他说,"不过发明家可跟厨师沾不上边啊。"

"我们能赢,大人。菜单已经拟订好了,所有的准备都已经就绪了。我们不会给您丢脸的——我们会让您引以为豪。"

伊雷尔瞥了一眼倒地死去的因托瓦尔,又回过来看着安娜格。"你倒是不怕死啊,逞一时之勇,就不怕激怒我吗?"

"我不是逞强,大人。"她掷地有声地说。

"好,"他说,"那就到时见分晓吧。"

直到伊雷尔消失在视线之外,甚至远得听不到任何动静时,大家才开始唧唧喳喳议论起来。

"你疯了吧?"叶尤姆大声喊起来,"你想把我们大伙儿都害死?"

其他人也都齐声叫喊着,表示同样的意见。"那你们想怎么样呢?"安娜格问他们,"伊雷尔肯定需要一个厨房,而且还是实力很强的厨房。你觉得你会被升任为厨师长吗,叶尤姆?你觉得我们大家——还有你——能有绝对的实力跟别人比吗?他肯定会招来一个新的厨师长,到时我们绝大多数人都得被投进化生池里。"

她的话一语中的,切中了要害——她也看出来说中大家心里了,于是趁热打铁,说:"我们能赢的。不需要托尔也可以。如果你们同意听我的,我告诉你们怎么做就怎么做,我们就能成功。相信我吧。"

"我不明白,"艾利欧,一个负责切菜的人,说道,"你说得对,我们都在劫难逃——但是你不一样。不管换哪个厨师长,他们都愿意用你。可现在,万一你失败了——"

"我已经厌倦了被迫一个又一个厨房换来换去,"她说,"如果我们赢了,伊雷尔就会任命我为厨师长,我会把你们都留下,一切都平安无事。"

"可我才是有经验的厨师。"叶尤姆抗议说。

"不,她说得对,"另一个人说,"你不能当厨师长,叶尤姆。只有她才可以。"

"不行,她疯了,"叶尤姆反驳说,"伊雷尔是不会……"

她又看向了因托瓦尔的尸体，摇了摇头，叹息着说了一句："化生池。"

叶尤姆回头看向安娜格，"好吧，"她说，"我们要做什么？"

"这也太离谱了，"洛哈什对着正在身后看着他摆盘的安娜格说，"瑞尔可是领主啊——他怎么可能会吃动物的生肉呢，不管摆盘多漂亮，造型多别致也不成啊。"

"他喜欢吃，"安娜格回答，"他会喜欢的。快别切了。把刀给我。"

"为什么？"

"因为你切得不对。"她简洁明了地说。只见她在案板上放了一块厚厚的肥肉，上面还带着血管，然后把肉切成像纸一样的薄片。

"切得再薄又有什么用。"洛哈什嘟囔着。

"洛哈什，"身后传来叶尤姆的声音，"看懂她想做成什么样子的了吗？"

"看懂了。"洛哈什悻悻地说。

"那就照着做，"叶尤姆说，"要是托尔在的话，你也敢这么质问他吗？"

"当然不敢。但是他——"

"他死了。除非你想做第一个步他的后尘的人，否则的话，我建议你还是别问那么多了，照着安娜格的话好好做事。"

"是。"洛哈什闷闷地说。然后转身接着干活了，这次切肉切得对了。

"过来一下，"叶尤姆对安娜格说，"咱们谈谈。"

他们走进了一个小屋,这里是托尔研究菜谱的地方。

"你得需要我帮你。"

"怎么了?"

"你知道怎么烹饪——我看了菜谱,确实让我很惊讶。也许我们真有可能会赢。可问题是,你不知道怎么做个厨师长。"

"怎么说?"

"你什么事都亲力亲为。这可不行。你得把任务都分派下去,而且必须树立权威,让手下都对你言听计从。而你对这些还根本毫无概念。"

"那你有什么建议呢?"安娜格问道。

"我们一起联手,"叶尤姆说,"我懂得怎么发号施令,怎么把任务分派下去。我也知道怎么把事情做得又对又好。"

"一起合作,"她若有所思地说,"我曾经跟斯莱尔合作,而她却要杀我。而现在,我为什么又能相信你呢?"

"因为我不像斯莱尔那么愚蠢。我没有什么企图,我也夺取不了什么——毕竟这是伊雷尔的地盘。他很清楚谁有能力负责这里。我只有一个请求,如果我们成功了,请你让我留下来做你的副手。"

原来如此,安娜格想,如此一来,他就能再找时机偷偷在背后捅我一刀。

不过她还是说:"有道理。"

"那好,"叶尤姆说,"既然如此,对于准备宴席的事情,我倒是有一些建议。"

"那我应该洗耳恭听喽。"安娜格说。

叶尤姆停顿了一下,露出一副奸猾的表情。

"怎么了?"安娜格问。

"是你杀了他,对吗?"叶尤姆低声耳语。

"你说什么?"安娜格脊梁骨直发冷。

"厨师长,是你杀的吧?现场伪造成是费米尔干的,但是在我看来,她不会那么粗心,露出马脚。不过,要是这一切都是你故意布置好的——"

"我不会给你任何答复。"安娜格说。

"你别误会,"叶尤姆接着说,"如果真是你干的话,我不仅什么都不会说,甚至还会敬佩你。你知道托尔害死了多少人吗?他早该被杀,真是大快人心。"

"是吗?不过这可不是我的做事方式。"安娜格气冲冲地说。她有些气愤了。不错,是她杀了托尔,但那是意外。她可不是叶尤姆想象中的那种人。

叶尤姆无所谓地耸耸肩,说:"那好吧。"

"你到底有没有建议要提?"

"当然有。"

安娜格只睡了短短的不到三个小时;虽然有叶尤姆帮助她管理厨房的事,但是大大小小的细节琐事,足有百十来件,而且只有她才能处理。

幸亏瑞尔不像伊雷尔那样,每顿饭都要预备上百道形色口味各异的菜肴。据她所知,瑞尔喜欢大繁若简,因此她只准备了三道菜,每道菜都有各自的特色。每道菜上菜之前,她都得仔细检查一番。

第一道菜是将硫黄和糖融合,熬至黏稠,凝成网状,上面有几滴鲜红欲滴的凝珠,那是用人类的血液提炼出的愤恨,滴滴血珠闪耀出璀璨的光芒——犹如一颗颗小巧玲珑的红宝石。网状的中心是一个对半切开的榴莲,甜甜的,还带有一股大蒜一样的味道，那是安娜格独创的一种烹饪手法，里面加入了一种动物的淫欲，这种动物是在边缘森林里栖息生活的，长得类似猴子，只有在即将交配时捕杀它们，才能提取到淫欲。

第二道菜是切成半透明薄片的熊腰脊肉，而且是生的，熊肉和上一道菜的榴莲都是来自浮空城下面的世界。她把熊肉里的肥肉做成了与室温相同的一种蒸汽，浮在薄薄的肉片表面，而肉片下面铺了一层像玻璃一样透明而又带点黄色的面条，一口咬下去，会让人感到回味无穷。

从第二道上来后，已经过了一个小时了，安娜格开始觉得有些紧张了。第三道菜——一种用丁香、豆蔻、小茴香、芥末、胡椒、大黄蜂、黑寡妇蜘蛛和狂暴混合在一起熏制而成的菜肴——已经做好了，再不快些端上来味道就要消散了。

半个小时后，侍者终于端上了最后一道菜，要是再晚几分钟，菜的味道就不能达到最好了。但是安娜格也无可奈何。

看到最后一道菜端了上来，安娜格擦了擦额头上的汗珠。

"我都快站不住了。"她跟叶尤姆说。

"一切进展顺利，"叶尤姆说，"真不知道你怎么会选择做这么多重口味的东西，但是你做得很好——就是换了托尔也做不出比这更好的了。"她迟疑了一下，说，"你现在还坚信我们能赢吗？"

"我不知道，"安娜格回答说，"但是也没心思管那么多了。如果注定一死的话，只求死前让我先歇一会儿。"

她不知道自己打了多久的瞌睡，一睁眼就瞧见了眼前站着一个人，一开始她以为那人是伊雷尔，因为他也是半透明的。但是她注意到那人皮肤下面的颜色在慢慢不断地变化着，还有那方方的脸型和厚厚的嘴唇。

"大人？"安娜格脚下开始打颤。

"我是瑞尔，"他神态傲然地低声对安娜格说，"你是怎么知道的？"他问道。

"知道什么，大人？"

"你的第一道菜把埃克斯大人给吃吐了，看他吐了，我心里很高兴。而格尔大人却吃得开怀大笑，让我心情也大好。每道菜都很合我的胃口，而且你还考虑到了我的同伴们，让我喜欢的人高兴，让我不喜欢的人出丑，对此我非常感激。你怎么会知道这些的？难道你是我肚子里的蛔虫？可我又看不出来你有这个能耐。"

"这么说来，我们赢了，是吗？"安娜格问道。

"是的，"瑞尔做出了肯定的回答，"不过我还是有很多疑问，你知道我问的是什么？"

"我也没法解释，大人，"她撒谎说，"这是我的天赋，就是这样。只要提到烹调食物，我就知道什么人想吃什么口味。我想一定是某个神赐给我的能力。"

他目不转睛地盯着安娜格，看了好一会儿，然后才眨了眨眼睛。

"你是从下面来的——来自下面的世界？"

"是的，大人。"

瑞尔笑了，"等一切结束了，我一定要好好欣赏一下你的世界。"

"什么结束了，大人？"

他摆摆手。

"哦，没什么。现在，你是我的了，像你这样的人对我来说很有价值。我很期待有朝一日你能自由地出入你的世界运送物品，而不是像现在这样，让人零星地带点儿东西上来。不管怎样，伊雷尔得找个新的厨师长了。"

"那我手下的那些人呢?"

"你需要的就留下——不需要的就除掉。三天后你还需要再准备一次宴席,这次是为安布瑞尔大人本人。我很想看看你能不能像今天取悦我一样,也取悦他。"

"谢谢您,大人。"她说,"我一定竭尽所能,不负您的重望。"

"很好。"他说,说完就离开了。

安娜格离开厨房,准备回到自己的住处,经过叶尤姆的身边,看到他一脸恐惧的表情。

"我们赢了,"安娜格说,"你们都会留下来。我们明天开始为宴席做准备。"

她躺在了床上,这么久以来终于可以安稳地睡上一觉了。

第二章

梅尔-格里姆刚要吃完一块牛排,维特就急匆匆地跑了进来。他正与其他四个吸怪共在一个潮湿的小石屋,墙壁四周长满了泛着磷光的苔藓。维特的神色焦急不安,奥拉斯紧跟其后,也进屋来了。

"他们来抓你了,"奥拉斯喘着粗气说,"你得赶紧走。"

"什么?谁来抓我?"

"领主的侍卫——我猜可能是埃克斯。他们进来一直不停地审问人。可怜的吉斯被迫招供了。我知道他本来不想的——"

"你得赶快躲起来,等风声过了再说。"维特说。

"那岂不是会让你的处境更加危险,"格里姆说,"如果他们要抓我,肯定知道你是我的副手。我不能把你扔下,让你独自面对他们。"

"我也会跑的,只是跟你的方向不同,"维特说,"格里姆,我们需要你,特别是现在,他们在追捕我们,吸怪族需要你。你知道该采取什么对策——而我们不懂。"

"可我不知道他们是怎么发现的,"格里姆说,"应该是各厨房自相攻击才对,而且确实是这样。"

他看到奥拉斯开始行动了,他还来不及说什么,维特就一把把他推进了河里。

"快走,"他说,"往深处游。"

他下到水里,然后立刻转身观察着。发现追他的人也不傻,一边派人进洞去抓他,一边在他可能出来的洞口守着——这样一来,他只要一跑出来,就立马落到他们手里了——也许不是他们的主意,似乎是他们上级下达的命令。

只有一条路能让他出去,但已经有四个家伙提前在出口堵他了,所以他直接跟在他们后面,奋力直追,给他们来个始料不及。他避开他们的长矛,移向了他们的右侧,一头深潜水里。

他以为自己没有被发现,谁知突然一个尖利的东西刺向他的身侧。他向右侧游走,但是,没游多远就被向后拽住了,后背一阵剧痛。

他向后看去,一大片鲜血飘散在水中。那是他的血,一个鱼枪插进了他的身体,血是从那里流出来的。另一个人正穿过珊瑚丛从另一侧向他游来。

格里姆大喝一声,想脱身游走,但是他们已经早有提防,三个人已经举起了长矛,拿着鱼枪的人也已经装上了像十字弓一样的弓箭。

千钧一发之刻,格里姆奋力躲闪着,但是长矛手调整了方向,一下子刺中了他的额头。他痛苦地大叫一声,长矛的尖部刺到了他的头骨,然后方向一偏滑向了他的耳朵。虽然疼痛锥心刺骨,但是却让他更加勇猛,他一把拽住长矛杆,把手持长矛的人拉了过来,然后用尖利的爪子插进了那人的喉咙。另一个人从身后紧紧抓住他,接着余下的几个人也都钳制住了他。

格里姆拼命地挣扎扭动，把那几个人都撂倒在珊瑚丛里。两个人不得已放开了手，而还有一人设法抓到了鱼枪准备射击，此时疼痛席卷了全身，他再也动弹不得，失去了意识，不知接下来会发生什么。

等他睁开眼，眼前的人竟然是奥拉斯，张着嘴想要说什么。鲜血正从嘴里流出来。他快速地扫了一眼，发现攻击他的那几个人不是死了，就是奄奄一息了。

"发生什么事了？"他问奥拉斯。

"对不起，"奥拉斯说，"是我们干的，我们报的信儿。我们以为这是你想要的结果。"

"什么？"格里姆急切地说，"你们干了什么？"

"我们故意让他们知道的，这样他们就能关注到气雾了。我们都很自豪，作为——"他剧烈地咳嗽起来，从嘴里喷出了一大口血。

"我们破坏了一个提供养料供给的树根，"奥拉斯说，"我们留下了记号，气雾的记号。"

"气雾的记号？"

"是的，"奥拉斯虚弱地说，"你可能没见过。通往石屋的门上有这个记号。四条蜿蜒的曲线，还有一个喷雾的图案。"他闭上了眼睛。格里姆看见了奥拉斯的伤口。刀还插在他的身上。

"咱俩离开这儿，让我帮你弄一下伤口。"他说。

"不用了，"奥拉斯说，"更多的人正朝这儿来呢。我留在这里对付他们。"

"不行，我不能让你一个人留在这里。"

"求你了，"奥拉斯说，"求求你，就算是为了我。如果你原谅我的话，就快走吧。"

格里姆剪断了连着鱼枪的线，正要把鱼枪拔出来，几个家伙突然从山洞的入口冒出来了。奥拉斯立刻起身走了。

"快走！"他大声喊着。格里姆看到他手里拿着鱼枪。

格里姆把追他的人甩远了，他发现水池的一侧出现了一道裂缝，于是把鱼枪的另一端嵌进里面，然后又把身上带着倒钩的枪头拉了出来。不过因此也疼得差点儿昏过去，他深呼了几口气。他以为自己已经不能游泳了，不过歇了一会儿后，他又开始下水游起来了，身后留下一片血迹——血流得更多了。

他脑子里一直回想着奥拉斯最后说的话。到底哪里出错了？难道跟他们说得还不够清楚吗？他们为什么要破坏树根呢？他根本就没让他们这么干啊。

不过这也确实提醒了格里姆。他绕了个弯，游过一片垃圾废料堆，那些废料是要倾倒进水池里的。但愿湍急的水流能把他身后留下的血迹冲走。然后他又游向了输送水源和养料到边缘森林的管道。只用了几分钟，他就游到了那里。他发现了石头上刻着的图纹——那是气雾的标志。他们毁掉了过滤器，所以现在管道吸收的都是过滤器的残骸，过不久管道就会堵塞的。他游向管道，但愿现在还没有堵。

管道对他来说太窄了，他得在里面挤来挤去才能过去，还好过了将近一百米，管道变粗了，给了他一些宽余的空间。他在水里漂了一会儿，然后继续上路。

他从来没进过这些管道，原因很简单，管道从来没被破坏过。据曾经检修过管道的年长吸怪说，这些管道错综复杂，形成了一个输送网，将水源输送到边缘森林所有树木的根部。他原本的打算是不走平时常走的路，因为这样容易被追踪到。而现在，他在错综复杂的管道里经过了好几十个岔口，而且好多分支管道都太小，他根本就进不去，他都怀疑自己会不会迷失在这里。假如有人在这里发现了他，他根本没有藏身之处，也没有施展拳脚的空间。

不过反正现在也这样了。也不知道自己流了多少血，虽然还有些流血，但是伤口的血凝得很快，没有刚才流得那么多了。

但愿在他还没失血过多昏倒之前能赶紧找到出口，他继续游着，却发现管道分支越来越多了，简直让人眼花缭乱，跟迷宫一样。

第三章

阿特雷布斯正在向下坠落,他还没来得及喊出声来,就已经落在一个冰冷而又潮湿的地方。他气喘吁吁地爬了起来,拍了拍脸上的灰尘和粘在脸上的土块。他也不知道玛拉卡斯到底把他们弄到湮灭里的什么鬼地方了。然后,他才发现自己正站在雪地里,深吸一口气,一股清新的空气沁入心脾,带来青草一般的清香之气。他抬头望去,天空湛蓝,白云飘飘。

"他把我们送出来了。"他说。

"看起来是的,"苏尔说,"这里不是湮灭。"

"真冷啊。"

"如果这里真是索塞姆,冷就对了。"

苏尔跟他一样还是赤身裸体;深色的皮肤与皑皑的白雪形成了鲜明的对比。他们周围皆是云杉环绕。他身旁有一捆包袱,苏尔走过去瞧,发现那是他们的衣服、武器和铠甲。

所有的东西都又脏又破,上面还凝着血痂,不过阿特雷布斯穿上以后觉得暖和多了,也更有安全感。

"现在该怎么走?"他问苏尔。他们所在的地方是个较低的山脊,四周山峦起伏,只留出一条路。"我想玛拉卡斯把我们扔在这里是有原因的——沿着这条路走就是我们要找的地方。"

"对魔神来说,这可不一定,"苏尔说,"他可能就是随手把我们送到这儿了。"他环视一下四周,点头指了指那些山峰,

"我可不想爬山，浪费体力。下山还省力些，我们最好找个人问问路。"

"我完全没有意见。"阿特雷布斯说。

地面起伏不平，不过他们还是缓缓地往山下走。随后，他们到了一个小山谷，一条潺潺的小溪在光滑的石块之间淙淙流淌。于是他们开始沿着小溪前行。大约正午时分，阳光变得和煦，脚下的冰也开始融化变软。

天空变成了石青色，月亮也开始初现光芒，脚下的雪则噼啪作响，他们身上的衣服已经不足以御寒了。他们沿着山壁而行，想找个石洞暂时栖身，结果一个都没找到。于是他们停下脚步，不再找了。他们开始收集树枝和木头，点着了火，蜷缩着围在篝火旁。

"我觉着咱们很快就能看见活人了，"阿特雷布斯边说，边看着跳动的火焰，尽力躲避着呛人的烟味儿。

"何以见得？"苏尔问道。

"呃，因为红色之年后，有很多黑暗精灵来到这里——"他突然觉得有些害怕，吓得闭口不言了，而苏尔神态自若地搓了搓手，然后靠近篝火暖手。

"自从被流放到湮灭后，我经历过很多突如其来的危险，"他说，"我知道维瓦克城已经被毁了。乌寒严刑折磨我时，告诉我他眼睁睁地看着整个城市毁于一旦。我并不相信他，不过后来我回到那里，亲眼见到城市被毁的景象，才知道我的家园遭到了多么残酷的蹂躏和践踏，才意识到亚龙人的入侵使我家乡的百姓遭受了多么大的苦难。但我仍然心存信念，要重建故土。只是，天际省随后却把索塞姆援助给我们做避难所，要知道我们两个种族之间积怨已久——所以这是我没料到的。"

"乡绅或地主不需要缴什一税，"阿特雷布斯背诵起来，

"地区实行自治，宗教信仰自由，不需为天际省或帝国提供任何补偿或赔款，只有在停战协议条文中列出的补偿依然需要履行。从此以后，基耐的子孙后代，不管是人类还是精灵，无一人会说他们没有得到仁爱怜悯，没有享有荣耀。"

苏尔扬起了眉毛。

"这些都是我的老师告诉我的，"阿特雷布斯解释说，"我还记得呢。而且经常因此而感动。"

苏尔轻轻拨了拨火堆，眉头深锁，然后摇了摇头，"其实索塞姆这个地方并不富饶，"他说，"当时根本人烟荒芜，只有零散的几个部落，而且对天际或者帝国也没有什么忠心。晨风总是对各个地方发号施令。即使天际不把索塞姆贡献出来，那么其实难民也会聚居在那里，不过这样就会让诺德人头疼了，他们要么就得打仗，要么就会丢了面子。把索塞姆让出来，倒能使他们成了慈悲的救世主了。"

"思坦达在上，"阿特雷布斯说，"你就不能往好的一面想吗，你就不能认为他们这么做确实是出于善意，出于怜悯的?"

"也许百姓会这么想，或者有些人会因此而感动，"苏尔说，"而对于国家来说，不是这样的。"

"我不相信，"阿特雷布斯说，"国家是由人民来治理的。诺德人什么时候被丹莫人打败过了？是你们太弱了，苏尔——是你被打败了，失去了家园和一切。"

"那些人嗜血残暴，"苏尔回应说，"嗜血残暴而且杀人如麻。你想得太天真了，脑子里尽是不切实际的空想。"

"也许吧，"阿特雷布斯说，"也许十有八九你说的是对的——国家只以自己的利益为出发点。但是有时候，他们也会尽力为别人考虑的，就像善良的普通百姓一样。"

苏尔摇了摇头，"我不跟你争辩了，"他说，"你爱怎么想就怎么想吧。回到你的问题上来,我猜想大部分丹莫都居住在南边沿海一带,我想我们就在这个范围里。"

"你来过这里吗?"

"没有,不过就像我说的,这里一直都是个存在争议的领土,因此这就需要用上我在内阁时学到的东西了。"

虽然苏尔这么说,可阿特雷布斯还是想跟他争论,突然这时他听到了自己的背带里传来了轻微的噪声,像是人造机器和鸟叫的声音。

"安娜格,"他轻声自语,"她还活着。我曾经试着联络她,但是——"

"去吧,"苏尔说,"但是别离篝火太远了。"

阿特雷布斯点点头,然后走远了几步,走进了悄无声响的云杉林,不想他们的谈话被人听见。他在冰天雪地里愣愣地站着,不知道自己为什么要这么小心翼翼的,为什么苏尔认为他……

他拿出了咕咕鸟,就是那只机械鸟,精工细制,连羽毛都栩栩如生。他拉开了咕咕鸟腹部的一个小机关。

真是她,安娜格,卷卷的黑色头发,还有微微上扬的嘴角,正在对他微笑。

"阿特雷布斯,"她说,"我——我以为你死了。这么长时间了。"

"是吗?"他问道,"我都已经没有时间感了。"

"发生了什么事?"她问,"你在哪里?"

"事情没有像预想中的那样进行,"他说,"苏尔和我到了安布瑞尔,但是乌寒太强大了。我们好不容易才逃进了湮灭,差点没了性命,而在那里——我们忙着逃命。我好几次想要跟你联系,但是一直没有机会。"他觉得很痛苦,才发现自己正摸着腹部的伤疤。他勉强笑了笑,"但是现在我们已经回到塔玛瑞尔了。"

"乌寒?乌寒是谁?"

"你没听说过吗?他是安布瑞尔的主人。是他创造了安布瑞尔。"

她眉头紧锁起来。

"可这里的人每次提到安布瑞尔的主人时,都说他的名字就叫安布瑞尔,"安娜格说,"我从来没听说过乌寒这个人。"

"这太奇怪了,"阿特雷布斯说,突然他想起来乌寒说过他再也不用这个名字了,他只有在苏尔面前才叫这个名字。接着,他注意力又转了回来,"看来你还在那里,"他说,"我还以为你已经逃跑了呢。"

"我这里情况进展也不太顺利,"安娜格说,"不知怎么回事,安布瑞尔把我们困在这里了。我们刚跑出去几百米,身体就开始——呃——开始蒸发起来了。"

"蒸发?就像你跟我说的那些幼虫一样吗?我记得你说过安布瑞尔上的人都相信他们无法离开那里。"

"是的,他们无法离开。而现在我和格里姆也走不了了。"

"我真的很抱歉,"阿特雷布斯说,"我一直以为你们还很安全。我在湮灭时,有一次抓了个空子,曾经联络过你一次,但你没有回应。我应该再找机会联系你们的,想起来还是有一些机会的。"

"是啊,机会其实还是有的。"她虽然这么说,但是眼神却飘忽闪躲,而且语气也很含糊。

"怎么了?"

"没什么,只是一切都好像没有什么进展。"她说。

"我们对付乌寒时,了解到一些事情,也许会对你有些帮助。"阿特雷布斯告诉她。

"真的吗?"她问道,"什么事情?"

"安布瑞尔曾经是湮灭里的一个城市,在克拉威库斯·维尔的领地。乌寒——也就是安布瑞尔之主——他一直想跟他的同伴暗影逃离那里,但是维尔坚固了他疆域下的城墙,所以没人能逃出去。乌寒想出了一个办法,让城市在空间发生转变,然后把它隔离出来,就像把香肠的肠衣撕开。"

安娜格眨了眨眼睛,说:"也就是说安布瑞尔其实是个幻影——其实他们被克拉威库斯·维尔的城墙所围根本就不可能出去?"

"我认为是这样的,"他说,"苏尔可以解释得更清楚些,但是我们时间太紧了,所以——"

"没关系,你帮了我大忙了,"安娜格兴奋地说,"阿特雷布斯,太谢谢你了。我要是在你身边,一定会吻——"

但是话到嘴边又停住了,脸也羞红了。

"你明白我的意思哈。"过了一会儿,安娜格说。

"我的理解是我会得到你送上的一个吻。"他说。

安娜格挑了挑眉,"哦?会吗?"她问。

"当然——不过但愿这个吻不要太深长,也不要缠绵的湿吻。"

"我会记住的,亲爱的殿下。"她说。但是随后她的脸色就变了,像是想起了什么不堪回首的可怕往事。

"你怎么了?"他问,"你旁边有人吗?"

"没有,"她回答,"我已经不用像以前似的担心有人监视了。"

"这是为什么呢?"

"因为我——升职了。现在已经是厨房的厨师长了。"

"这对你有利吗?"

"我觉得有利。这个职位有利于我了解到更多关于安布瑞尔的事情。我相信我会找到他们的弱点的。"

"那太好了。现在你比以前更安全了吧?"

"我也不知道。"她说。不知怎么搞的,她的好心情一下子都消失了。而且说话的语气也开始显得有些疲惫了,"某种程度来说,应该是更安全了吧。只是每进一步,都会面临一些新的危险。比如两天后,我就要为安布瑞尔大人准备宴席。"

"乌寒?"

"我想是吧。我也不知道。"

"他是丹莫,安娜格。来自晨风。"突然脑子里闪出一个念头,但是他不想说出来。她一定从他的表情上猜到了。

"你在想我是不是能找机会给他下毒?"

"不,"他说,"不行,太危险了。"

"我——"她闭上了眼睛,"我有些搞不懂了,阿特雷布斯。为了活下去,为了升到这个位置——我做了一些不得已的事。一些有些难以启齿的事。"

"我相信你所做的一切都是有必要的,都是必需的,"他说,"听着,我知道你不是个杀手。我不应该——"

"如果我觉得有把握,就一定会做的。"她说,"事实上,他曾经是个精灵,一个像你我一样有血有肉的人——太可笑了。但是现在,他已经不是了。"

"是的,"他说,"也许你说得对。他说过安布瑞尔上的一切都是他的一部分,而他也是安布瑞尔的一部分。可是他太强大了……"

安娜格的脸色又变了,一副若有所思的表情。

"不过如果这是真的话……"她欲言又止地说。

"你想说什么?"

"对不起,"安娜格说,"我得好好想想。把他说过的话都跟我说一遍,好好回忆一下,告诉我你知道的所有安布瑞尔的事。"

阿特雷布斯把跟乌寒见面的情形复述了一遍,乌寒、克拉威库斯·维尔还有暗影,苏尔跟他说的每句话他都一字不漏地告诉了安娜格,就这样不知不觉一直说到了深夜。

"我得走了,"安娜格叹了口气说,"虽然没人监视我了,但是还有厨房的事得管。我——能跟你聊聊真是太好了。"

"我也是。"阿特雷布斯说。他犹豫了一下,接着说,"这段时间来,发生了很多事情,有太多事情要跟你说,等我们有时间了——"

"我还没有瑞门的地图呢。"

"我知道,但是请相信我,我一有机会就一定会把地图给你的。等你有空了,一个人的时候,别忘了跟我联系,只要没有紧急的事,我一定会回应的。"

"我相信你。"安娜格说。

她停留了片刻,然后盖上了项链的盒子,影像随即就消失了。

阿特雷布斯这才意识到自己已经快冻僵了。

"小心!"苏尔大声警告他。

阿特雷布斯低头一看,发现自己差一步就要踩空,随后就是掉下悬崖了。

"谢谢你。"他说。

"你——自己当心啊。"

"我其实昨晚根本没怎么睡觉。"阿特雷布斯为他的大意而解释。

"地上太硬太冷了吧。"

"不是,不管你信不信,以前在这样的地上,我也能睡得挺香。我就是总在想事情。"

"谁也没说不信啊。"苏尔咕哝着。

阿特雷布斯一下子火气就上来了,不过还是压制住了。

"不瞒你说,几个星期前我还自以为是个勇士,一个领袖——英雄。我睡得像孩子一样香甜,因为根本没什么事可担忧。每次决斗,我都能取胜;每场战斗,我都能打赢。但我万万没想到这一切都是假的,我真是太蠢了,简直就是个傻瓜。"

"你没那么蠢,"苏尔感到很意外,"年轻人总是容易轻信,容易被假象迷惑。有时候,我也以为自己战无不胜,天下无敌,所以你这么想我也能理解。"

"真的吗?——谢谢你。"

他沉默了一阵,琢磨着苏尔是不是在刻意奉承他。

"苏尔,"他终于又开口了,"是你告诫我要面对现实,然后你又教导我,让我想清楚了很多事。你告诉我要成为人们心目中所期待的那个人。而我正在努力。"

"很好。"

"但是我需要你告诉我实话。请你告诉我咱们到底有没有希望成功,还是你只是因为一时的愤怒和愧疚……"

苏尔突然停住了脚步。

"你是不是认为我疯了?"他语气轻缓地说。

"什么?"

"我问你呢,"苏尔声音大了起来,喊道,"你是不是觉得我疯了?"

阿特雷布斯一下子被惊到了。苏尔要是想杀了他,他还手的机会也没有。

"我不知道,"他终于开口了,"乌寒说的是不是真的,说实话我真不知道。"

"这很重要吗?"苏尔问。

"是的,很重要。安布瑞尔正向帝都挺进,我父皇、母后还有所有我认识的人都面临危险。而我们呢,跨越了大半个世界,为了寻找一把也许能帮我们摧毁安布瑞尔的剑。可是我们也见过乌寒了,亲眼见识了他的强大。你使尽了浑身解数,我们才得以逃生,而我根本无力对抗他。现在我也看不出这把剑能有什么作用。"

"也许是没用,"苏尔承认,"但是我们还有别的选择吗?"

"咱们可以穿过湮灭回去,赶在安布瑞尔之前回到帝都。我们了解到的一些信息可以帮助帝国抗击乌寒。"

"就我们俩?你要告诉皇帝什么呢?"

"我们知道的一切啊。"

"那对他有什么帮助呢?你弄清楚怎么毁灭安布瑞尔了吗?"

"没有。"阿特雷布斯说。

"我也没有,"苏尔说,"所以,我们必须得先知道怎么毁掉它,否则就算回去也无济于事。而且就算现在我知道了,也根本没办法通知帝都。你如今也看到了,如果我们在湮灭的各个位面之间迷了路会面对怎样的后果。"

"我们现在清楚乌寒预谋要占领白金塔。父皇的法师们也许会查出他要得到白金塔的目的。"

"他们会查清楚的。"苏尔肯定地说。

阿特雷布斯停顿了一下,虽然不知道该不该说,但还是说了。"我们还可以直接去找魔神克拉威库斯·维尔。"

"看来这是个办法，"苏尔回答说，"而且你一定在想我是不是疯了。"

"不过这个办法很可行。乌寒要逃离维尔的领地，想脱离他的控制。要是我们把乌寒的行踪告诉维尔——"

"维尔不能进入塔玛瑞尔，至少表面来说，他没有足够令人信服的理由对付安布瑞尔。而假如他打败了乌寒的话，也许他会带来的混乱和灾难比乌寒更甚。如果克拉威库斯·维尔有能力收回对安布瑞尔的统治权，他早就动手了。他需要一个出击的理由和目的，而这就是我们要寻找的。"

"你确定他会对安布瑞尔出击吗？"

"不敢肯定。但是乌寒从他眼皮底下逃跑想要重新取回魔剑。魔神阿祖拉为我显现了这个意象，就连玛拉卡斯似乎也认为我们知道些什么。反正不管怎么样，上次我们偷偷进入湮灭，已经让我元气大伤。如果要想再次进入那里，必须得有绝对充足的理由，而不是只想见到你的父皇这么简单。"

"你看——"

"这条路就通向帝都，"苏尔指着路说，"你想回去的话，随时都可以去。"

阿特雷布斯咬了一下嘴唇，腰板更挺直了些。

"是你杀了自己的爱人吗？维瓦克城是毁在你的手中吗？"

苏尔眯起血红的双眼，"是我做的我会承认，"他说，"有些责任确实在我。我理应受到指责。但是乌寒也有份，当时我是和他一起——"他突然不说了。

"什么？"阿特雷布斯说，"当时怎样？"

"要走要留随你便，"苏尔说，"但是这件事不许再提了。"

说完，他拔腿就走，大步流星继续上路了。

阿特雷布斯看着他离去的背影，叹了口气，还是跟了上去。

第四章

"这次宴席的菜肴比上次还要特别,"叶尤姆小酌了一口酒说。她和安娜格两个人正坐在备餐台前。为安布瑞尔大人的宴席准备的最后一道菜已经呈上去了,厨房里的其他人忙得团团转,都在收拾厨房。只有她们二人悠闲自得地喝着酒,聊着天。"我喜欢今晚的菜肴,尤其是有一道菜,里面有种蔬菜,叫什么来着?"

"沼泽麦罗,"安娜格回答她,"这是一种生长在晨风的植物,我们曾经经过那里。"

"味道真好。以前,我还会对你有所质疑——但是我听说,自从瑞尔大人品尝完菜肴以后,别的大人们也都争相效仿,开始命令厨房制作粗略的菜肴,不要那么多精神物质调和的食物。你引领了一个新的流行趋势。"

"要我说应该是一种盲目的跟风。"安娜格说。

其实,她对宴席的菜肴根本没什么把握。她听说安布瑞尔经常吃些简单的食物,但是除此之外,谁也不知道他有什么特别的喜好,就连吸怪也打听不到任何消息。她只有两个线索——一个是阿特雷布斯说的,他曾经是个有血有肉的丹莫人;另一个是来自瑞尔,他的喜好可能是效仿他的主人。不管怎么样,反正木已成舟了。

几个小时过去了,没人过来。所以她跟叶尤姆各道晚安去睡觉了。

虽然她累得不行，但是却睡意全无。于是她起身走到了厨房的案台，那里有个树酒桶，看起来是经过过滤的了。

她现在是厨师长了，厨房的主管，也不算是小人物了。但是这个厨师长的位子能坐多久呢？她不知道除了到下面去，她还能去哪儿。她也想过给安布瑞尔下毒，但是她心里很清楚，一旦失败，她一切的努力就都白费了，她好不容易得来的机会就都失去了。但是，如果阿特雷布斯说的是对的，为安布瑞尔提供能量能够浮在空中的本源，还有梅尔-格里姆发现的像希斯特的树，这些都与灵魂能量联系在一起，那么她就应该可以下毒毁坏整个的生态系统。安布瑞尔大人看来是无法接近了；她知道本源在哪儿，但是格里姆始终没有找到到达那里的办法，除非下潜到化生池的底部，不过那好像是死路一条。

但是那些树——她可以轻而易举地接近它们。

于是，她开始制作毒药了。

人们相信毒药和食物是相对立的，但是安娜格有更深入的见解——大部分食物都存在不同程度的毒性，特别是多数的植物，有的经过捣碎，有的经过浸泡，有的经过煮制，也有的经过以上三种方式的综合，都可以提取出毒素，制成可食的东西。有很多豆类如果生吃的话也是会致命的——另外像杏仁、樱桃核、苹果籽这一类的东西也具有很强的毒性。肉豆蔻如果被大量食用的话，会使人产生奇怪的幻觉，再加大些剂量的话，就会导致死亡。酒，人们都喜欢喝，但不可否认的是，它也是一种毒药。身体可以消化掉这些东西，但是时间久了，最后就无法把毒性代谢出去了。这些东西如果每天吃点，就离最后的晚餐不远了，这可不是说着玩儿的。

因此，安娜格没花太多时间就搞清楚了如何制作毒药，这对她来说根本不算什么，就像做饭或者调制使人飞起来或者能在水下呼吸的药剂一样简单。在研究如何将偷取的灵魂注射进安布瑞尔内部血管里的过程中，安娜格终于知道了制造出一种新型毒素的方法，而且不仅仅是纯物理性质的。

她整晚一直在工作，直到天都快亮了。每次有新的发现，她都会开心不已。唯一的问题就是怎么试验，她想了半天也想不到好办法。最后她决定只有冒险一试了。

她把毒药藏在了她的柜子里。明天她还要再研究一下，然后再制作更多剂量，放进酒桶里——再然后呢，算了，到时再说吧。她间接地害死了斯莱尔，然后又亲手杀死了托尔。虽然这两个都不是什么好人，但是如果最后这两个人的死却没有换来更大的成功，她会接受不了的。她已经成了杀人凶手，但是人不能白杀，罪孽不能白白承担，总得换来些什么。

而也许，只要安布瑞尔一死，她和格里姆就会找到办法逃离这里了。但愿如此。可如果万一……大家就都葬身在此了。命运就是这样，谁也无法预料。

她回到了自己的房间，刚一进去，发现有两男一女三个人正在等着她。他们都穿着简单的灰白色长袍，似乎也没带着武器，安娜格丝毫没有争辩，跟着他们走了。他们直接把她带到了托尔的阳台。两个人夹住了安娜格的胳膊，把她带进了升降梯，她喘着粗气，紧张地看着自己正静静地往上升，直入黑暗的天际，四周围绕着像玻璃一样晶莹剔透、闪闪发亮的蜘蛛网，她以前只能从下面仰望这里，再往前看，是一个尖尖的塔顶，那是安布瑞尔城里最高的建筑。向下俯瞰，脚下的安布瑞尔漆黑如墨，抬头仰望，一片星光闪烁。再远一点，视野的尽头是一片巨大的如蛋白石一般的圆形穹顶。

他们带着安娜格穿过了尖塔的大门，放开了她，然后就走了。

　　这里说是房间，但是更像个眺望台，地面是锃光闪亮的云母，穹顶是黑色的玉石，支撑穹顶的是跳动着的灵魂，条条细丝，银光闪闪。有人来迎接她了，是个丹莫，白色的头发梳成了长长的辫子，同样穿着样式简单的长袍，跟带她来这儿的那几个人一样。

　　"我已经好久没吃过这样的菜肴了。"那男人说。

　　"希望您能满意，大人。"安娜格说。她差点说不出话来。那男人一口清晰而标准的塔玛瑞尔语，不像这里的人说话都带有一种奇怪的口音。而她也说着同样的语言。

　　他轻声笑了起来，大概是被安娜格的表情逗笑了。

　　"我很满意，"他说，"显然，你是参考了我家乡的烹饪手法。"

　　"您是安布瑞尔大人吗？"

　　"我是安布瑞尔，"他说，"我就是我，我代表这个城市，也代表这里的人民。但你不是我的一分子。我既没有邀请你来这里，也没有把你抓来这里。他们把你藏了起来，让你躲在厨房，不让我知道，我估计他们是想利用你。你到底从哪儿来的？"

　　"黑沼泽，"她答道，"里尔莫斯省。"

　　"里尔莫斯的人都已经死了，除了某些亚龙人以外。你是怎么活下来的，又来到这里的呢？"

　　"是个意外，"安娜格答道，"我炼制了一种药，可以让自己飞起来。"

　　"于是你选择来这里了？"

　　"不是，"她回答，"其实我还试图从这里逃跑呢。话说回来，我当时逃到了里尔莫斯的南部，不在这个城市。"

"那我猜你是不是在那里失去了什么亲人或者朋友？"

"我的父亲。"她极力克制着自己的情绪，不想再碰触自己的伤痛。同时她在想着不知道她那把隐形的匕首能不能把安布瑞尔杀死。只要迈六步，然后匕首一挥……

"你是不是非常恨我？"

"开始的时候是这样的，"她说，"但是后来我学会了面对现实，独立生存，而且在安布瑞尔我过得很好。很快就被提升了，而且职位还很高。"

"确实是这样，"安布瑞尔说，"昨晚你并没有试图给我下毒，原因其实有很多。要么是你根本无意要加害于我。要么就是你太聪明了，所以不这样做。"

"或者两者皆有。"她说。

"这个回答很有意思，"安布瑞尔说，"我喜欢。"

"我和我父亲关系并不亲密，"安娜格告诉他，"而且我对里尔莫斯根本没有感情。其实我一直梦想着有朝一日能离开那里，到一个更令人心神向往，并为之激动的国度。"

"所以这里很适合你。"安布瑞尔嘴角轻轻上扬，微微一笑。

"是的，安布瑞尔大人。"

他轻拍了拍额头，然后开口说："有一点让我甚为不解，"他的声音提高了一些。有些让人害怕，就像在清澈宁静的海岸边看到了一只鲨鱼鳍，破水而行，直向人群冲来。"我曾经是丹莫人，不过那是很久很久以前了。而你到底是从何得知的呢？"

"我并不知道，大人。"她说。

"可你呈献上来的好几道菜明显是仿照了晨风特有的高级烹饪手法。既然你说不知道我的过去，那为什么你会做这些呢?"他的语气透露出危险的信号,安娜格发现自己在不由自主地颤抖着。

"大人,自从来到了安布瑞尔,运送东西的人给我带来的食物一开始都是来自黑沼泽,后来的食物都是来自晨风。我是受到了这些食材的启发,大人。沼泽麦罗只能用来做河露蒽和艾卡尔这两道菜,萼甘地尔只可以做成莴蒽这道菜。我知道瑞尔大人喜欢的口味,因为我事先向他身边的人做了一些调查和了解。我也想知道您偏爱的口味,但是找不到人问,因为没人知道。于是我猜测瑞尔大人作为您的贴身侍从,可能口味跟您相似。就是这样。"

"就这样?没有别的原因了吗?"他看起来平静了许多。

"没有了,大人。"

"好,"他说,就像笼子里的老虎一样踱着步,"这样的话,还有一件事。"

"什么事,大人?"

"化生池那边有个亚龙人。你认识他吗?他是跟你一起来的吗?"

她愣了一下,但是她很清楚如果她有丝毫隐瞒,安布瑞尔肯定会看出来的,那样的话,一切就都完了。看见他们一起来安布瑞尔的那些人都已经死了,但是她不能确定是不是都死了,有没有留下活口。

"是的,"她说,"他是我的朋友。"

"是你指使他替你杀死托尔的吗?"

"大人——"

"没关系,"他挥手打断了她的话,"厨师长们经常互相残杀。不过看起来你的亚龙人朋友很能干。他组织了吸怪的反抗行动。叫他停手。"

"您是命我跟他谈谈吗，大人？"

"不，我是命你杀了他。"

她惊得说不出话来，几乎窒息了，"大——大人？"她结结巴巴地说。

"要抓到他不是很容易，而且吸怪族都死心塌地听命于他。即使我改变了主意，抓住了他，杀了他倒让他成了忠义烈士。目前，这种人我还不需要，除非等到我不需要那些吸怪了，把他们杀光了，再重新培育出新的一批来。"

她想抑制住自己的颤抖，没想到抖得更厉害了。"您想让我做什么？"

"他是化生池那里唯一的一个亚龙人。制造个什么药剂一类的放进水里把他杀死，这很容易，而且不会引起其他的影响。我要让他看起来是自然死亡，而不是谋杀。这件事由你去办吧。"

她逼迫自己狠下心来——掩饰住内心的柔弱和伤痛——直直地看着安布瑞尔的眼睛。

"遵命，大人。"她郑重承诺。

然后，她回到了厨房，继续研制毒素。

第五章

又经过了两天沉默而又艰苦的跋涉，阿特雷布斯闻到了空气中一股咸咸的味道，地面起伏不平，最后他们终于看到了不远处黑色的沙砾，灰色的波浪懒洋洋地拍打着岸边。遥望海岸，大约一英里远处，雉堞状的高塔从海岬上拔地而起。

"你看那是什么？"他问道。

"这个嘛，"苏尔说，"是某个地方。"他转过身，朝着城堡的方向走去。

沿途中，他们看到的只有天上翱翔的海鸟，偶尔有几只长着三颗獠牙的奇怪动物，躺在礁石上悠闲地晒着太阳。它们的表皮光滑但是有毛，前肢像船桨一样，有三个脚趾，但是没有后肢，只有一条形状像虾的尾巴。在陆地上时，它们动作笨拙，但是一旦进入水里，它们就灵活自如了，甚至可以说非常优美。阿特雷布斯的肚子已经饿得咕咕响了，四处寻觅能吃的东西。

太阳落山前，他们到达了城堡，或者可以说是在小村落和大海之间突起的巨石。这里没有像样的码头，但是岸边停靠了一些船只——有些船还有坚固的龙骨——看来是驶向深海的。一群妇女蹲在船只附近捕捞水洼里的小鱼。里面的大部分人都是诺德人，亚麻色的头发，还有粉红的脸颊，不过他在人群中还看到了一个年轻的丹莫女人。

村子里只有不到二十户人家，其中有一家村舍上面贴着一张广告,写着招揽生意的标语口号,还画着香喷喷的饭菜。他和苏尔立刻走了过去。

从外面看,屋子不大,四周的墙都是光秃秃的石块,屋顶摇摇欲坠,周围也没有窗户,但是一进去就觉得里面很温暖,而且饭香四溢。他们刚一进屋子,一位年老的精灵男人就好奇地打量着他们,阿特雷布斯从没见过这么大岁数的精灵。

"你们想吃点东西吗?"精灵问道。

"是的,如果有的话就太好了。"苏尔回答。

"那你们有钱吗?"

苏尔掏出了几枚钱币扔到柜台上作为回答。那男人点点头,从旁边的小门离开了,过了不久就回来了,手里拿着两个碗,里面的东西还冒着热气,还拿了一些面包。吃起来好像是某种杂烩浓汤,虽然口味有些与平时吃的不一样,但是阿特雷布斯觉得他已经好久没吃过这么美味的东西了,其实可能是他好久没吃东西了。

不一会儿功夫,一大碗炖汤加上两壶醇香的蜂蜜酒下肚,阿特雷布斯已经觉得飘飘然,快乐似神仙了。

他抬眼一看,那年老的精灵还在瞅着他们。

"饭菜还合口味吗?"他问。

"太好吃了,"阿特雷布斯说,"实话实说。"

"你们是从下游的欧利尔玛来的吗?"他问。

"我们是从山那边下来的,"苏尔说,"山上什么也没有。"

"这里是什么地方?"阿特雷布斯问道。

"这个村子?"那男人问,"我记得好像叫撒希尔吧,以城堡主人的名字命名的。我们也不怎么叫村子的名字。"

"撒希尔?他们是跟因多里尔家族联盟的,对不对?"苏尔说。

"结盟的不是赫勒林·撒希尔,并且时间也不长,"那精灵说,"他十六岁回来时,便宣布独立了。"

"为什么?"阿特雷布斯问。

"为什么不呢?这几大家族不断地在搞垮晨风省,他们又不是什么好人。"

"我明白你的意思了,"阿特雷布斯说,其实他根本没弄明白,"你是跟撒希尔一起来到这里的吗?"

"不是的,我几年前才来到这里的,当时我的船在海上被毁了。我挺喜欢这里的,非常安静,不像城市那么喧嚣。虽然时不时的有些入侵者,但是撒希尔还有能力管辖这里,维持这儿的稳定局势。"

"还有能力?他出什么事了吗?"

"没什么,"那男人说,"我说太多了。"

"你觉得如果我们想拜访他,他会同意见我们吗?"阿特雷布斯问道。

"拜访撒希尔?"他很惊讶,然后若有所思地说,"这个嘛,你们不知道吧?他也许不会见你们的。你们有人会魔法吗?"

"会一些。"苏尔说。

"他曾经接见过很多术士。不过最近见得少了。反正现在,他的大门紧闭,不见人了。你们可以明天去那里看看。你们看要不要今晚在这儿住宿啊?"

"最好再洗上个热水澡。"阿特雷布斯满怀期待地说。

"别做梦了。"那男人粗声粗气地说。

床有些不舒服,可总比冰冷的石板好多了。早饭也不怎么样——一碗很稀的粥,加上一块黑面包。不过也够填饱肚子了。

吃完早饭,他们就动身向城堡进发了,走的时候公鸡还在啼鸣报晓呢。

山路很宽敞,足够容纳四轮马车行进其中,而且也不觉得很陡,但是当他们到达山顶时,山下的撒希尔村已经成了小小的一个点。城堡的城墙头四五米都是天然的岩石,经过打磨后的岩石像玻璃一样光滑,再有大概三米多是精心雕琢堆砌的石块。这绝对是个易守难攻的地方。只有一条路通向城堡,如果敌人围攻的话,根本没有别的路可选,空间狭小。而且两座塔互监互守,完全有实力抵挡住敌人的进攻和入侵。

大门是用厚厚的实木制成,上面还绑有沉重的铁链。此刻大门紧闭,城墙上有人看到他们过来,于是向他们喊话。那城墙上的人跟村子里的大部分人一样,是诺德人。

"没见过你们。"那人说。

"我们是旅行家,"阿特雷布斯说,"确切说是自然学家。我们想观察研究一下这里的动植物,并且做个分类记录。"

那人看到苏尔扬了扬眉毛,但是他的同伴没什么反应。

"研究什么动植物?"那个诺德人问。

"你知道——海边的那些生物,比如说,长着三颗獠牙的家伙……"

"三牙海象?你们大老远来就是为了看海象?你们俩人这是从哪个穷乡僻壤来的啊。"

"我是从皇城来的,"阿特雷布斯说,"上面命令我们为帝国以及周边的国家编写新的《百科指南》。"

"哦,我们这里可不是皇城,小子。"那男人说。

"是的,"阿特雷布斯说,"可这里也算是'周边国家'。我们很希望在研究观察、采集归类的这段时间,能得到撒希尔大人的支持和帮助。"

"菜鸡、龟类？这什么意思？"

"呃，我的意思是——记录下这些动植物的种类，并且进行详细的描述。"

"你们要描绘记录三牙海象？"

"是的，还有其他这一地区特有的动植物。野生动植物啦，地理环境啦，文化习俗啦，具有某种法力的地方或事物啦，等等诸如此类的。"

"有法力的地方？你是法师？"

"我不是。那是我同伴的专长。"

"等，等一等，"那男人说，"我立即把你们的情况向大人禀报。"

于是那男人瞬间消失在城墙之后了。

"自然学家？"苏尔问起来。

"我一直以来都对自然学很感兴趣。"阿特雷布斯说。

"这么长时间以来，就我所见，你可从来没读过有关这方面的东西。"苏尔说。

"呃，这不机会来了嘛。"阿特雷布斯灵机一动答道。

等了一个多小时，将近两个小时，大门嘎吱作响，终于开了。刚才城墙上的那个人站在门口，还有一个瘦弱单薄，一脸苦相的丹莫女人带领着长长的一队人马。黑色的长袍，迎风飘扬，上面还绣着诺德亡灵的标志。那女人带着厌恶的眼神上下打量着他们。

"欢迎来到撒希尔庄园，"她说，"埃索尔对你们来此的目的还有些不甚了解。不知您二位可否愿意向我重新说明一下你们的来意。"

"当然可以，"阿特雷布斯说，"其实这并不复杂。西罗帝尔的国王下令制作新的关于帝国以及塔玛瑞尔各独立领地的

《百科指南》。我被派来此地搜集这里的一些信息，以收编进新的《指南》里。"

"你们不仅是来暗中观察三牙海象，而且还来刺探我们的，是吧？"

"刺探？可别把这样的词安在我们身上，女士。"

她淡淡一笑，"别担心，"她说，"上面命我为你们提供食宿，另外还会给予你们需要的任何帮助——当然，必须是合理的要求。"

"那是自然，女士。对于您的无私和慷慨，我们真是感激不尽。"

她微微点头，"我是妮莱·撒希尔，赫勒林·撒希尔的女儿。请问二位如何称呼？"

"我叫乌利尔·崔普特斯。"阿特雷布斯谎称，"这位是我的同伴奥祖尔。"

"奥祖尔，"她说，"您来自哪个家族？"

"我不来自任何家族。"苏尔对她说。

"我能理解，"她说，"我们也脱离了与各家族的结盟。请吧，跟我来，欢迎二位光临寒舍。"

她带领他们穿过了天然岩石砌成的庭院，围绕庭院的似乎是些兵营，然后他们来到了最高的城堡的主楼，后面还有六个比其矮很多的细长的附塔。从岸边眺望时，觉得这里很大，近在眼前时，发觉似乎小了一些，不过还是很壮观的——而在阿特雷布斯看来，这里似乎人员配备不足。一路上他只见到几个卫兵和仆人，而且数量极少。

他们进入了一个巨大的中央大厅，中间有一张巨型的桌子。墙上挂着各种动物的半身像——有熊、狼、野公牛、狮子——另外还有各种各样的武器和铠甲，其中有些还很特别，来自异国。

"请原谅，我必须先走一步了，"妮莱说，"不过马上会有下人过来服侍的。需要什么尽管吩咐他们好了。"

于是，她撩起长袍，转身走了，大厅里只剩下他们两个人。

阿特雷布斯在大厅里一边踱步，一边审视着墙上挂着的各种刀枪剑戟。

"这个'暗影'剑长什么样？"他问道。

"一把黑色的长剑，剑刃上有红色的符文，"苏尔说，"反正最后一次见到它的时候是这样的。"

"什么意思？"

"传说中它还有别的形状样式——但是都是有剑刃的武器。"

阿特雷布斯开始的时候有些焦急，但是随着时间一分一秒的流逝，一个多小时过去了，他渐渐相信既然没有人拿着武器冲他们而来，那么他们还是安全的——至少在这个大厅里，不会有人对他们动刀动枪。

他转过身，突然看到一道灰色的光从门口闪过。接着传来一阵愤怒的喧哗声，只是声音太小，他听不清说了什么。过了一会，一个圆滚滚的女人进来了，红色的头发干枯发黄。她盯着他们看了一阵，然后微微屈膝行礼。

"实在抱歉，大人。"她说，"我不知道你们在这里，没有人告诉我。有什么可以为您效劳的吗？"

"不知道，"阿特雷布斯说，"妮莱小姐带我们来此，她说会为我们安排房间以及其他事宜。"

"妮莱啊，"她叹了口气，又竖起了眉毛，"其他事宜？"

"这个嘛，我来这里是为了做些勘察研究工作。"于是他又把他的工作简要说明了一下。

那女人尽管面露不屑之色,不过还是点了点头。

"我会为你们准备好房间。然后带你们去厨房——我不知道妮莱是怎么想的,反正今晚大厅里不会有晚餐。"

"我们一直希望能见到撒希尔大人。"阿特雷布斯说。

"哦?"她说,"也许会见到吧。"她语气也不是很肯定。

她把他们带到了厨房,一个炊烟袅袅、屋顶低垂的房间,里面有个巨大的灶台,还有两张大橡木桌子。让阿特雷布斯大吃一惊的是,那里坐了大概得有三十多人。那些人都不是精灵,大部分是诺德人,另外还有两个虎人。他们都穿着普通的干活的衣服。他们一进去,那些人就都站起来了。

桌子最前面一个耄耋之年的老妇抬起了头。

"这是谁,英弗丽?"她问道。

"这是乌利尔大人和奥祖尔大人,"带他们来的女人说,"他们来自帝国。妮莱带他们来的。他们来这里了解一下我们的领地。"

"哦,"那老妇人说,"两位看来饿了吧。跟我们一起用餐吧,不知二位是否愿意?"

"我们荣幸之至。"阿特雷布斯说。

他听到了一个熟悉的笑声,循着笑声,他看到了一个年轻的女孩,蜜色的头发,一双调皮的绿色眼睛。

"艾琳佳!"那老妇人厉声道。

"对不起,埃尔德嬷嬷,"她说,"他说话太有意思了,就像在庭上演讲一样。"

"无论何时、无论何处都要注意自己的仪态言行,"埃尔德嬷嬷说,"大人,请坐。"

两个坐在长椅上的男人挪了挪位子,阿特雷布斯和苏尔随即坐在了空出的位子上,面前摆着一个厚实的木盘,上面放着黑面包,用红酒和蜂蜜炖煮的鹿肉(吃着像是鹿肉),用黄油和醋烹制的鱼,还有烤鸭。两个人开始吃起来,周围的人都默不作声。

"希望这些合你们的胃口。"埃尔德嬷嬷说。

"非常美味。"阿特雷布斯说。

"太好吃了,"苏尔也跟着说,"别有一番风味。"

埃尔德嬷嬷身子靠在椅子上,"我们对晨风的食物有所了解,大人,"她说,"早知道你们来自那里的话,我们就为您准备晨风特色的菜肴了。"

"您误会了,"苏尔解释说,"我是真心称赞,不在乎有没有晨风的风味。"

"啊,是这样,"一个秃发的家伙用洪亮的声音说,"撒希尔大人也是一样。他最喜欢吃我们做的饭。但是小姐她更喜欢自己家乡的味道——特别是河露葱,还有其他用沼泽麦罗做的菜。"

"瓦尔,"埃尔德嬷嬷轻声说,"大人不是说了吗,不需要再提晨风了。"

"哦,是的,"瓦尔说,"很抱歉。"

"没什么,"阿特雷布斯说,"非常感谢各位的盛情款待。"他举起了盛着麦芽酒的酒杯,说道:"我敬各位一杯。"

他们都互相敬酒畅饮,然后开始互相聊天,喋喋不休——聊着下午干的活儿,抱怨着早上繁忙的工作,都是些鸡毛蒜皮的事,更让阿特雷布斯确定他们只是城堡里的佣人,而不是主人。他们边吃边听他们聊天,希望能听到一些有用的消息,但是晚饭吃到最后,也没听出什么来。

英弗丽领着他们爬了三段楼梯,来到了两间相邻的房间,每个房间都很大,也都有熊熊燃烧着的壁炉。等她离开以后,他们在阿特雷布斯的房间碰面了。

"你觉得情况怎么样?"阿特雷布斯问苏尔。

苏尔摸着下巴说:"我对撒希尔所知甚少,只知道他的名字而已。"

"我们还没能见到他,你不觉得奇怪吗?而且还让我们跟佣人们吃饭?"

"别急,"苏尔说,"你我都不了解这个人。也许他隐世避居,不愿见人,也许是太忙了。"

"忙什么呢?"

"再说一遍,我不了解他,我们对这个地方也什么都不知道。"

"那么,假如我们一直见不到他,那我们怎么找那把剑呢?"

苏尔讶异地眨了眨眼睛,"这就是你的打算?直接问他?"

"我就是这么想的。"

"那你还费劲编造一大通什么自然学家什么的谎话干什么呢?"苏尔问他。

"我也不知道。我要说:'你好,我是太子阿特雷布斯,刚从湮灭来到此地,在湮灭不知被什么东西开膛剖腹,挖出了内脏,然后又被一个魔神医治好了。然后我要找到一把宝剑,帮我打败安布瑞尔的浮空城,还有他们的僵尸大军。'你说会有人相信吗?"

"是没人信,"苏尔咕哝着说,"你的直觉很对。但如果直接问他剑在哪儿,反而会适得其反,你觉得呢?"

"我可以问他是否有什么非同一般的上古神器,让我写进史册。我们时间不多了，苏尔。"

"他让我们进来，"苏尔说，"看来是对魔法很感兴趣。咱们还是继续跟着直觉走吧，看看会发生什么事。至少等到明天再做决定。"

阿特雷布斯盯着苏尔看了一阵，看看他是不是在跟他开玩笑。但是怎么也看不出来。

"那好吧。"他说。

"睡觉吧。"苏尔说。

阿特雷布斯上床准备睡觉了，但是一闭上眼睛，就感觉肚子被剖开了，湿漉漉的内脏带着鲜血一下子喷涌而出。睡觉几乎快成了受刑了，在床上躺了半个小时，盯着壁炉里微弱的火苗，最后他终于还是起来了，穿上了马裤和衬衫，悄悄走进了大厅。他直打哆嗦，漆黑的深夜真够吓人的，总觉得会有人来攻击他。他本想四处看看，但是没有火把，也没有灯笼，他什么也看不见。沿着墙根走了几步，他停下了脚步，自己也不明白为什么这么做。

突然，他感到身边有人在呼吸，那呼出的气径直吹到了他的脸上。

第六章

"有什么可以帮您的吗,巡捕大人?"

一头埋在书里的科林从厚厚的一大本典籍里抬起头来,看到了一个弯腰驼背、瘦弱苍老的人,穿着一件赭石色的长袍,上面起码得有上百个口袋。他的鼻子占据了大半个脸,湛蓝的眼睛很容易吸引人的注意。

"阿洛尼尔教授。"他说着便站起身来。

"无须多礼,老朋友,"这位法师说,"你在找什么东西吗?"

"其实我也不知道要找什么。"他说。

"这么说,也好也不好,不是吗?"阿洛尼尔说,"不过,我可不记得你是个喜欢埋头查找资料找寻答案的人啊,科林。你总是喜欢直接切入要点,得到答案。我可不希望你改变做事的风格。"

"没有,我不喜欢改变风格。"

阿洛尼尔瞥了一眼书页,"圣灵学?这可是你的专长啊。"

"嗯,我也觉得是。"科林回答。

"是关于浮空城的还是什么?因为维斯帕学院已经把最新的关于此类的消息都上报了。我看了他们最近的报告——太难以置信了,真的。其实要我说,那些不是行走的尸体——更像是有肉体的元素,尽管他们对魔法的刺激一样没什么反应。"

"不是，不是关于这个，"科林说，"这是内部机密。"

"我明白了，"法师说，"我就不再追问了。"

于是他转身要走。

"其实，我确实需要您的帮助，"科林说，"凭我自己，照这个速度的话，得查上好几个星期呢。"

"好吧，你想知道什么？"

"有个东西几天前差点儿杀死我，我不知道那东西到底是什么。"

"呃，幸好只是'差一点'。"阿洛尼尔说。

"如果再遇到一次的话，也许就没那么命大了，"科林说，"不知道有没有可能再遇到那东西，但是我得提前做好防备。"

"跟我说说那个东西。"阿洛尼尔说着，拉了一把椅子坐了下来。

"当时我正在搜查一间公寓，"科林开始叙述当天发生的事，"一开始我以为那只是个幽灵——"

"是临时去那里的还是事先有所准备的？"

"我去那里是为了寻找有没有残留的灵魂。"他承认说。

"所以如果没有受过训练的话，是看不到的。"

"是的，这一点我敢肯定，"科林说，"那公寓还有人居住。我简单调查了一下公寓的主人，他从来没说过他的房子闹鬼什么的。"

"那公寓的主人是法师吗？"

"不是。"

"好吧，继续说。"

科林叙说着自己的遭遇，那位年老的高精灵坐在那里静静地听着，不时点点头。

"结果——你要找的那个灵魂呢？"

"她在那里。不过所余的灵魂不多了。"

阿洛尼尔起身踱了几步,"你这么做很危险,科林,你根本不知道自己在做什么。"

"我在尽我的职责。"科林说。

"我是有权核查的,这你知道,"阿洛尼尔说,"如果我愿意的话,组织里任何正在进行的调查,都逃不过我的眼睛。我的职责之一就是确保锐眼鹰的图书馆不被任意滥用。"

"我知道,先生,"科林说,心里泛起一阵凉意,"可我并没有擅用职权滥用什么。"

"上次我核查的时候,我发现你被委派调查梭默跟我们最近发生的一系列事件有没有关系。可是现在我看来,你调查的这个什么幽灵与梭默毫不相干。你到底在干些什么?"

科林叹了口气。他不能否认阿洛尼尔有权力这样做。

"你说得对,"他说,"我认为梭默的事已经进了死胡同。我在调查别的事。"

"这里除了你我二人,没有别人,"阿洛尼尔说,"告诉我实情。"

"我有理由相信有人与黑沼泽暗中勾结,"他说,"我那天找的灵魂,是属于一位女士的,她亲眼见到有人召唤安布瑞尔进入了我们的世界。"

阿洛尼尔双臂合拢抱在胸前。

"我倒是听说过这种推测,它是被召唤来的,至少可以说是被请来的。它确实也到过黑沼泽,所以我觉得这种推测还是有些道理的,至少看起来是这样。不过你有什么证据可以证明这一点吗?"

"仅仅是有些迹象而已。"

"继续挖掘,涉及这件事的目击者已经被杀了,很可能是因为她看到了什么。"

"没错。"

"你跟马罗汇报此事了吗?"

"还没有。"科林回答。

"为什么?"

"说实话,我也拿不定主意,"科林说,"一部分原因是我不知道该相信谁。"

"那么你相信我?"阿洛尼尔说,"这真让我感动。"他温和的语气突然变得阴暗低沉而又粗哑。

"呃,我没想过是不是该相信你,"科林说,"我也没奢望能相信你。"

阿洛尼尔轻哼一声,"哼,蠢货,你要是学会相信我,对你会大有好处。"他大步走到房间另一侧,爬上梯子,连找都不用找就直接选了一本书,然后拿了下来。那本书的外皮是用暗红色的皮革装订的,还用变黑了的铁箍绑着。书很小,比他的手掌大不了多少。

"你说的那个东西是一种非常特殊的魔族。在尼伯尼战斗法师统治的阿莱西亚教团时代,这类魔族经常受到他们的召唤。但是正义之战以后,尼伯尼战斗法师和这类魔族之间的关系恶化决裂。召唤他们的法术已经失传,或者说大部分已经失传——只有一些零星的记录都收录在这本书里,你听明白了吗?"

"教授先生?"

"图书馆里收藏的这本法术书几乎没人知道。只要碰一下这本书,我就能知道它被谁拿过。它已经被尘封二十年了,没人碰过,除了一个人,不用经过我们的批准就有权拿到,符合条件的人简直是凤毛麟角。你不想猜猜这人是谁吗?"

"我想我知道是谁了，"科林说，"不过如果您告诉我的话就更好了。"

"宰相希尔拉姆，"阿洛尼尔说，声音轻得几乎听不到了，"他对那个时代的法术非常着迷。所以呢，科林，为什么你要调查整个帝国一人之下，万人之上的这个大人物呢？"

"因为我必须这么做，"科林说，"没有别的选择。"

"永远不惧万难，寻求真相，找到答案？"

"是的。"

老迈的法师凝视着那本书，然后把它交给了科林。"不许把这本书带出去，"他说，"还需要别的吗？"

"地图，"科林回答，"但是我不知道去哪里找。"

"你应该把你知道的一切上报给马罗。他是个好人。你可以相信他。说真的，你这种街头作派会让你丢了饭碗的。"

"我知道，教授，"科林说，"谢谢您。"

"我一直都很欣赏你，科林，"阿洛尼尔说，"我可不想参加你的葬礼。"

"如果出事的话，我想不会有葬礼的，"科林说，"也许就直接就地埋了，连葬礼也省了。"

通道深处，有光闪现，橘色的亮光忽明忽暗，影子在亮光中时隐时现。

"那是什么？"艾瑞丝问，声音像蚊子一样微弱，几乎难以听到，只有说话时的气息拂在他耳边，吹得他痒痒的。

"这是几条主隧道之一，"科林说，"我敢肯定，一旦他们被包围，这里就是他们的藏身之所。他们根本不用费力从这儿出去，因为看起来这地道不通向任何地方。"

科林发现了墙上有个凹洞，里面藏着个机关，他按了一下机关，出现了一个低矮的通道，他们得半蹲着身子才能走进去，走了三十多米，他们来到了一个密室，终于可以直起身子了。

他关上了隐藏的机关，突然一块石砖突起，泛着微弱的光亮，照亮了整个密室，虽然只有昏暗的冷光，但是足够能看清楚了：有了一丝光亮的密室显得更大一些了，整个密室金碧辉煌，却也让人觉得毛骨悚然；雕刻着华丽纹饰的家具，金箔覆盖的头骨和整个骨架，还有天鹅绒制成的各种装饰品，上面绘有关于性和死亡的某种宗教仪式的淫亵图案。

"这是什么地方？"艾瑞丝问道。

"看来是为朱利叶斯·普里默斯准备的某个行宫吧，"他说，"这是二十年前了。"

"我不记得这个名字。"

"我猜你也不知道。他自诩为新的蛆虫之王，是一个强大的死灵法师，死亡之主。他总是很善于隐藏起来，成了很让人头疼又厌恶的人。锐眼鹰把这个害人的家伙铲除了，让他长眠不醒。"

"真是个傻瓜，"艾瑞丝说着拿起了一个雕刻而成的骷髅头，上面还有毒蛇咬的伤口，"自命不凡。"

"至少可以说是个装腔作势，虚张声势之人。不过这也没能救了他。"

"这里是在宰相府的下面吗？"

"还不确定。"

"我们掌握的所有地图里都没有这个地方。"她说。

"这个嘛——我们有更棒的地图，"科林说，"比预想的更管用。"

"嗯。看来希尔拉姆还有些秘密地图，这是我没有查到的，"她说，"总之，他可能也跟这个叫朱利叶斯的家伙有关系。"

"谁知道呢，"科林说，"总之，这个地方既不通往任何地方，或许也不在宰相府下面。"

"那我们待在这儿干嘛？"

"因为既然来了就得待在这儿，"他说，"直到我把思路都理清楚了。"

"真可笑，"她说，"我们可是搭档。你是我雇来的，你不会忘了吧？"

"我怎么可能忘了，"科林对她说，"但是对于我即将要做的事，你不但帮不上忙，还会妨碍我。你有你的特长和天赋，但是有潜藏的敌人要加害于你，我看得很清楚。你在这里会很安全的。昨天我拿了一些食物和红酒来，你饿了就吃吧。我昨天也留下了一些记号，看看有没有什么人来过，结果没有。"

她叹了口气，"说得挺有道理，但是——"

"要是我四个小时之内没有回来，你再担心下一步怎么办吧，"科林说，"我一个人行动是最安全的。"

艾瑞丝点点头，说："我相信你是对的。"

"虽然我经常犯错，"他说，"但是这次绝不会。"

"最好藏起来不被人发现，这一点也许是对的——那下一步呢？"

"我要为皇帝找到证据。"

"连那本日记都没能让他满意，你又能做什么呢？"

"我要找到有关航行的那些文件，有希尔拉姆签字的。即使是船只的载客名单也可以。他跟安布瑞尔有关系——一定有些证据可以证明。"

她用怀疑的眼神看着他，"就算你有他私人房间的钥匙，恐怕也难找到什么。"她叹息一声说，"我认为就连皇帝本人也是这么想的。"

"那他还为什么还给我钥匙呢？"

她理了理科林额前的头发，"你太天真了，"她说，"真可爱，可惜可爱得不是时候。"

"你真认为皇帝想要我杀死他吗？"

"当然了。不然呢？"

"呃，他说的每个字我都记在心里了。如果他想要宰相死，为什么不直接命令我去杀他或者派个比我更有经验的巡捕去呢？"

"一旦希尔拉姆死了，会引发许许多多的问题和后果，所有问题都会指向你——锐眼鹰中的一员，当然，你所做的一切都是未经批准和许可的。从未有人派你跟着我，也没人派你暗中监视和调查希尔拉姆，你做的这些事都不是经上级指派的。于是，你很容易就被扣上了街头混混、无耻匪类的帽子，因为你——本来就是。"

科林惊呆不已，愣了好久。艾瑞丝说的每句话都很有道理，也很合理。他回想和皇帝见面时的谈话，更加验证了艾瑞丝的话是对的。也许提图斯·迈德的意图就是让他铲除希尔拉姆，解除给皇帝带来的威胁，然后让他自己承担罪名和责罚。

那又能怎么办呢？已经接受了皇帝给他的任务，誓死效忠和保护皇帝，即使要做些不仅不会青史留名，甚至会留下一世骂名的不齿之事，也在所不惜，不是吗？

科林低头盯着地面，即使不看，他也能感觉到艾瑞丝在凝视着他。

"也许你说得对。"他说。

"这对你来说，并不容易，"她说，"我想你需要我的帮助。

我们一起共同面对和解决吧。"

"既然如此，"他说，"如果皇帝直接告诉我杀了希尔拉姆的话，我会照办的。但是既然他没有直说，那我就干他让我做的事。"

"你怎么想的？"她发问道，"我们都已经走到这一步了。你现在不就是在独自查案吗，而且已经查了一段时间了。怎么突然又关心起上面的指示和命令了？"

"我不是在争论这些，"科林说，"但是现在我不会杀希尔拉姆，除非万不得已。"

"我不能永远藏身在此，"艾瑞丝轻声说，"你要是不帮我，那我自己动手。"

"那是你自己的事。"

"不公平，"她说，"你知道的，这不公平。"

"听着，让我按自己的方法行事。如果不行，如果我找不到证据说服皇帝打倒希尔拉姆，那时我们再商量，好吗？而且至少我会对他的各个房间布局和里面的布置有更多的了解——我们不是没头苍蝇似的乱找。"

她静静地思考了一阵，他看到她的表情软化了下来。

"好吧。"她说，"别让自己送了性命。"

"不会的，放心吧。"他说。他迟疑了一下，然后倾身过去想要吻她，但是她却后退了。

"现在不行，"她说，"我——只是现在不行。"

"好吧。"他说，可心中苦涩，不是滋味。

直到他从下水道里出来，这种苦涩的滋味还萦绕在心里。难道她觉得他们之间是一场错误吗？难道她后悔了吗？如果是的话，那他也应该解脱了吧。对他们来说，结婚生子，一起过着幸福的生活几乎是不可能的。他们之间根本没有未来，他们两人都心知肚明，没必要假装，那样就太愚蠢了。

心里虽是这么想，但是却并没让自己好受些。他寻找路线潜入夜色之中，不让人发现他的行踪，但是花费的时间却比平时长了很多。不过，最终他还是做到了，黑暗之中，他的头脑更清醒些了，他悄悄走到了一扇密门前，那扇门通向希尔拉姆的私人办公书房和住处。钥匙插进了孔里，他转动钥匙，门开了。

如同迪莉娅·胡尔克的公寓一样，那东西在里面正等着他。

第七章

阿特雷布斯惊叫一声，往后一跳，正要抽出手里的剑，却发现剑没了。原来刚才大惊之下，他举起双手以作防御，结果剑掉了。

"是谁？"他喊着，并且快步退向自己那间还亮着灯的房间。

"我——我很抱歉，"一个女人结结巴巴地说，"我不是有意要吓你的。"

"可是你确实吓我一跳，"他说，"深更半夜鬼鬼祟祟的——你是谁？"

她上前一步，让他看清了她的脸，一个年轻的女人，大约跟他的年纪差不多，金色的头发，怪异的大嘴，还有一双湛蓝的眼睛。他在吃饭的时候见过她。

"我叫艾琳佳，"她说，"我只是个侍女。"

"你在我房间门外干什么？"

"来整理房间。"她说，同时向着亮处又走了几步。阿特雷布斯看到了她穿着厚重的夹棉长袍，还有厚厚的毛袜。"我只是来看看你是不是还需要些什么，"她大胆地抬头迎向他的视线，"不过，"她接着说，"看起来你好像要偷偷去哪里。"

"你怎么不拿个灯笼什么的呢？"

"我是在这里长大的，大人，这里的每个房间我都了如指掌，闭着眼都知道怎么走。而且，我的夜视能力很好。他们说这一点遗传自我的祖父。"

"是这样。"他点点头说，"一切都很好。我的房间也很好。"

"那就好。"她说，可是仍站在那里。

"就这样吧，"他说，"谢谢你的关心。"

"不客气，"她点点头，"我这就走。"

"慢走，不送。"

她转身欲走，但是又转回来了。

"您到底来这里做什么，王子殿下？"她问道，"我发誓，不会告诉任何人的。"

"你说什么呢？"他佯装道。

"这个该死的城堡里没人读书，"她说，"他们根本不知道您的真实身份，完全被您编造的谎言蒙骗了。但是我读过关于您的探险故事，只要我能弄到手的，我都读过。"

阿特雷布斯顿时觉得脸上热了起来，意识到自己脸红了。"听我说，"他说，"我想你认错人了——"

"您为何不敢承认呢，"她说，"您不会又要骗我说您是什么——观察三牙海象的学者吧？书里可都有您的画像。"

阿特雷布斯叹了口气，知道无论如何也骗不了她了。"好吧，"他说，"不过关于我的真实身份，你可千万不能告诉别人。"

"我知道，"她说，"您隐姓埋名，又是在探险，是吧？"

"呃，如今被你发现了，"阿特雷布斯说，"是的，我承认。这件事可是机密。"

"哇，有什么可以帮您的吗？"她说，"我绝对可以帮您。"

他正思考中，突然看到女孩身后出现了一张如幽灵一般的脸孔。那双眼睛充满杀气，是苏尔，他立刻意识到那女孩此刻正命悬一线。于是他猛地摇头。

"哦？为什么不可以？"女孩以为阿特雷布斯是在对她摇头。

"进来吧，"他说，"把门关上。"

"殿下，"她低垂眼眸，细声说道，"希望您不要误认为我是——那种女孩。"

"不，不，"他说，"我只是想跟你私密交谈，不要让别人听到。"

"哦——好的。"

她走进房间，关上了门，而苏尔早就消失了。

"艾琳佳，你有什么话要说吗？"

"是的，殿下。"

"艾琳佳，首先，不要再叫我殿下、王子什么的了。我是乌利尔——听懂了吗？"

"好的，殿——乌利尔。"

"很好。还有一件事——跟我说说这个地方，你不是说你是在这里长大的吗？也给我讲讲关于撒希尔的事，因为我没见过他，所以对他知之甚少。"

"他，他变了，"艾琳佳说，"我小的时候，他经常跟我们一起玩儿，总是很高兴的样子。我们经常去海边郊游，夏天在草地上玩滚木球。我妈妈曾经还跟他玩儿捉迷藏。回想那个时候，真是很开心。"

"那现在呢？"

"现在——出事了，"她说，"他跟以前不一样了，几乎不怎么出门。但是他也没有虐待我们。您可不要把他想得太坏了。"

"出事了？什么事？"

艾琳佳看起来很不自在。"我真的不能说，"她回答，"没人敢说这件事。"

"你说过你要帮助我的。"他提醒艾琳佳。

"我是说过，"艾琳佳说，"但是如果是关于撒希尔大人的话……"

"我不是要加害撒希尔，"阿特雷布斯跟她保证，"我不会伤害任何人。"

"有些事情我们不想提起。"她叹了口气说。

"好吧，"他说，"先坐下来吧。我给你解释一下我为什么来这儿，但是说来话长，需要费些时间。"

"没关系的，我听着。"她说。

于是阿特雷布斯给艾琳佳讲了安布瑞尔和其僵尸军团的事，给她介绍了安娜格，还告诉艾琳佳他和苏尔是怎么穿过湮灭，先是到了晨风，现在又来到了这里的经过。他给艾琳佳看了身上的伤疤。

等他把一切讲完了，艾琳佳只是低头看着自己的膝盖。

"这么说，你来这里是为了那把剑，"她说，"为了暗影而来。"

"是的。因为我相信这是唯一能阻止安布瑞尔的方法。"

"这件事千万不要跟别人说，"艾琳佳轻柔地说，"也千万不要问剑的事。"

"为什么？"

她抬头看着阿特雷布斯，"我想帮助你，"她说，"但是我得想一想。"

"听着，"他说，"我们多等一刻，就会有更多的人死去，而敌人就会有更多的兵力。光阴宝贵，时间不等人啊。"

"我知道，"她说，"但是我不能——我得好好想想。"

"你还会再来吗，明天晚上？"

艾琳佳点点头，说："也只有这个时间可以不被人发现。"

"太好了，"他说，"那么明天见。"

艾琳佳走了，确认她已经走远了以后，阿特雷布斯走进了隔壁苏尔的房间。

苏尔正在等着他。

"我们的谈话你听了多少？"他问苏尔。

"大部分。你告诉了她我们来此的目的，你确定这样做可以吗？"

"总得做点什么。至少我们知道了那把剑是个马蜂窝，不可轻动。"

"是啊，那女孩也是个马蜂窝。你让那女孩背叛那些人，而你根本不知道是为什么，也不知道这里面的利害关系。你就等着吧，天亮前肯定有人来杀咱们灭口的。"

"我相信她，"阿特雷布斯说，"就算她不会帮我们，但也不会害咱们的。"

"我看只能是害你吧。"

"听着，除非你又看见异象，知道那把剑在哪里，否则如果没有人帮忙的话，咱们根本不可能找到那把剑。你也看到了，这个地方太大了。即使我们能随意在城堡里走动，并且不会被人发现，那也够咱俩找上几个月的了。何况，那把剑是不是在这里还不一定呢，你说呢？"

"真不知道有多少是靠你的脑子想出来的，有多少是靠你的下半身得来的。"

"我的什么？"不过他立刻明白了，脸上火辣辣的，"我真的——"他刚要开口说话。

"我当初发现的跟你在一起的那个女人——那个绑架你的。那个被我杀了的。你不是也相信她吗？你跟她上床了？"

"呃，是的，不过——"

"而这次追踪安布瑞尔以及随后经历的这一系列事，你发起的这次探险——也是因为一个女孩吧——这个叫安娜格的女孩，你一心想要去救她。"

"这是一部分原因，但是安布瑞尔确实是个威胁，必须有人出来阻止。"

"一遇到女孩，你就变得头脑简单，失去应有的理智和判断力了。"

"呃，也许是吧，"他承认，"但是现在已经来不及了。"

"还有时间。在她回去的路上，可以有意外发生。"

"不行，"阿特雷布斯坚决地说，"不可以，你听到了吗？她愿意帮我们也好，不愿意帮忙也好，但是我绝不会伤害她。"

"好吧，"苏尔嘟囔着说，"但愿她的想法也跟你的一样。"

第八章

不知不觉黑暗已经降临，万籁俱寂。格里姆不知道时间过了多久——也许是几个小时，也许已经过了几天。寂静之中，传来了一阵声音，森林里的树木在轻声低语，将他带入了梦境一般的冥想之中，过去和未来如同幻象，交织在一起。他的灵魂已经完全融入进去，任何事物都无法干扰和影响。他就这样静静地持续了一段时间，直到肚子咕咕作响，伤口传来疼痛，他才一下子回到了现实。声音还回荡在林间，引领着他绕过盘旋环绕的树根，来到了光亮之处，粗壮的枝干交错之间。他越爬越高，直到高耸的建筑尽收眼底，他终于找到了方向。

可这些建筑看起来都很陌生，也就是说他是在边缘树林的另一侧。他气喘吁吁地从一棵树跳到另一棵树，在树木之间穿梭，但愿颤抖的四肢能抓住树枝，不要让自己掉下去。

夜幕降临之前，他终于找到了要去的地方，现在已经体力不支，任由自己瘫倒在这里，祈求在死之前，菲娜能找到自己。

"我从来没见过有人伤成这样。"菲娜一边自言自语，一边用一块像黄色的皮毛一样的东西按住他侧面的伤口。

格里姆接受了她给的这块不知道是什么的东西，"感觉好多了。"他说，然后看了看周围。他们正在一个形状很不规则的树洞里。光线穿过树枝照射进来，不过他看不见天空。

菲娜刚才的自言自语得到了回应："你没见过人受伤？那你怎么知道如何处理伤口？"

"不是的，我当然见过人受伤。昨天伊克谢还摔伤了腿呢。我是说从没见过有人被这样恶意地伤害。"

格里姆边咳边笑，"我不明白。在安布瑞尔，谋杀不是最平常不过的吗，如同儿戏一样。"

"在这里可不是，"菲娜说，"在森林里是不会这样的。我知道下面很可怕。我有所耳闻。但是在这里可怕的事从不会发生。"

"也许是这些树本身的原因，"格里姆沉思着，"是他们的影响。总之，非常抱歉——我成了被你救治的第一个重伤患者。"

"是啊，总得有个倒霉蛋——"她开玩笑地说。

"我不能在这里久留。"他打断了菲娜的话。

"我知道，"她也同意，"你得赶快回到下面去，然后再被什么东西捅一刀。我明白。"

"他们会上这里来找我的，"格里姆说，"我不想给你带来麻烦。"

"他们昨天就上来找你了，"她说，"我把你藏起来了。他们找了一通，然后走了。"

"昨天？我在这儿多久了？"

"按太阳出现的次数来算，三天了，"菲娜回答，"我给你喂了些东西好让你睡觉。"

"我在这——三天了？"

"是这些树指示的。"她说。

"这些树？"

"是啊,平常的药对你根本没有用,所以我问树该怎么办,然后它们就告诉我了。"

"哦,"格里姆想要坐起来,"三天?从现在开始,如果树告诉你做什么,你先跟我说。"

她皱起眉头,"没什么可以'跟你说'的。"她说,"你那时都失去意识了,根本没办法说话。要不是我按着树的话做,你现在都醒不过来呢。"

她转过身不理他。

"听我说,菲娜——"

"而你现在还要回到下面去。真是傻瓜。"

"他们还会来搜查的,"格里姆说,"况且,吸怪们还需要我呢。谁知道下面现在怎么样了呢?"

他看到菲娜点了一下头。

"等等,"他说,"你知道。你听说了什么。"

"格里姆,别这样——"

"到底怎么了,菲娜?"

"他们以为你死了,"她说,"他们都疯了一样,开始到处破坏东西,领主们想要安抚他们。"

"哦,那么——"

"我不要再听了。"菲娜捂着耳朵说。

格里姆站起身,冲到菲娜身边,温柔地握住她的手,把她的双手放了下来。

"请你理解,"他说,"我要负起责任,必须解决这件事。"

她看着格里姆的双手,正紧握着自己的手。

"那——这样行吗?"她问道,"给他们发送消息。告诉他们你还活着,他们必须停止行动。你需要时间恢复,求你了。"

格里姆思考了一下,觉得确实有道理,"好吧,"他说,

"那我们就试试看吧,如果有效,那我就待在这里,直到风声过去。但是无论如何,我终究还是要回去的。"

菲娜笑了,眼角流出了开心的泪水。

"怎么了?"格里姆问。

"没什么。只是很高兴你终于听我的了。你真的听我的了。"

"我听你的,"他说,"但是你要知道——我不可能永远留在这里的。"

"我明白。"她站了起来,说,"但是现在,你得留下来。"

"是的。"

"好了。我得走了——化生池一片混乱,我们的活儿就更多了。不过我会找机会把消息送出去的。"

菲娜走了之后,他吃力地站起身来,环视四周。树洞有些弯曲,他看到树洞上方有个孔,光线就是从这个孔里照进来的,洞里还有一个向上的斜坡。他慢慢地往上爬,爬到洞口就已经筋疲力尽了。洞口处用一个薄膜一样的东西遮盖起来,看样子也许是大片的树叶。他决定身体恢复以后就独自离开这里,想到这儿,他便转身爬了回去,躺在简陋的小床上,蜷起身子,不一会儿就进入了梦乡。

他醒来发觉身边暖呼呼的,虽然月光消失了,但凭着气味,他认出旁边的人是菲娜。她搂着他未受伤的一侧,头枕在他的臂弯里睡得异常香甜。

格里姆不自觉地动了动,菲娜睡梦中慵懒地呓语。

"怎么了?"她喃喃地说。

"没事,是我。"格里姆说。

"哦。"她头微微抬起。

格里姆犹豫了一下，然后伸出了胳膊，于是她的头枕在了格里姆的胸口。过了一会儿，菲娜又安详地睡着了，而格里姆却一直没合眼。于是他再一次摒除杂念，聆听树的声音，很快他就听出来了，那是一种不同的声音，将听觉、视觉和触觉相结合，有时融合在一起，有时又各自分开，但他总是能够感觉到，就像气味一样容易识别。

是在他身旁正在梦中的菲娜，树根将他们两人联系在了一起。

"再待几天，"两天后，菲娜央求格里姆说，"别走。下面的情况已经有所好转。他们已经冷静下来了。"

"因为他们在等我回去，告诉他们该做什么，"格里姆说，"如果我离开太长时间，他们会怀疑我是不是真的还活着。"

"领主们会杀了你的，"菲娜说，"他们正等着你送上门去呢。"

"上次他们没抓到我，"他说，"这次他们也休想抓住我。"

"那时你可不像现在这么虚弱。"

"瞎说，"他说，"我觉得好极了——多亏了你治好了我。"

"别走，"她说，"我知道你想和我在一起。"

格里姆闭上了眼睛，心中暗想，不知道安娜格怎么样了，得尽快找到她，因为有话要跟她说。他这辈子还没有像现在这么迷茫过。其实菲娜说得对——自己的确想跟她在一起。他对菲娜并没有肉体上的迷恋和吸引——他们两个根本谈不上这些。他感觉到的是比性欲更加强烈，更加难以自持的感觉，这种感觉深深印刻在他的脑海里。

"我今晚就回来，"他对菲娜保证，"我一定回来。"

"你要说话算话。"她说。

他从树上一路下来，沿着经常走的路线，很快就回到了化生池。他很高兴又进到水里了，于是放任自己在水池里畅游了一番，抛开一切思绪，尽情享受。维特和他约好在底部的水草丛中见面。自己要跟维特说什么呢？继续反抗还是就此放弃？如果他投降了，领主们是不是就会放过吸怪了呢？

他甚至也不知道跟安娜格说什么，也不知道是否还能再见到她。

他突然感到手指和脚趾传来轻微的刺痛感。一开始并无察觉，但随后感觉到越来越疼了。他摸了摸手指和脚趾，发现已经完全麻木。手指和脚趾的第一个关节疼痛不止，过了一会儿，第二个关节也疼了，然后，疼痛快速蔓延到了整个四肢。他转身以最快的速度游回去，回到来时的岸边，还有几米就能上岸了，他却发觉四肢都无法动弹，疼痛涌上了他的胸口，他所能做的只有痛苦地大喊。于是格里姆沉入了水里，沉入了水池最深处亮着光的地方，沉入了天仪所在之处。

他感觉到自己的心脏停止了跳动，头上渐渐凝结了冰柱。那一刻，他又一次听见了树的声音，伴随树声的还有菲娜轻柔的附和之声，就像蝴蝶一般轻快地飞舞着。

一切都结束了。

第九章

"艾琳佳一直在躲着我。"阿特雷布斯站在冰冻的溪流上对苏尔说。他想试试河上的冰能不能承受住自己的体重,其实冰面比石头还要坚硬。

弗鲁斯——一个被派来帮助阿特雷布斯进行"研究考察"的猎手之———对他露出了古怪有趣的表情。他心想,这家伙是不是偷听他说话了。不过,他还是确信他们的谈话是不会被撒希尔的人听到的。

但是细细想来,他才发现这个诺德猎户露出这样一副表情,是因为看见他大冷天的颤颤巍巍站在冰面上觉得很可笑,也许在那个诺德人眼里自己就是个傻瓜。

"是吗?"苏尔说。

"不知道这是好事还是坏事。"

"她出卖了你。"苏尔说。

"不会吧。也许她还在考虑。"

"那可没准,"苏尔说,"说不定我们或许该打道回府了。"

"为什么他们不把咱们带到山上杀了呢?"阿特雷布斯有些纳闷,"在城堡里杀咱们不是更简单一些吗——趁咱俩睡着的时候。"

"不需要清理血迹。"苏尔说。

"嗯,也对啊,"阿特雷布斯说,"就算他们没打算杀我们,我也不喜欢大老远地来这里。"

"谁让你告诉他们你是自然学家的呢,"苏尔小声嘀咕,"他们只不过是照你的话做而已。"

"说得是啊。但是在这里时间太难熬了。"

"我有办法。"苏尔说。

"如果你的办法就是严刑拷打艾琳佳,那就算了。"

"如果她知道剑在哪里的话,那很可能大部分人也都知道。先不考虑这些。昨晚我试了几个简单的法术,探测到那把剑就在城堡或者城堡附近的地方。"

"你知道具体在什么位置吗?"

"不知道。但是我可以再试试用些更厉害的法术。有些魔族能够敏锐地感知到魔法,就像我们能闻到气味一样。我可以召唤出其中一个,让它帮我们去找那把剑。"

"你昨晚怎么没召唤呢?"

"因为如果撒希尔或者城堡里的什么人也精通法术的话,他们就会感应到魔法的存在。甚至有人会直接看到魔族。我本希望能找到别的办法,但是就像你说的,我们没有时间了。"

"那就今晚吧,如果艾琳佳对我什么都不肯吐露的话。"

"我就是这么打算的。"

阿特雷布斯点点头。一抬头,看到弗鲁斯正指着一座桥示意他们。

举头仰望,山谷蜿蜒,连绵起伏的山峰隐藏在低矮的云雾之中。

"恩斯莱斯山谷,"向导捋着红色的胡子,点头示意说,"狩猎的好地方,有麋鹿、梅花鹿还有麝鼠。"

"很好,"阿特雷布斯一边在本上乱涂乱画,一边说,"那这片山脉是?"

"莫斯灵山脉，"弗鲁斯说，"我们不经常去那儿。"

"为什么这座山谷这么多人都趋之若鹜呢？"阿特雷布斯问道，"它跟上一座山谷看起来没什么区别啊。"

"盐，"弗鲁斯回答，"沿着溪流走，有一大片盐沼地。山脉的这一侧只有这么一片。你不想去看看吗？"

"当然要去，"阿特雷布斯说，"那还用说。"

他们走下山坡，走到半路，弗鲁斯突然抬头看向那片山脉。阿特雷布斯顺着弗鲁斯的目光看去，看到白云一般的东西正以不可思议的速度向他们翻滚而来。

弗鲁斯目光凌厉地看着周围，然后指了指来时的山坡。

"快上去！"他大喊道。

可惜，他们跑不了几步，最终还是没能躲过去。

阿特雷布斯听说过雪崩，大片的雪块从山上滚落下来，通行的道路全部被毁。他以为遇到的就是雪崩，并且做好了心理准备，然而意想不到的是，撞到他的不是像一堵墙一样压倒过来的雪，而是难以置信的冰冷薄雾。白雪夹杂其中，在风中飞舞，侵蚀着他的脸孔。他什么也看不见了。

他步履蹒跚地走着，脚下被什么东西绊了一下，于是飞快地滚下山坡，幸好撒希尔的仆人给了他一件厚厚的皮毛外套。即使这样，他还是感觉到了他的体温正在骤降。

有人抓住了他，用奇大的力气把他拉住了，过了似乎很长的时间，那人把他拖进了一个像是石洞一样的地方。

"靠近些。"一个人说——他从口音听出来说话的人是弗鲁斯。过了一会儿，他看到了他们两人之间出现了微微的亮光，而且感觉到些许的温暖。一个玻璃球里有火苗在燃烧，过了一阵，火光终于驱走了石洞里的寒气。

"怎么回事？"他问道。

"有时会有这种情况发生,"弗鲁斯说,"可我从来没见过这么大的雪崩,这么快。太不寻常了,也许是冰霜巨人出现了。"

"冰霜巨人?"

"是啊,太出人意料了,这次出现的是个新的冰霜巨人,而且非常强大。"

"奥祖尔呢?"他问道,奥祖尔是苏尔的化名,"还有其他的人呢?"

"等过了这一阵我们再去找他们,"弗鲁斯说,"如果现在出去,立马就冻僵了。不过要是在这里待太久,也会冻死的。"

苏尔费了一番力气爬到了山上最高的地方,凛冽的寒风呼啸而过,大雪覆盖了一切,无法找到阿特雷布斯和弗鲁斯的踪迹。他准备下山,却被一阵振聋发聩的喊声止住了脚步——他的本能告诉他——事情没有那么简单。他转过身,手握住剑柄,嘴里已经开始念法术了。

他面前出现了六个全副武装的士兵,都是诺德军队的装束,外衣上都绣着撒希尔尸鬼的标志。第七个人正坐在一头彪悍的高头大马上。他身上紧裹着一件深绿色的斗篷,帽檐是黑色的,而即使在阴影之中也能看到他那双深红色的眼睛,从而出卖了他的身份。

"撒希尔大人。"他猜测地说。

"是的,没错。"那男人说。声音轻柔,语气谦卑。

"我的同伴——"

"我知道,很抱歉我们未能及时赶到,"撒希尔口是心非地说,"新的冰霜巨人已经没有力气了。通常情况下,冬至期到来之前，他是不会在莫斯灵这一带出没的。"

"冰霜巨人？"苏尔有些怀疑地说。

但撒希尔没听出他的语气，"你的朋友与弗鲁斯在一起。他应该会没事的——而即使他没有与弗鲁斯在一起，此刻你也做不了什么。"

"那我也要试一试，"苏尔说，"尽我所能去找他。"

"跟我说说吧，"撒希尔说，"我们要在此地逗留一阵，等雪崩停下来为止。"

苏尔听出了他话里有话。

"我们谈些什么呢，撒希尔大人？"他问道。

"可以谈的话题有很多，"撒希尔回答说，"你有儿女吗，奥祖尔？"

"没有。"他回答。

"晨风被毁时，你的儿女们都丧生在那里了吗？"

"我从未有过子嗣。"苏尔说。

"真不知是该同情你还是该嫉妒你。"撒希尔说。

苏尔觉得根本无需回答。撒希尔可不这么想，因为他等了很久。最终，他骑着马走近了些。

"谁派你来的？"他轻声耳语，"是他吗？"

"没人派我来。"苏尔回答。

"啊，要是那样就好了，"撒希尔说，"可惜很多人来过这里，从不该来的地方来到这里，对于那些地方，我一直想要与其和平共处。可结果，却都是被他派来的。最后，那些来过的人都承认了。"

他倾身向前，"需要我给你讲讲那个故事吗？还是你已经知道了？"

"我听不懂你在说什么，"苏尔说，"你指的那个人是谁？"

"人?"撒希尔露齿一笑，不知是真笑还是假笑，"人。"他点头指向山谷，"你认为你的朋友会活下来吗?"

"他最好还活着。"苏尔回答。

撒希尔眯起了眼睛，口中念念有词。突然狂风陡起，空气中弥漫着一股氯气的味道，苏尔身体里的每根神经都嗡嗡作响。

"别怪我出手了。"苏尔警告说。

"站着别动。"撒希尔说。

天空中噼啪作响，就像火堆里的柴火。苏尔紧闭双唇。他想要召唤什么，但是却说不出来。

终于，一切都结束了。

撒希尔坐回了马上，"你很强大，"他说，"比我想的还要厉害。不过，你身上没有他的那股臭味。是另一个魔神，我感知到了，但不是那个——不是他。在这纯净的空气中，晴朗的天空下，我是不会被蒙骗的。你不是他的人。"

他拉了拉缰绳，马转过身。"想待多久就待多久吧，"他说，"也许我不会再亲自接见你了。我不常离开自己的住处。"

"撒希尔大人，如果您有什么难题——"

撒希尔勒住了马，看向他。

"曾几何时，我寻求过帮助，"他说，"也付给了奖赏。但那是很久以前了。现在，已经这样了，我活着，已别无所求，唯有对他无尽的诅咒。"

"谁?"

可撒希尔再一次转身了，再无多话，与他的随从一起向着城堡奔驰而去。

即使在翻滚沸腾的热水中，阿特雷布斯还是觉得冷。苏尔和撒希尔派来的人都向他保证了他的手指和脚趾都能保住，但是天知道，他感觉可并不是这样。

大大的浴桶被提进了他的房间，木桶的板条之间都用厚厚的浸过油的兽皮紧紧箍住。他没看见有人往桶里倒热水，但是壁炉旁单独放着一个冒着热气的热水壶。苏尔正坐在床边。

"冰霜巨人。"阿特雷布斯自言自语地说。

"不是，"苏尔说，"是撒希尔，我敢肯定。他这么做目的就是为了把咱俩分开。"他递给阿特雷布斯一瓶东西。

"喝了它，感觉会好些。"

"是药吗？"

"酒。"

阿特雷布斯喝了一口。浓浓烈酒一下肚，顿觉火烧火燎，不过确实觉得舒服多了。

"这么说他想让我们分开。那为什么他把你困在冰天雪地之中呢。"

"他想跟我谈谈，"苏尔说，"他以为我们是为某人卖命的手下。据我分析，那人是个魔神。好像曾经有些人受那个魔神指派来过这里。"

"曾经有些人来过？是为那把剑来的吗？"

"他只字未提剑的事。也许是为了别的什么东西。"

"真是天大的巧合。"

"是啊。"

阿特雷布斯刚要开口说话，突然停住了，然后故意压低了声音说："他们会偷听到咱们说话吗？假如撒希尔是个巫师——"

"不会有人听到咱们的，除非撒希尔自己就是个魔神或者有强大法力的人。"

"那好。那我就说了,如果曾经来这里的那些人是为了那把剑——如果他们是由湮灭的魔神派来的——那显然背后的那个人不就是克拉威库斯·维尔吗?"

"是的。"

"魔族没有固定的形态,对吧?他们可以化身成任何事物显现。"

"是这样的。"

"那魔神会不会就是我们见到的玛拉卡斯?又会不会是维尔?"

"有这个可能,"苏尔说,"虽然撒希尔相信我们跟维尔并没有什么关系。但是这并不重要。不管派我们来的是玛拉卡斯还是克拉威库斯·维尔,我们都得拿到那把剑——并且不是为了他们任何一个人卖命。我们必须自己保留那把剑。"

"没错,"阿特雷布斯说,"可万一我们卷入了克拉威库斯·维尔的阴谋陷阱——"

"那就得时刻保持头脑清醒,"苏尔说,"即使他对我们没有什么企图也是一样。"

"好,假如那把剑在撒希尔手里,而维尔也知道了剑在哪里——我是说,撒希尔到底能有多厉害?"

"就我们现在所能掌握的情况来看,维尔没有想象中的那么强大。在塔玛瑞尔,魔族的实力都大为减弱。除非受到召唤,否则他们不能来到这里,而即使来到这里,他们的力量也大大地被削弱了。他们可以派手下过来,但是那些手下跟咱们一样都是凡人。"

"没错。那现在该怎么办?"

"我回自己的房间再好好想想。我本想召唤魔族来搜索城堡,但是我改变主意了。就我对撒希尔的观察来看,召唤魔族会被他发现的。而且我敢肯定,如果再让撒希尔对咱们起疑心的话,咱们的性命就保不住了。"

"那好。我再泡会儿热水澡。"

"再喝点酒吧。战斗随时会来,趁现在好好享受吧。"

"那当然了。"阿特雷布斯说着,又喝了一口酒。

苏尔走了。一边泡着澡,一边喝着酒,阿特雷布斯觉得自己特潇洒,过了一会儿,水有些太热了,于是他走了出来,用大浴巾把自己裹起来。他拿出咕咕鸟,打开了里面暗藏的机关,可安娜格没有出现,于是他把机械鸟放在了床边的桌子上。

他已经累了,可是却睡不着,坐在床上回想着今天发生的事——不知道苏尔会怎么做——这时突然传来了轻轻的敲门声。

他打开门,发现一脸焦急表情的艾琳佳。

"我听说了今天发生的事,"她说,"你没受伤吧。"

"没事,我很好,"阿特雷布斯对她说,"不过我必须知道——你有没有把我们的谈话泄露给别人?你有没有告诉别人我们在找剑?"

"没有,没有,"她说,"我绝对不会那么做的。"

他盯着艾琳佳的眼睛,看看她是不是在说谎,因为他想起了苏尔说过女人是他最大的弱点。

"进来吧。"他终于开口了。

"殿下,可您还没穿上衣服。"

"我不是裹着浴巾了吗,这样更舒服,"他说,"进来吧。"

艾琳佳走进了他的房间,他看到了她脸上的表情,那种表情,他在很多女人的脸上都见到过。几天前,他也许还会洋洋自得,想都不用想就立刻扑过去。而现在,他发现自己对此已经没有兴趣了。

但是他需要知道暗影剑在哪里。

"我正喝着威士忌呢，"他对艾琳佳说，"你要不要也来一口？"

"殿下？"

"这里没有殿下，你不记得了吗？难道你希望冰霜巨人再来找我吗？"

"噢，不，不，"她回答说，"好——那我就喝一口吧。"

阿特雷布斯给她倒了一口酒，接着又倒了一些。艾琳佳紧张不安地喝下了酒。

"我想帮助您。"艾琳佳说，不过阿特雷布斯知道接下来该怎么做，于是握起了她的手。

"没关系，"他说，"是我不好，把你拖进了危险的境地，我知道。只是求你陪在我身边。"

他又倒了一杯酒，说："我想再喝一点，能陪我再喝一杯吗？"

"我不能再喝了。"她说，阿特雷布斯早料到她会这么说。

不过果然不出所料，艾琳佳还是喝了那杯酒。

"在您眼里，我一定很傻吧。"她说。

"当然不是，"阿特雷布斯说，"你很聪明，也有自己的主见，你不会轻易做决定，也不会鲁莽行事。如果我们是在帝都的舞会上见面的话，我一定会认为你是天际某个贵族的大家闺秀。"

"而不是女仆。"她坦率地说。

"听着——我的父皇曾经只是个抱有雄心壮志的小小士兵。而现在他是一国之君。他如今所得的一切都是努力奋斗得来的。而我生来就拥有了这一切。到底谁才是最应受到钦佩的呢？"

真是想不到，他竟然会说这些。此刻，他心里热血翻涌，脸也觉得热辣辣的。

"怎么了?"艾琳佳问道,"您——您哭了?"

阿特雷布斯发觉脸上确有几行热泪。

他笑了,"你有没有说过发自肺腑的话,并且自己被自己感动了呢?"

"我想有过吧。"

"上次见到父皇的时候,我说了很多伤他心的话。而我刚才对你说的那些话却从来没有对我父皇说过。"

"而现在您害怕再也见不到他了,再也没有机会对他说了。"

阿特雷布斯静默了一会儿。其实他一直都知道自己比不上父亲,但是心里却不肯承认这一点。这就是为什么他轻易就相信了自己的丰功伟绩,那些谎言和骗局很容易就能被发现,但他却视而不见。

不过把她的思路往这个方向上引没坏处,不是吗?

"是的,"他说,"当安布瑞尔到来的时候,他绝不会逃避退缩。他会昂首挺胸,他会奋战到底,也许会壮烈牺牲。可他却永远也不会知道我心里真实的想法了。"

"真是太痛苦了。"艾琳佳一边说着,一边又给自己倒了杯酒,一口吞下。阿特雷布斯也又喝了一杯。

艾琳佳伸手擦去他脸上的泪水,阿特雷布斯一把握住了艾琳佳的手,神情专注地凝视着她的眼睛,她知道他要吻她,而她并没有拒绝,微微仰起了头,顺从地闭上了眼睛。

"我要帮助你。"当两人的嘴唇分开时,艾琳佳说。

"我又没问你。"他再一次吻上了她的唇。

这一次,她主动回吻了他,深深地热吻,充满了激情,完全没有技巧。

而他心里却升起一股愧疚之感,真是难以置信。安娜格的脸庞一直在他脑海里萦绕。

　　但是自己也只是在那只机械鸟里见过安娜格的脸，不是吗？也许在那张小小的脸庞之下，还隐藏着另一张不为人知的丑恶面孔。

　　可这样一想，他觉得更加愧疚了，埋怨自己怎么会有这么可怕的想法。

　　他轻轻地拉开了艾琳佳，"我不能。"他说，然后深深叹了口气。

　　"我不会对你有任何要求的，"艾琳佳说，"我不会要你娶我，或者要你带我离开这里——我只想陪你一起探险，成为你的同伴，一个对你来说很重要的同伴。"

　　他看到艾琳佳在瑟瑟发抖，"我能再喝一杯吗？"

　　他给艾琳佳倒了一杯酒，也给自己倒了一大杯。

　　"他的儿子，"艾琳佳轻声说，"撒希尔大人的儿子，厄胡尔。"

　　"他怎么了？"

　　"撒希尔大人派他去往晨风，去摧毁维瓦克城。派他拿着那把剑，'暗影'去。但是厄胡尔一拿起那把剑就疯了，挥剑砍死了自己的护卫。他们把厄胡尔绑在了椅子上。他们把剑从他手里夺走，他就看起来好了一些，可后来他又找到了那把剑。厄胡尔杀了自己的母亲，撒希尔夫人。他还杀死了自己的两个兄弟和半数的护卫军，之后才被再次制伏。从此再也不敢放开他了。"

　　"后来呢？后来怎么样了？"

　　"撒希尔大人给他准备了一个暗室，在石塔的深处。如今，厄胡尔就在那里，手里还紧握着那把剑，从不松开。他已经被关在那里八年了。"

她双手紧握,说:"厄胡尔原本人很好,他经常跟我一起玩儿,当我的骑士,保护我。可当他拿起剑的时候,差点儿杀了我。他的眼睛——根本没有眼神。里面什么都没有。"

"你知道那个地方在哪儿吗?怎么才能进去?"

她点点头,然后伸出手环住了阿特雷布斯的脖子,又开始吻了起来。他的头有些晕了,看来是有些喝多了——管他呢,亲吻的感觉好极了,为什么要拒绝呢?他答应过安娜格很多事情,但是从没承诺过这种事情……

接下来天旋地转,整个世界都在旋转。他仰面躺在了整洁的床上,两个人赤身裸体,紧紧贴合在一起,很长时间以来,这是第一次他抛开了忧虑,放弃了思考,任由自己随心所欲。

第十章

安娜格明知道瑞尔大人正在看着她检查格里姆的尸体,可眼泪还是不由自主地夺眶而出。泪水源自她内心的最深处,所有的伤痛和苦楚都被深深地印刻在那里,留下了永远都无法抹去的烙印。过了不久,她就如同抽去了灵魂的躯壳,瘫倒在地。

"对不起,格里姆。"她在心里默默地哀诉。

"安布瑞尔大人非常高兴。"瑞尔说。

"他的尸体该怎么处理?"安娜格轻声说。

"首先,让吸怪们亲眼看到他的尸体,让他们知道这个人已经死了。然后再把他碎尸万段,每个吸怪的房间里都放上一块尸骸,时刻提醒他们反抗者就是这样的下场。"

"太残忍了。"她说。

"我可不知道残忍为何物,"瑞尔说,"不过你确实干得漂亮,应该为自己感到骄傲和自豪。"

"我还得需要一些时间。"安娜格说。

"安布瑞尔说你会为此感到悲伤和难过。他嘱咐我不要因此而惩罚你,这是你的本性使然。他还要我转告你,一切都会过去的。"

"是的,会过去的,"安娜格也同意,"我能跟他单独待一会儿吗?"

"为什么?"

"跟他道别。"

"他都死了,听不见了。"

"安布瑞尔会理解的。"她说。

"那好吧,"瑞尔做了让步,"不过只能一小会儿。"

她静静地等着,直到听不见他的脚步声,然后弯腰抱住了格里姆僵直的尸体。怀着一线希望,但愿不要被人看到,她撬开了格里姆的嘴,从他的舌底拿出了一个像水晶一样闪光的东西。然后她合上了格里姆的嘴,轻轻吻了一下。她把那块水晶放进了自己的口袋里,站直身子,擦去眼里的泪水,然后怅然离去。她要去为瑞尔准备晚餐了。

安娜格曾经无数次在漫漫长夜中孤独煎熬,但是这次却不同,当晚上厨房的工作已经结束之后,她感觉比以往更加的失落和无助。她几乎已经喝了一整瓶红酒了,回想起了在里尔莫斯一个寂静的雨夜,与格里姆在她父亲的阳台上把酒言欢的情景。

终于她打开了项链坠盒。

一开始她并不知道那映入眼帘的是什么,当看到纠缠在一起的身体和凌乱的床单时,她顿时就明白了。阿特雷布斯正侧面躺在床上睡着。那个女人——不管是谁——正面对着咕咕鸟。

她猛然合上了坠盒,呆坐在床边,欺骗和背叛给了她深刻而又沉重的打击。她心里知道,不应该有这样伤痛的感觉,毕竟阿特雷布斯从没说过或者暗示过对她有好感。而且,从他对她说话的语气和方式来看,不管今后会怎样,他们永远都只是朋友,永远不会有开始……

不,也不是这样。他需要她,仅此而已。他所要做的就是摧毁这座城市。正因为这样,他才在她面前表现出最好的一面,热情激昂,愿意满足她的任何要求。这也许不是第一次了,只是他第一次疏忽大意,把咕咕鸟打开,忘了关上了。

那在他心里她是谁呢?谁也不是。一个满心崇拜着王子的傻姑娘。也许比那个现在正躺在他身边的那个女人还要傻。他怎么可能会想她呢?

她真是个看不懂人心的傻瓜啊,不是吗?曾经她以为斯莱尔是她的朋友,她也原以为阿特雷布斯也许——

她不要再想了,用力地把坠盒扔到了墙上,一口气喝完了整瓶红酒。

第十一章

科林把手放进口袋里,可这么个小小的动作却惊动了那个东西,开始朝他冲过来,就像上次遇到的那个东西一样。他掏出了一个小金属盒子——只有一英寸大小——他快速掀开盖子,举了起来。

有那么一刻,他觉得那东西不怎么管用——要么就是阿洛尼尔没搞清楚他面对的那个家伙是什么,要么就是这个野精灵吸魂器年代太过久远,根本对它起不了作用。不过,突然之间,那幽魂缩小了,化成了一团烟雾,飞进了盒子里,随后就消失得无影无踪了。

科林关上了盒子,然后把它放回了口袋里。心里暗暗地感谢阿洛尼尔给了他那本书。然后,他环视四周,看看还有什么其他的守卫。

剩余的守卫大多都是平庸之辈,他轻而易举就能神不知鬼不觉地把他们制伏,但是又用不着杀了他们。希尔拉姆得过些时候才会发现有守卫失踪,但是他的这些障眼法终究会被看穿,宰相肯定会发现有人潜进了他的府里。

他知道自己应该有几个小时的时间——宰相现在正在上朝——但是他还是难以抑制心中的急迫感。

希尔拉姆的私人套房有一个卧室,还有餐厅、浴室和藏书室;科林都记了下来,然后从旁经过。他还发现了一个经过改造的小型地牢，里面有四间牢房，现在都空空如也。

一间宽敞的房间令他很感兴趣，房间里面摆着各式各样的工作台，地上画着一幅巨大的魔符图案。他瞥了一眼那个图案，然后把注意力转向了工作台，上面有许许多多奇怪的东西。一些——跟刚才遇到的幽魂一样——看起来像是野精灵一类的古老精灵种族；还有一些看起来年代更近一点，看似是源于尼伯尼人。这些东西他完全不了解，所以也没敢去碰。还有很多架子，上面摆着瓶瓶罐罐，有粉末，有液体，有盐类，等等，另外还有散落各处的炼金工具器械。

一张大大的桌子引起了他极大的兴趣，里面还有几个很深的抽屉。桌子上摆着几页纸，纸上写着一些字迹潦草的笔记和一些凌乱的草图，所用的语言对他来说是完全陌生的。抽屉都上了锁并且还用魔法封住了，他费了九牛二虎之力，花了十几分钟才解了锁，然后开始翻查，找找有没有跟希尔拉姆的黑沼泽之行或者安布瑞尔有关的东西。但是找了一通，半个小时过去了，他依然一无所获。

他找找有没有隐藏的机关或者暗格，突然发现一根长长的圆管在桌子一侧支撑着。管子底部是打开的，里面藏着一卷长卷。他在桌子上展开了长卷，仔细查看。

看起来似乎是某种装置的设计图，但是草图的字迹潦草而且难以看懂，所以他也不知道上面是什么内容。他只能从桌子上的一些笔记和草图上看出一些端倪，似乎与希尔拉姆有关。于是他更加仔细地看了起来，突然一个熟悉的词语映入眼帘。

安布瑞尔。

果然出现了。他只知道那图上画着的是为了摧毁城市而设计的一种武器，是由希诺学院设计并且提交的。他有种预感这就是关键所在，一把开启所有谜题的钥匙。

可如果他把它拿走了，希尔拉姆立刻就会知道事情败露了。

他思索着要不要在这里等着，伺机杀了希尔拉姆，就像乐泰恩说的那样。

但是他没这么做，而是从一个抽屉的底部偷了一些手稿，然后誊抄下来，尽可能临摹得相像一些，因为事关重大。

艾瑞丝看着科林临摹下来的图纸，一边用手指沿着图上的线条划过，而科林的手指也在轻轻摩挲着，不过不是图纸上的线条，而是艾瑞丝光滑裸露的脊背。"我没见过这样的东西，"她说，"这有可能跟拇指一样小，也可能如攻城的机械一般大。"

"也可能什么也不是，"科林叹息着说，"显然这不是皇帝想要的证据，至少不是这个样子的。更何况我根本看不懂这上面的语言。"

"这可不是某种语言，"艾瑞丝说，"确切地说，根本不是语言。看起来像是希诺的密语，用作秘密交流的暗语。我已经破译出了一些。"

"你能看懂？"

"也不是，我只是认得其中的一些符号，"她说，"当然，在你看来他们用了跟塔玛瑞尔语里一样的字母，但是组成的词语却看不懂是什么意思。一些符号——页脚下面的这些小字，看起来很特别——其实是破译前面内容的关键字。只要你临摹对了，我就能破译出来，然后就能毫不费力地看懂了。还有这些大一些的字——它们代表了一些术语——通常是一些法术，上古神器，或者某种能量——"她突然停住了。

"你临摹这些得费多大劲儿啊？"她问道。

"反正尽可能画得像一些吧,"他回答说,"虽然不知道自己画的是什么。那些图是最难画的——我根本不知道哪些是零件,哪些是组合在一起的。我的意思是,这个像是在底部的,"他指着图说,"但是又不知道是什么。看起来像是从哪里掉下来的。"

"这个不是图纸,"乐泰恩说,"至少不是某种器械的设计蓝图。更像是一张地图。"他听出了艾瑞丝语气里透出的兴奋,"比如说这个——我以前见过,代表灵魂石——或者是可以追踪到灵魂的东西。还有这儿,这个代表往某个方向走的流向,就像河水。"

"那就是说这是某个计划?"他问道。

"没错。这可能是一个装置,或者一个法术,也可能是一系列的法术——你看这个,还有那个是两件秘器。"

科林凑近了一些,"如果是这样的话,"他说,"这个符号也许就代表了安布瑞尔。"他指着他抄下来的更小的字迹说,"你看到了吗?这页旁边写着'安布瑞尔'。"

"很可能是,"乐泰恩说,"不过,这个又是什么?"

"你看,如果把它转过来,"他若有所思地说,"就看似有些熟悉了——我见过这个,或者见过跟这个类似的东西。不是在希尔拉姆的府里见到的,而是在为了进入锐眼鹰而训练的时候见过。"

"这可是完全不同的文法。"她警告说。

"我知道。这种是死灵法师所用的符号,还是在法师公会分裂之前的时候。这是用来驱使鬼魂的,但是意思更加复杂难懂。我想这个也是'影子'或者'回声'的意思。"

"不知道在这里是什么意思,"她说,"只能知道这么多了。"

"接下来该怎么办？在希诺有你信得过的人吗？"

"希尔拉姆就是希诺的成员，"她说，"我们直接问他就可以了。"

"啊，你真有想法。"他说。

"我还认识一个人，"她说，"但是如果我直接带你去的话，他会不高兴的。我得单独去见他，这段时间可能得脱离你的保护了。"

"黑暗兄弟会的人还在找你呢，"他说，"他们不会轻易罢手的。我更希望你待在这里。"

艾瑞丝转过身吻了他一下，"我会小心的。我会避开经常去的地方，而且晚上行动。很感激你对我的保护，但是我孤身涉险也不是一天两天了。"

"可是现在情况不同了。"科林提醒她。

"是啊，我会时刻提醒自己的，行了吧？"她脸上闪现出了一丝愠怒的神情，"听着，"她说，"虽然你救了我的命，而且咱俩也厮混了些日子，但是这并不意味着我就得听你的了，我不欠你的，科林。我们之间存在的只有共同的目标和互相的尊重。如果没有这些，那么——"

"别激动，"他说，"你说得对。你有权拿自己的命冒险，我也有权做我想做的事。我只是有些自私的想法，不希望你死。既然如此，如果你知道有人能给我们一些重要的情报，哪怕只言片语，那你就去找他吧。"

"我会小心的，"她又重复了一遍，"那你呢？"

"呃，我还有事，"他说，"马罗要我明天向他汇报情况。你要去多久？"

"不知道，"她说，"得看情况。最多就两天。"

"两天？"

"我得离城。"

"这个城市已经被包围了。"他说。

她笑了,"女人不会把所有秘密都说出来的。过一两天再回这里见面吧。"

他点了点头。

"很好。"她说,说完就开始穿衣服了。

"你现在就走?"

"天已经黑了,"她回答,"时间宝贵,不是吗?"

"说得也是。"科林也同意。虽然嘴上这么说,其实他真正想做的却是紧紧抱住她,哪儿也不让她去。他心里很害怕,充满了深深的忧虑和恐惧,生怕从此再也见不到她了。

可当艾瑞丝走出那扇门时,他却并没有阻止。他一直陪着她,直到走到岔口,到了该道别的时候,艾瑞丝轻轻地吻上了科林的脸颊,然后科林转身走向了自己的公寓。

第十二章

马兹加咬紧了牙关,因为此时布雷纳斯正在清理她背上的伤口。虽然疼得紧咬着牙,她却不肯叫喊出声来。

"你真是命大啊,"他轻声说,"再深一寸就伤到脊椎了。"

"现在就剩下命大了。"她小声嘟囔着。

"喂,"他一反常态异常严肃地说,"毕竟我们顽强地挺过来了,不是吗?不知道还有多少撑下来还活着的。"

"我看到法尔考斯倒下了,"她说,"还有托什。"

布雷纳斯在她伤口上擦了什么东西,然后开始包扎,马兹加闭上了眼睛。夜幕降临,她屏气凝神,可还是感觉不到什么动静,只有一片寂静。太过安静了——没有夜莺鸣叫,没有犬吠狼嚎——只有夜风瑟瑟,树叶沙沙。隐约还有数以千计的僵尸军队在岩石的掩护下大步穿梭在林中的声音。布雷纳斯用法术把他们两人隐藏了起来,静谧了他们的声音,遮掩住了他们的气味,让他们一切生命的迹象消失于无形。施此法术让布雷纳斯已经精疲力尽,可他们还是担心会暴露踪迹,不过僵尸大军已经在他们身边行进了一个多小时了,也没有发现他们。

"至少我们还吃了几顿美味大餐了,"马兹加说,"而且还有啤酒呢!我几乎都忘了啤酒的香味了。"

"我们还会吃上好东西的,"布雷纳斯说,"等到了皇城就有了。"

"太好了，"她说，"总算有盼头了。"

"神灵啊。"布雷纳斯吸了一口凉气。

"喂，现在可不是犯傻的时候，怎么开始祷告起来了。"她说。

"不，不是的，"他说，"你看。"

马兹加转身看去，整个天空被一片黑压压的东西全部笼罩住了。在那黑压压的一团之下，有无数条长长的光线像是从地面直直射入黑暗之中，给人一种错觉，就像一个巨大的怪兽身下有上百条行进着的触角，那些触角忽明忽暗，时闪时现。

"每一条光线就是一个死去的生命，"布雷纳斯轻声低语，"灵魂被吸着上去，为那上面的东西提供能源。"

"你不觉得它是在追赶其他的那些人吗？"她问道。

"应该不是，"他回答，"看速度似乎不像。我们抵抗了这么久，替他们拖延了不少时间，足够他们撤退了。那些人不是农夫就是猎户，要么沉默寡言，毫无主见，要么就固执己见，一意孤行，就像香丁赫尔里留守的那些人一样。"

"这些蠢货，"马兹加愤愤地说，"他们倒是跑了，把我们扔在这里不管了。"

"是的。"他语气显得有些低落。

"你不会扔下我不管的，对吧？"她问，"我够不到自己的后背，过几天后背就该痒了。"

"瞧你说的，"他说，"这是激励我自己活下去的动力——到时只要我人还活着就兑现承诺，帮你挠挠粗糙的后背。"

"乐意之至，"她说，"现在去睡觉吧。有动静我会叫你的。"

"你才是受伤的人，怎么倒让我去睡了？"

"是啊，可是疼得我睡不着，所以就按我说的做吧，行吗?"

"行。"于是布雷纳斯就蜷着躺在地上,不一会儿就鼾声大作了。

马兹加看着安布瑞尔飞了过去,脑子里又回想起激战时的景象:他们费了九牛二虎之力才联合起香丁赫尔的守卫,共同抵御住了僵尸军队的一波进攻。这还不算糟。可后来他们不得不自己承担起防守两个大门的重任,因为香丁赫尔的人都撤退了,情况便更加不妙了。他们坚持抵御了好几个小时,可僵尸大军却源源不断地攻来,丝毫没有停歇,既没有退后也没有重新列阵。他们只是持续不断地进攻,一波倒下一波又涌上来。

最后,他们的防线终于被攻破了,法尔考斯下令撤退,在蓝色之路上重新集结——可还没来得及说完,法尔考斯就被一支长矛刺穿了喉咙。她和布雷纳斯已经跑了好几公里了,如今藏身在这里。

就算他们设法找到了附近撤离出来的部队,与幸存下来的香丁赫尔守卫和帝国军队重新会合;就算他们赶在僵尸军队到来之前到达帝都,那又能怎样呢?难道再次撤退吗?除了摩洛克,谁还能阻止那个东西呢?

黎明的曙光在天空划过一抹血红色的裂痕,马兹加看到所有的僵尸军队都已经走过去了,至少现在已经没有踪迹了,于是她叫醒了布雷纳斯。

"你让我睡了一整晚,你却一点儿也没休息。"他不满地说。

"我一直都没有睡意。"她说。

他们很快背上了行装,向南出发,然后又转向往西走,跑累了就走，走一会儿再跑，希望能避开庞大的僵尸军队。他们很容易就能辨别出方向，因为——安布瑞尔这个坐标太明显了。不过，这样一来，他们的速度减慢了许多，无法尽快抵达目的地。

大部分撤离出来的队伍集结在了一起，他们时不时地派出先遣小队偷袭一些僵尸军队中落下的一些散兵游勇。布雷纳斯和她成功地躲开了两拨敌人，但是当他们正穿过一片未耕种的田地时，被身后几百米的敌人发现了。他们立刻快步跑起来，但是马兹加知道布雷纳斯跑不了多久就会跟不上的。

她的判断没错，跑了不到一个小时，布雷纳斯已经跑不动了，敌人快要追上来了。

她发现前面不远处有个谷仓，于是带领布雷纳斯往那里跑去。这个谷仓已被废弃了，他们闯了进去，并且用东西挡住了门。里面没有窗户。

"你觉得外面有多少人？"布雷纳斯问道，同时传来了敌人用各种武器叮叮哐哐凿门的声音。

"我看大概有十五个吧。"

"你不能多说点儿吗，"他说，"怎么也得有三十来个了。"

"可能吧，"她说，"这很重要吗？一两个就够把咱俩干掉了。"

"哦，也是，说得有理。"他说。

突然听到什么东西被劈开了，阳光顺着被斧子劈开的裂缝照射进来。马兹加手里拿着剑，剑锋朝下，深吸了一口气，屏息以待，大门被劈裂粉碎，敌人那腐烂恶臭的面孔出现在他们眼前。

"退后一点。"头一批敌人过来时，布雷纳斯大喊。

"你还是省点力气吧。"她厉声说，不过太晚了。一阵白色的火光从天而降，落在门口几步之外。三四个僵尸瞬间就被炸得粉身碎骨了。还有一人半个身子倒在了屋里，一动不动了。

她看了一眼布雷纳斯，他靠着墙坐着，闭着眼睛，脸色苍白。

"这些人都交给你了。"他说。

于是马兹加等到可怕的火光减弱了，便走到门框附近，因为这里能有足够的空间挥舞起剑来。

当法术消失，所有的僵尸都倒下了。她发现二十多个重装铠甲的人正在看着她，大部分人都身跨战马。两个人从马上下来，确认那些僵尸是否都已经死了。一个人摘下了头盔，露出了一张暗黑的丹莫人面孔。

"很高兴我们及时赶到了，"他说，"我们发现这些人刚才从山上一路下来追杀你们，不过路途太远了，我们花了些时间才赶过来。"他微微点头致意，"我是埃尔沃·因达瑞斯，这些都是索恩的骑士。"

"我是马兹加·格拉·亚加什，"她说，"帝国军团斥候。"

"你们原先是在香丁赫尔吗？可以告诉我们那里发生了什么吗？我们刚才在南边干掉了一些像这样的家伙——事先完全不知道一支庞大的僵尸军队攻向了香丁赫尔城。等我们赶到那里的时候整个城都已经空了。"

"大部分人都撤退了，"她说，"我们负责断后，独自抵御那支僵尸大军，为城里的百姓尽量多争取一些时间，好让他们平安撤离，然后就再也没有城里的消息了。"

"感谢阿祖拉，"他低语道，"真是个好消息。那他们是在蓝色之路上了吗？把那些怪物甩在身后了吧？"

"是的，据我所知是这样的。"马兹加回答。

"那我们得追上他们，"他说，"我们还有多余的坐骑，如果你们愿意的话,跟我们一起走。"

"一匹普通的马就好。"布雷纳斯在马兹加身后说道。

"我就知道你会这么说,"马兹加说,"你要不要先给它念首诗啊?"

"它想听什么就给它念什么。"他说。

"我指的是——"

"好了,"他说,"我听明白了。咱们能走了吗?"

第十三章

沿着城堡人工挖凿的通道走到尽头,前面是一段原生岩石堆砌而成的通道,艾琳佳在此停住了脚步。

"就在前面,"她说,"那里有个门,门已经上了锁,可我没有钥匙。而且我……我不想再往前走了。"

"为什么?"苏尔充满怀疑地问道。

"我不想看见他。或者听到他的声音,"她回答,"听说他疯疯癫癫的,又哭又闹,还骂骂咧咧。"

"有人来这里吗?"阿特雷布斯说。

"没人。"

"总得有人来给他送吃的啊。"

艾琳佳摇了摇头,"他来这里的第一年就不吃东西了。我们直到第二年还持续给他送吃的,但是他连碰都没碰。"

"他一年没吃东西,还能哭哭闹闹?"

"是的。"

"谢谢你,艾琳佳,"阿特雷布斯说,"你做得已经足够了,就到这里吧。"

灯光下,艾琳佳的脸色似乎沉了下来,然后低下了头。苏尔见状翻了个白眼,侧身走开了。

两人有了一些私密的空间,阿特雷布斯轻轻吻了一下艾琳佳,"希望不要为昨晚的事介怀。"

"我没有,"她说,"昨晚很美好。我只是不希望你把我想成是个随随便便的人。"

"我当然不会的,艾琳佳。"

"我知道您是王子。我也知道你我只是露水之缘,我不敢有再多的奢望。但是我不希望你一直对我有这样的印象。我是个坏女人。"

"我认为你是个好女人,"他说,"那现在——我们是该从这里一直走下去吗?"

"是的。"她说。

"小心点。千万别因为我们连累了你,让你惹上麻烦。"

她耸耸肩,然后轻吻了他的唇。"再见了。"她说,然后转身,沿着来时的路回去了。

"就这么把她放走了可不是个明智的决定。"苏尔说。

"呃,可她也算帮了我们,就别为难她了,"阿特雷布斯说,"算了,这件事就这么了结吧。"

"当然得了结了。"

"你看咱们这不是搞清楚剑在哪里了吗?你还得谢谢我呢。"

"并不完全是你的功劳,"苏尔说,"反正该受到夸奖的不是你的脑子。算了——咱们走吧。"

通道里地面粗糙不平,在下到城堡底下将近六十米处的岩床时,突然一个天然的岩洞映入眼帘。那里有扇门,就是艾琳佳提到的那个门,可阿特雷布斯轻轻一推,门就开了。

他拔出了剑,环顾四周,可所处之地没有躲藏之处。

"感觉有些不妙。"苏尔说。

"为什么?我没听见有人哭喊咒骂,你呢?他肯定已经死了吧。死了好多年了。也许最后一个来给他送饭的人嫌麻烦没锁门。"

"还是有不祥之感,"苏尔说,"你在这里待着,我去找那把剑。"

"如果他真的杀了那些人——"

"别告诉我你还在想他是不是死了?"苏尔打断了他的话。

"我是认为他死了,可你不相信啊。"

"老实在这里待着,看住大门。"

"好吧。不过要是你需要帮忙——"

"好了好了,"苏尔挥挥手,打断了他,"如果有需要我会叫你的。"

阿特雷布斯看着苏尔大步流星走进了黑暗之中,现在眼前所能见到的只有他手里的那盏灯,灯光越来越暗。随后苏尔的身影彻底消失了。

他揉了揉自己的头。还好宿醉没有想象的那么厉害。他很庆幸艾琳佳对昨晚发生的事看得很开,因为他现在清楚地意识到他做了错事,而且这种陌生的感觉想甩也甩不开。他身边有过不少女人,却从未有过这样的愧疚之感。一切都变了,不管什么原因,他都觉得应该忠于安娜格,尽管他从未见过她本人,也没有过太多的交流。他需要理清他们之间的关系,因为他不喜欢这种心怀愧疚的感觉。但是他很清楚,如果他们不能真正在一起,面对面地见到,这些问题都无法解决。他们之间的关系也根本无法确定,一切只能是不切实际的空想。

正当他陷入沉思之时,背上突然被什么东西刺了一下。

他向前跳起——逃离刺向他的东西——然后转身,抽出了他的闪光剑。

那扇门砰地一下砸到他的脸上。门的另一侧站着的人竟然是妮莱·撒希尔,面露微笑。

"你在干什么?"他生气地说。

"这话应该是我问你吧,偷偷摸摸来这里干什么?"她冲着阿特雷布斯摇晃着手指说。

"我们在探索这座城堡,"阿特雷布斯说,"可我们有些迷路了。"

"啊,迷路了。"妮莱用讽刺的语气说。

"你听我解释,"阿特雷布斯说,"我——"

"阿特雷布斯·迈德,"她打断了他的话,"你来这里的目的是那把剑,'暗影',于是你引诱了——或者说是自认为引诱了——我们亲爱的小艾琳佳,为了让她说出那把剑在哪儿。"

"不要怪罪艾琳佳,"阿特雷布斯刚要说什么,突然停住了,"'自认为引诱了'是什么意思?"

"她是被我派去见你的,"妮莱说,"当她告诉我你们想要找什么以后。"

阿特雷布斯闭上了眼睛,庆幸苏尔没在身边,没听见他们的谈话。

"看来你知道我们要找什么了,"他说,"你想怎么样?你的父亲昨天已经见过苏尔了,他显然还不知道我是谁。"

"那是因为他不想知道,"妮莱说,"这件事他也不知道。他还在保护着厄胡尔。即使那家伙干了那么多坏事!而且他还坚决不让克拉威库斯·维尔的人拿走那把剑。"

"为什么?"

"我父亲与维尔签下了某种契约,作为交换的条件,魔神要他去晨风找一把剑。可维尔没有告诉我父亲如果有人拿起那把剑会发生什么。接下来的事情你也知道了。"

"我不是克拉威库斯·维尔的手下。"

"不管你是与不是,"她说,"那是我父亲的固执己见,而不是我的。我只想将这件事做个了结。如果你从厄胡尔那里得到了剑，你可以拿走，就是这样。"

"那为什么还跟我们搞这套把戏？为什么把我们关在这里面？"

"这样更省事，"她说，"假如你们当中有人拿起那把剑却失去了理智，把你们锁在这里就安全了。"

"我们不会拿起那把剑的。"阿特雷布斯说。

"这可说不准，"妮莱说，"抱歉，祝你们好运了。"

山洞深处传来了苏尔的叫喊声，接着是一阵充满邪恶的叫嚣之声。

"你最好得快点了。"妮莱说。

阿特雷布斯暗自咒骂一声，转过身，一手提着灯笼，一手拿着闪光剑，沿着凹凸不平的通道，朝着苏尔离去的方向快步冲去。

嚎叫声还在继续，惊人心魄的喊声中不时夹杂着一些暴戾刺耳的词语，可他听不懂说的是什么。

片刻之后，踉踉跄跄之中，他找到了声音的来源。

苏尔扔下了——也或许是扔出了——手里的灯笼；灯笼被摔得四分五裂，片刻便成了一片火海。红色的火光之中，厄胡尔·撒希尔狰狞的面容显现出来。

身上瘦得没有一点肉，皮肤紧紧包着骨头，骨骼清晰可见。他还在发出可怕的嚎叫声，阿特雷布斯能看到厄胡尔嗓子里的喉结在震动，让他想起了蜥蜴和青蛙。

厄胡尔的动作很奇怪，而且很幼稚，泛白的眼睛在苏尔和阿特雷布斯之间游移不定。

阿特雷布斯差点没注意到那把剑，因为剑已经跟厄胡尔融为一体，成了他身体的一部分，从他的胳膊延伸出来，剑尖着地。

他看了一眼苏尔,只见他的胳膊上出现了一片暗斑。

"我不是跟你说了吗——"苏尔刚开口,突然厄胡尔以难以想象的速度飞快地跳起,朝着阿特雷布斯扑过来。没有任何剑法技巧,那把"暗影"剑就像一把砍肉刀一样向着阿特雷布斯劈来。他连忙用闪光剑的剑刃抵住"暗影"。

凌厉的剑气压得他不得不跪在了地上,肩膀上传来一阵刺痛。他喘着粗气,用力推剑向前,想要扭转颓势——但是虽然厄胡尔看上去体重只有不到三十公斤,却感觉如同钢铁般坚不可摧。

厄胡尔瞪圆了眼睛,阿特雷布斯跟跟跄跄地往后退,他感觉脑袋里嗡嗡直响。厄胡尔直逼而来,尽管有闪电向厄胡尔射来,但是他依然没有放慢脚步。

厄胡尔举起了黑色的"暗影"再次砍过来,阿特雷布斯用闪光剑刺向了厄胡尔的心口,虽是刺到了,但是却并没有刺穿他干瘪的黑色皮肤。不过,厄胡尔还是因为被刺了这一剑而向后退了一步,剑插进了石洞的地面,而不是阿特雷布斯的身体里。阿特雷布斯用尽全身力气砍向了敌人的头部,却感觉像砍到了一尊雕像一样。阿特雷布斯退后了一步。厄胡尔依然站立不动。他不再号叫,而且竟然说话了。

"把它拿走。"厄胡尔说,他说话声音很尖,而且很霸道。

"什么?"阿特雷布斯想再确定一下。

"把剑从我身上夺走,你个蠢货。"他说话似乎费了很大的力气,眼睛里充满了怒火。

突然他的眼神变了,声调也变了。"求你了。"他低声说。

然后猛然又扑向了阿特雷布斯。阿特雷布斯向后跳起,却不料摔倒了,慌忙中只能伸出闪光剑对着厄胡尔,这个刚刚还显出真身，现在又变了回去的家伙。

没想到厄胡尔中途却停住了，他张开了嘴像是又要叫喊，但是没出声音，而是喷出了一口冒着烟的绿色液体。他空出的那只手拍了一下自己的头，因为同样的黏稠液体从他的眼睛和耳朵里流了出来。腹部烧出了一个大洞，整个人轰然倒下了，而且四分五裂。硫酸流到了石头地面上，岩石也开始熔化了。

"退后，"苏尔说，"别碰它。"

"我才不会碰呢。"阿特雷布斯强压住要吐出来的早饭，说道，"那是——"他不知道苏尔用的这个法术该怎么称呼。

"管用了，"苏尔说，"我还以为这法术没有效呢。"

"祝贺你了。你的胳膊怎么样了？"

苏尔看了一眼伤口，阿特雷布斯要是不说，他差点忘了。

"不太好，"他说，"无药可治。"

阿特雷布斯回头看了一眼残留的尸体——现在成了一摊冒着烟的绿泡泡——而那把剑还依然插在那里。

"现在怎么办？"他问，"不能拿，否则就变成厄胡尔那样了。"

"也不一定，"苏尔说，"看看周围——找找有没有什么东西能把它裹起来。离硫酸完全熔化完还有些时候呢。"

这时阿特雷布斯才注意到了四散的尸体。大多都只剩下了骨头，但是也能闻见皮肉燃烧的难闻气味。在他拿的灯笼还有残存的火苗的映照下，还能看到一些残存的尸骨。他一点也不想知道没照到的尸骨还有多少。

他们没花多少工夫就找到了需要的东西；在一堆破破烂烂的衣服和床单里，他们找到了剑鞘。过了二十分钟，地上终于不再冒烟了，苏尔把剑鞘套到"暗影"剑上。他盯着剑刃看了一会儿，然后套上剑鞘拿了起来。他瞪大了眼睛，嘴里悄悄地念叨着什么，可能是某种咒语。

"即使放进剑鞘里也不安全，"他说，"离这把剑远一点，阿特雷布斯。"

他撕开了一块毯子，然后划成一条一条的，先是用布条绑住了剑柄——小心翼翼地不让自己碰到它——然后把剑鞘也缠了起来，整把剑被缠了好几层。

"好了，"他说，"咱们走吧。"

"嗯，"阿特雷布斯说，"还有一件事……"

妮莱还在门口等着，当她看到他们二人——还有那个被捆得严严实实的剑——不禁潸然泪下。

"你们拿到了，"她说，"真是难以置信。"

"现在该让我们走了吧。"阿特雷布斯说。

她抬起头，"不行，"她说，"我不能放你们走，除非把剑留下。"

"你知道我是谁，"阿特雷布斯说，"父皇发现我失踪会派人找我的。"

"你已经失踪了，"妮莱说，"但是没有人知道你来这里了，除了我们城堡里的几个人以外——而那些人都会守口如瓶，不会透露半点消息出去。据我所知，帝国出了大麻烦，皇帝还有不少事得操心呢，没工夫理会你这个任性妄为的家伙。"

她看了一眼苏尔，然后摇了摇头，"我劝你最好老实点，"她说，"这些栏杆都被施了法术，会将施法者的魔法以十倍的威力送还给他。如果你要伤害我的话，会付出代价的。"

"等一下，"阿特雷布斯说，"我们有话好说。我知道你并不想杀死我们。"

"我是不想,"她说,"回到洞里去吧。把剑留下。等我回去带来足够的守卫保护我,然后再放你们走,你们要以人格担保永远不再回来。"

"你刚才说帝国出事了——你是说安布瑞尔吧?"阿特雷布斯说,"就因为这个我们才需要这把剑的。我们必须用它来摧毁安布瑞尔。"

"根据我的判断,你已经被'暗影'控制了,"她说,"不是直接碰到剑才会被它附身,只要接近它可能就完了。即使没有,拥有剑的人也会受到诱惑和驱使忍不住拿起它,成为它新的傀儡,然后那把剑就会操纵这个新的傀儡来杀死我们。"

"怎么会这样?"

"你知不知道这里面暗藏的玄机?"

"知道一些。"

"我父亲搜集了所有现存的书籍和手稿,甚至还找到了一些失传的资料。"

"请据实相告,"他说,"要我们把剑留下,必须给我们一个信服的理由。"

妮莱迟疑了片刻。阿特雷布斯立刻明白了妮莱无论怎样都不会放他们出去了。她现在只是在给自己找借口,说服自己只有留下那把剑,除此之外,没有别的选择。

"魔神克拉威库斯·维尔想要打造一件武器,"她说,"一件用在奈恩的工具,目的是为了取悦魔神,因为这件武器会带给他无数灵魂。起初,他怎么也找不到有能力打造这件武器的工匠。他失望了好几个月——有的资料上说是好几年,直到女巫娜若薇的出现。她打造了那件武器,但是很不稳定,她告诉魔神必须把他的一部分力量输送到这件武器上,这样一来,武器才能真正达到完美,并且可以在凡间与他联络。于是,维尔把一部分能力给了她。可没想到,他似乎是被娜若薇骗了,有人甚至猜测娜若薇是疯神谢尔格拉假扮的。"

"骗了他?怎么会骗了他?"

"我说了好像是被骗了,"妮莱说,"说不清是有意计划好的,还是仅仅是为了破坏和玩弄魔神的能力,那把剑成了吸取灵魂的武器,并且随时会控制住持有那把剑的主人。

但是不知是有意设计的,还是因为接触了人类的灵魂,还是因为魔神的本性使然,封在剑里的维尔的那一部分魔法与剑相融合,成为一体,不再是魔神,而成了另一个生灵——'暗影'。"

"是的,"阿特雷布斯说,"这一点我们也知道。'暗影'从剑里逃了出来,现在成了安布瑞尔的主宰者。我们希望能把他——或者他的魔法再重新封印在这把剑里。"

"我想'暗影'已经不在那把剑里了,"妮莱说,"它还吸取灵魂,但是已经不稳定了,变得越来越疯狂。我认为这是因为他还在与维尔保持着某种联系。以我的推测,'暗影'离开的时候,维尔自己——或者他身上重要的部分——转而被困于剑内。不管这是不是真相,总之凡人是不可能被封存在剑里这么久,而且还一直这么疯狂和愤怒的。"

"那我们就再次让它恢复原状吧,把安布瑞尔重新封存在剑里。"

"可这正是维尔想要的,"妮莱说,"如果这正合维尔之意,那么就不能让他得到'暗影'剑。"她的声音变得更加坚定和自信,"所以,很抱歉,你们必须待在这里。"

"我想这是你父亲的一人之见吧?"阿特雷布斯说。

"我也持同样的想法。"她说。

"要是我们同意留下这把剑,按你的要求做呢?"

"我改变主意了，"妮莱回答，"我不相信你们会履行承诺。没准您会想办法把剑变隐形了，或者带领别人再回来夺取这把剑。我不能放你们走。"

天空在颤抖，霹雳一声，一个流着口水的魔族出现了，正站在门前。妮莱惊声尖叫，吓得跳了起来，但是魔族的叫喊声更加震耳欲聋。那魔鬼着了火，成了一个巨大的火球。

"你们看到了吧！"她大喊着，然后转身逃走了。

"你应该从门后把它召唤出来的。"阿特雷布斯对苏尔说。

"我试了，"他说，"可妮莱说得没错。这里被施了魔法，我无法解除。"

"那怎么办？"阿特雷布斯问道，"我有种预感，她不会就这么把咱们扔在这里饿死的。"他突然想到了什么，"如果她派卫兵来，他们就得先打开门，才能抓我们。"

"要是我的话，如果没有人会施法术的话，我就直接放毒气进来就好了，"苏尔说，"或者把通道封死，让我们窒息而死。也可以倒下几桶油，点火把咱们烧死。"

"如果山谷里变幻的天气是她父亲施法术弄的话，我敢肯定，如果知道我们被困在这里，他一定不会让咱们好过的，一定会使尽阴险之术折磨咱们的。"

"我也是这么想的。"苏尔说。

"你能把咱们带进湮灭位面吗？"阿特雷布斯问道。

"我感觉不到这里有能打通两个世界之间通道的结点，"他说，"毕竟这里不是普通的地方。就算找到了结点，它可以带我们去任何地方。我们逃往晨风的时候，那条路我很熟悉，那是我花了十几年才搞清的路线。我们从乌寒那里逃出来的时候，要不是魔神一时兴起，救了我们，我们早就死了。"

"那——等等，你说'不是普通的地方'是什么意思？"

苏尔看了一眼怀中抱着的被裹起来的暗影剑，"我感觉到了这里有某种异样，"他说，"如果妮莱所言不假的话，我们也许有机会进入湮灭，逃离这里。"

"但是不会把我们直接带到克拉威库斯·维尔那里，对吧？"

"我想有可能会的。"

"你不是告诉我这样就糟了吗？"

"是的，"苏尔说，"但是现在我们也没有什么选择，横竖都是死路一条。"

"也许还有别的办法。"

"那你说说。我考虑一下。"

"让我想想。"阿特雷布斯说。苏尔点点头，坐了下来。

过了大约十五分钟，阿特雷布斯听到了从楼梯井传来奇怪的声音。

"想到什么了吗？"苏尔问他。

阿特雷布斯摇摇头，"没有。思绪太乱。另外，即使我们穿过了这扇大门，走出了城堡，恐怕追上安布瑞尔的时候，它也早就到了帝都。除非你能略施小计，可惜我对此一窍不通。"

"如果我们能回到维瓦克城的废墟，我就能把咱俩带回熟悉的路线。可是得几个星期才能到那里呢。"

"假设我们能找到一条船，能让咱们行驶在沸腾的水里却伤不到我们。不，我看我们应该拜访一下克拉威库斯·维尔。没准他会很热情地欢迎我们呢。"

苏尔拿出了他在水之边缘的时候做的药膏，看起来已经有些年头了。他在阿特雷布斯的额头上抹上了一些药膏。然后他把剑立了起来，剑锋朝下。他没有解开外面裹着的布条，而是闭上眼睛，身子倚在了剑柄上。

过了很长时间,一切如常,只是空气中开始散发出臭味。

然后突然感觉自己被一只手拽住了,使劲拉扯着他,血液一下子冲上脑顶,眼前一片漆黑。他重重地撞上了什么东西,硬邦邦的,风也消失了。

空气中还是有些臭味,不过不像在石洞里的味道那么难闻了。苏尔抬起了头,看到他们已经不在石洞里了,而是另外一个地方。

第三部分

决 战

第一章

　　安娜格从一片玫瑰色的水晶地面上穿行而过,地面就像被冻住的海面一样微微起伏。水晶地面与墙面相交,波纹逐渐平缓,然后与巨大的透明穹顶连为一体,穹顶的颜色渐渐不停地变化着。许多男男女女在起伏不平的地面上翩翩起舞,或蜻蜓点水,或轻轻滑过,即使同时离地跳起也不会弄出很大的动静,因为这里比安布瑞尔其他的地方重力要轻一些。姹紫嫣红的衣裙薄纱配合着音乐的节奏随舞飞扬,飘飘似仙。

　　"这些人是谁?"她问瑞尔。

　　"你的同行啊,看不出来了吗?"瑞尔回答。

　　"安布瑞尔不可能有这么多厨师啊。"

　　"当然没有那么多,"他说,"只有八位顶级厨师才有资格加入。不过你不会以为安布瑞尔的领主们把烹调看作是唯一的艺术吧?我们喜欢各种艺术形式,也欣赏各种领域的艺术家。他们这些人是其中最杰出的,你看那个人,他叫鲁尔,这座富丽堂皇的殿堂就是他帮我建造的。十天以前,这里还是一片幽暗的丛林,我们初次来到这里时看到的就是这样的景象,所以我们重新创造了这一景象作为纪念——而且据我所知,那是你的故乡。景色真的很美,但是过了些日子,就看腻了。没有比一成不变更令人乏味的了,我丝毫也不会感到愧疚。"

　　"这些都是你的人?"

"在瑞尔的宫殿里，"他说，"要我说这八个人是其中最出类拔萃的。"

"他们为你干了多久了？"

虽然瑞尔的眼睛奇特，但是安娜格还是看出了他眼中的疑惑。

"他们一直都是我的人，"他说，"在安布瑞尔开始行进以前就是了。"

"哦。"她说。

"我是高阶领主，安娜格。我们不像你们要经历生老病死。我们是长生不死的。我们是起源，也是终结。"

"我不知道是这样的，"她说，"没人跟我说过。"

"我敢肯定他们以为你是知道的，因为我也是这么认为的。也就是说，在你们的世界里，领主贵族们并不是永生不死的？"

"大部分是这样的，"她说，"下面的世界和这里有很多的不同。"

"是吗，那太可惜了，"他说，"不过还好，你现在已经在这里了。"他拍了拍安娜格的肩膀，"好好玩吧——我要去见安布瑞尔了。"

安娜格点点头，可实在不知道该做些什么，她悄悄走到了墙边，看向窗外的边缘森林，还有，远处塔玛瑞尔的景色。她看到了远方的高山、森林，还有更近一些的平原，不知道他们现在在哪里。

"祝贺你。"身后传来一个声音。

她转过身发现说话的是费米尔，像座塔一样俯视着她。

"谢谢。"安娜格说，除了谢谢，她不知道还能说什么。

"我早就知道托尔的傲慢自大会把自己害死的。"费米尔也随着安娜格的目光看向了外面，"是他低估你了。"

"我不知道你说的是什么意思。"她说。

"别当我是傻瓜,"她低叹了一声,"托尔的尸体是在我的厨房被发现的。可却不是我把他放在那里的。我一直搞不清楚你是怎么做到的,直到后来大家才知道你的朋友是吸怪的头领,把这一切连起来,这才让我恍然大悟。你让我们互相怀疑甚至自相残杀。其实托尔要么是你亲手杀的,要么是你的朋友干的。一切谜团都解开了,我真是很佩服你。正因为你有些地方让我很欣赏,所以给你一些小小的忠告。你之所以能完成这些惊人之举,是因为没有人知道你隐藏得这么深——大家都被你作为异乡人的无辜可怜相给蒙蔽了。你陷害斯莱尔的时候托尔就应该对你有所察觉的,可惜——就像我说的——他被自己的傲慢狂妄蒙住了双眼。我不会再轻视你了。而且我也不是唯一一个有此想法的人。"

"你的话我会记着的。"安娜格说。

费米尔笑了,手指指向了水晶的墙面,"很怀念你的家园吧?"

"我的家园已经不复存在了,"她说,"我都不知道下面是哪里?"

"你们的世界太大了,"她说,"我发现一个偌大的世界真是挺没意思的。世界太大了,总是会担心迷失方向。另外也不容易找到适合自己的栖身之所。你看你在这里就很快找到了自己的位置,不是吗?"

安娜格本想反驳,却无法回避现实,因为费米尔说的是事实。在里尔莫斯,她的人生完全没有目标。也许穷其一生也找不到自己人生的方向,也许她永远也不会发现在她的内心深处隐藏着一颗魔鬼般的心,只是暗暗潜伏着,等待时机爆发出来。但是在安布瑞尔,没多长时间,这颗魔鬼的心就如鱼得水了。

也许这就是她的宿命。也许这才是属于她的地方。她真的在乎阿特雷布斯和他的帝国吗？难道不是她刻意假装的吗，在她来这里以前，她所有的一切不也是假的吗？

她回过神来才发现费米尔已经走了，而且很高兴。她又闲逛了一个小时，没有跟任何人说话，然后回到了厨房。

她一进厨房，叶尤姆就抬起头来看着她。

"舞会怎么样？"叶尤姆问道。

"也许下次瑞尔会同意让你替我去，"她说，"那样的话，就皆大欢喜了。"

"托尔很喜欢参加交际宴会。"

"是吗？可我不是托尔。"

叶尤姆回去接着干活了。

"有人偷偷潜进了厨房，被人抓住了，"她说，"你想见见她吗，还是我这就去把她杀了。"

"潜入厨房干什么？"安娜格问。

"她还拿着匕首。她在找你。"

安娜格立刻站了起来，感觉自己有些颤抖。现在到底有多少人想要杀死她啊？她还能活多久？神啊，叶尤姆跟她说的是真话还是开玩笑？难道是害她的陷阱？

"我去见见她，"她终于做了决定，"她在哪儿？"

"当然是被关起来了。"

"我们还有囚室？"

"那是当然。不然你以为托尔把他的俘虏囚禁在哪里？"

"我不知道他有俘虏，"安娜格说，"算了，到底在哪儿？"

"我带你去吧。"叶尤姆说。

她起身带路，安娜格小心翼翼地在身后不远处跟着。

一个女人隔着囚室的栏杆盯着安娜格。那女人年轻又漂亮，像是个丹莫。她身穿着一条桃红色的马裤和一件棕色的上衣。看上去不像是杀手。

"你就是那个女人？"那女人突然开口了，"你是安娜格？"

"是的，你是谁？"

"我叫菲娜。"

"梅尔-格里姆的朋友。"

"这么说他跟你提过我，"菲娜愤怒地说，"我是来杀你的。人人都知道是你干的。他还把你当朋友。他那么爱你。而现在却被你害死，尸体被四分五裂。"

"我也爱他。"安娜格说。

"那你还杀了他？这是什么道理？"她瞪大了眼睛，充满了哀伤。安娜格看到了菲娜的愤怒是多么的无力，也感觉到了她勇敢的外表下天真纯朴的内心。

难道这只是表象？她不会再找机会下手吗？可菲娜是格里姆的朋友，她感觉对格里姆有所亏欠。

"我给你看样东西，"安娜格对菲娜说，"如果我放你出来，你能保证不再伤害我吗？"

"我也不知道，"过了一会儿，菲娜说，"我只是不明白。我想知道你为什么要那样对他。"

"那跟我来吧。"

她把菲娜带进了她的住处，那里原来是属于托尔的。她让菲娜去了浴室。

"在那里。"她说。

菲娜蹲了下来，看到浴盆里有个透明的袋子，里面装着一个爬行类动物一样的人。她抬起头，热泪盈眶。

"跟他很像，"菲娜说，"但是更小一些。"

"不只是像他，"安娜格说，"那就是格里姆。"

菲娜红色的眼睛立刻睁大了，回头再次看了看那个婴儿一般的人。

"真的吗？"她惊讶得无法呼吸了。

"即使不是我，别人也会杀了他的，"安娜格对她解释道，"这是我能想到的唯一的办法。"

"可是他的身体已经被撕碎了，而且尸体被扔得到处都是……"

"没错。必须得让他们相信格里姆的确已经死了。我把毒药倒水里毒死了他，但是这毒药也让他的身体里长出了水晶，那里面吸取了他的灵魂、他的思想以及他的记忆。这有些像我们所称的灵魂石——而且，我想这跟你们的天仪也有些类似。我用它来加速身体的生长，现在就是这个样子了。"

"要多久？"她不解地问，"还要多久他才能复活？"

"我可以加速他的生长进程，"安娜格说，"过几天他就可以有成人的体形了。"

"那他还会认得我吗？"

"他会记得所有的事。"

菲娜高兴得直拍手，"太好了，"她说，"他一直对你念念不忘——我早该知道的。我早该知道他不会死的。"

"是我杀了他，菲娜。他的身体已经死了，我不知道能否原谅我自己，也不知道他会不会原谅我。"

"可你说过这是救他的唯一办法。"

"是我能想到的唯一办法，"安娜格说，"但是这也无法洗清我的罪过。"

"不过他会回到我们身边的。"菲娜说。

安娜格点点头,不知该如何回应。她被迫延缓了毒害树木的计划,直到格里姆能从水里出来——不然的话,他会跟那些树一起死去的。等他一恢复意识,她就会开始实施计划。一旦奏效,安布瑞尔就会受到重创甚至遭到毁灭,而她和格里姆就会有一线生机逃离这里。可如果不奏效的话……

"听我说,"安娜格轻声说,"还有一些亚龙人正在化生池里生长。只有你和我知道这个是格里姆,你明白了吗?绝不能被其他人发现,否则他就危险了。"

"我明白。"

"要让格里姆也知道这件事。"她说。

"为什么不能是你告诉他呢?"菲娜问。

"我希望可以,但是也许做不到了。如果我有什么不测,你得照顾好他。"

菲娜回头看着浴盆里的格里姆,"我不聪明,"她说,"而且也不强壮。但是我会尽我所能。"

她轻轻抚摸着透明的袋子。安娜格眼眶湿润了,她离开了浴室,留下菲娜跟格里姆单独在一起,她坐在了露台上,看着安布瑞尔的芸芸众生,期盼着有朝一日亲眼看到它的毁灭。

第二章

　　阿特雷布斯睁开眼睛，发现自己正仰面躺在地上，他抬起头，只见湛蓝的天空中飘着几片棉絮般的云朵。他刚要就势坐起，突然注意到一些奇怪的斑块和几道灰绿色的条痕，不是在云朵上的，而是天空中自行出现的裂痕。

　　他从地上坐起来，看到苏尔也跟他一样的动作。

　　他们身处一片林地之中——满地都是白色三叶草，如同画家里森德斯笔下的风景油画一般。不过，就像这里的天空一样，细看之下，就会发现树叶已经干枯卷曲，而且这个地方真像油画一样模糊失真，让他有些看不清楚。微风吹来，带来了野花的香气，同时也夹杂着一股腐烂的臭味，像是伤口溃烂发出的气味。

　　"这里有些不对劲，"阿特雷布斯看向苏尔说，"以前我们到湮灭的时候从来没见过这样的景象。"

　　"因为我们从没来过这里，"苏尔说，"咱们是被召唤来的。"

　　阿特雷布斯突然发觉角落里有动静，他立刻向那里看去。一只白色的小狗正在空地上看着他们，它所在的地方有一条小路延伸到林中。小狗不住地摇晃着头示意那条小路，还兴奋地摇着尾巴。

　　"你说它是不是想要咱们跟着它？"

"我想还是等主人来吧,总得说清楚了再行动,不然心里不踏实。"

"既然如此,那我说话了就踏实了吧。"小狗说完又汪汪叫了两声。阿特雷布斯心知他应该感到惊讶的,但是不知怎地却没有。

"咱们还有别的选择吗?"阿特雷布斯把问题抛给了苏尔。这只狗不会就是克拉威库斯·维尔本尊吧——上次面对玛拉卡斯时他已经领教了,所以这也不是不可能的——看来他们倒不会马上就有生命危险。

苏尔摇了摇头,"跟着这只狗。"他说。

小狗带领着他们穿过空地,沿着小路走着。沿途的绿色植物愈见凋零残败。他们踩着倒下来的圆木跨过了一条小溪,溪水里的鱼都漂浮在水面,已经奄奄一息。树林中有东西在飞舞着,他一开始以为是鸟,结果却是蝴蝶一样大小的鹰,还有长着翅膀的毛毛虫。

他们沿着蜿蜒盘旋的小径一路而上,来到了一座山上。那里有一张足以容纳三十多人的大桌子,桌腿纤细古怪,桌脚是动物的蹄子。那几个蹄子还时不时地跺起脚,把桌子上的空盘子和杯子都震起来了,叮咣直响。从山上举目四望,整个世界五颜六色,却都模糊成一片,远处与天际相交之地也是朦朦胧胧。从这个高度看去,阿特雷布斯看到山下绿树茵茵,碧草青青,却隐隐约约看不清边界。

桌子最上座是一个巨大的木制御座,坐在上面的是一个看起来只有十三四岁的少年,可是因为没有穿上衣,露出了只有中年男人才有的啤酒肚。一只羊角从他的右边眉毛处伸出来,可左边的羊角像是被割去似的,只留下溃烂化脓的伤口。他光着脚,并且把脚搭在了桌子上,脸上露出了一抹冷笑。他的眼睛最是特别：虽然阿特雷布斯无法看得真切，但是却有两种截然不同的印象——他的两只眼睛是空洞的，但是空洞之中却包罗万象。

少年看到了苏尔和阿特雷布斯，大笑起来。那笑声怪异而可怕，像是刻意假装的，而且有种癫狂的感觉。

那只小狗窜上了桌子，郑重其事地说："给你们介绍一下，这位就是魔神克拉威库斯·维尔大人。"说完，就跳下了桌子，开始在自己身上舔起来。

这个少年样貌的魔神轻轻点了点头表示承认自己的身份。然后伸出手指了指。

"你，苏尔，把那个东西给我呈上来。"

"我们是真心诚意把这个给您带来的，"苏尔说，"我们想跟您订个契约。"

"契约？"维尔夸张地模仿着苏尔的丹莫口音说，"哦，是吗？啊，好啊。你们怎么不干脆坐我这儿呢，你们来做这个魔神好了，我就换做你们，做个愚蠢的凡人，不知死活，殊不知在魔神眼里，凡人就像根萝卜一样一口就下肚了，或者煮煮再吃也行。"他转身对那只狗说，"萝卜用煮吗？"

"直接生吃就行，"那只狗回答，"不用煮。"

"管他呢，怎么都行。"维尔说。他又看向了苏尔，说，"我不需要和颜悦色地请你们把它给我，因为这本来就是我的，你很清楚。"

事态突变，出乎阿特雷布斯的意料。苏尔不情愿地咕哝两声，还是跪了下来，而维尔——仍旧高高在上——得到了"暗影"剑。

"别以为我不行了，"维尔说，"来这儿的人都认为我不行了，不过就是因为我身上一小部分东西被偷走了而已。记住，千万不要轻视别人,即使对手实力减弱,也不要过分低估。我的领土疆域是比当初鼎盛之时小了一些,但是实力依然如以往一样强大。"

"呃,"那只狗说,"话说得有点大了吧。"

"闭嘴,巴巴斯,小心拿你喂猎犬。"

"人家原本就是猎犬啦,主人。"那只狗说。

"就算你有话要说,我也不会听的,"维尔一边说着,一边拆开了裹着剑的布条。他刚一碰剑,浑身就立刻战栗起来,于是他慌忙把剑扔在了桌子上。

"嗷,险些害死我,"他说,"苏尔,瞧你干的好事,怎么搞的。"

苏尔不知怎地无法说出话来,始终跪在地上一动不动。

"您对他做了什么?"阿特雷布斯问道。

"啊?"魔神不明所以地问,接着眨了眨眼睛,"哦,对了。"

苏尔突然间深吸了一口气,坐在地上,大口喘着粗气。

"本王是不是一向尽己所能佑护你的百姓?"维尔质问道,"本王是不是一直都引领着你,并且不断给你机会提升自己的力量?本王从来都待你不薄,甚至视你为亲信。可本王可曾得到一点点应得的敬重呢?本王真是已经厌倦了。"他倚靠在御座,说道,"真的厌倦了。"

"我们知道'暗影'的事,"阿特雷布斯说,"我们知道他在哪里。这就是为什么我们从一开始就盯上了这把剑,并且一直以来都在寻找它。"

"一开始?"维尔说,"别叫它什么'暗影'了。根本没有什么'暗影'。这个东西——人们一直误认为它是个人——其实它什么也不是。你们懂吗?只不过是一块从山上滚落下来会自行移动的石头而已。或是一个会自己做算术的算盘。真正在这把剑里的是本王,就这么简单。要是有人砍断了你的一条腿,而这条腿从此便称自己为'暗影',可其实这条腿还是你自己的,不是吗?别开玩笑了,好吗?难道要把它弄出来,帮它实现不切实际的春秋大梦吗?"

"不,当然不会的。"阿特雷布斯说。

"不用跟我来这一套,"维尔说,"本王当初就是被这一番话蒙骗了的。那副傻瓜的表情看起来就像你们现在这样。"他那双奇怪的眼睛眯成了一条缝,然后像孩子一样笑了起来。

"接着说吧。你们不是要说本王的另一部分在哪里吗?"

"在塔玛瑞尔,一个叫做安布瑞尔的城市。"

"再说一遍,"维尔怒吼着,"那座城市不叫'安布瑞尔'。那是本王创建的,是本王。它真正的名字是——"他摸着下巴说,"算了,我也不记得了。反正它不是安布瑞尔,装模作样地摆什么谱。"维尔摇晃着搭在桌子上的双脚,倾身向前,双手撑着桌子。

"这么说它如今在塔玛瑞尔了?本王也偶尔会看看那里,可他怎么会进入奈恩位面了呢?"

"我们也不清楚,"阿特雷布斯说,"但是我们誓死也要阻止安布——呃,您的城市。"

"方法就是把偷来的剑还回去。"维尔若有所思地说。

"是的。"

"可你们来此是将剑归还本王的,不是吗?"维尔说。

"啊——那是当然。"阿特雷布斯说。

"绝对不是,"维尔说,"不过,本王不会追究的,毕竟事态有变。你们来此觐见必是有什么原因吧。"

阿特雷布斯看了一眼苏尔。苏尔给他一个眼神,警告他说话要小心。

"我们所谈论的那个城市正在毁灭塔玛瑞尔,"阿特雷布斯说,"它正在前往帝都的路上。"

"哦?"维尔说。阿特雷布斯感觉这位魔神的耳朵抖动了一下,"啊,我知道了。而你们在索塞姆找到了这把剑。可你们来不及赶到那里了。真是有趣啊。"

"我可不觉得,"阿特雷布斯说,"我倒是觉得您应该会希望我们能赶到那里。"

"本王只想得回从本王身上被偷走的东西,"魔神终于说出实情了,"也就是说只要有人用这把剑刺伤那个自称为暗影的东西就行,既然那城市是存在的,那我从这里就可以将它取回。对本王来说,时间或早或晚并不那么重要,不是吗?"

"但是如果您要等到我的国家、我的人民都被毁灭了再出手,那我何苦还要帮您呢?"

"不一定必须找你;我有凡界的手下,而且有的是呢。"

"那我就不明白了,"阿特雷布斯说,"您要从我们这里得到什么呢?"

"他只要一个交易,"苏尔说,"一个契约。"

"真有你的,"维尔说,"还是有懂得这个位面的规则的人,或者说是很多位面皆是如此。"

"什么交易?"阿特雷布斯问道。

"这个嘛——你们世界里一个人的灵魂。"

"这也太离谱了吧。"阿特雷布斯说。

"那好,"维尔说,"那我这就送你们上路,但是不许带着剑走。"

"如果你要一个人的灵魂的话——"苏尔刚要说。

"别说了!"阿特雷布斯打断了他的话。

可苏尔已经行动了,嘴里念念有词。

"小狗在汪汪叫了。"巴巴斯说。

苏尔和维尔都瞪向了他,而他挺直了身子。

"乌寒将安布瑞尔引向帝都是别有用心的,"阿特雷布斯说,"肯定与白金塔有关。我不知道他想干什么,但是我想您是知道的。如果他到了白金塔,您就败给他了。所以您需要的是我们,而且是当下——而不是将来派您的那些手下去做。您现在的做法只不过是迷惑我们,想从我们这里得到更多的消息罢了。因此,交易只有一个,克拉威库斯·维尔大人——您尽快将我们送到离安布瑞尔最近的地方。我们将您失去的力量夺回,并且干掉安布瑞尔。就这样,没有任何附加条件。"

维尔弓起身子,皱紧眉头,冷笑一声。

"你真以为自己能这么跟本王说话吗?你以为本王真有那么大的耐心,不会把你怎么样吗?"

"您别无选择,除非您甘于终生守着这么一小块领土,过着索然寡味的日子。"阿特雷布斯毫无畏惧地回答。

维尔笑了,然后坐了回去。"好吧,"他叹息着说,"不过别以为本王会让你毫发无伤。无论如何,本王会让你付出代价的。你很聪明,但是眼光不够长远,终有一天你会后悔的。不过不是现在。话说回来,把剑带走吧,小心拿好,不到最后一刻千万别轻易使用,明白了吗?另外,本王会把你们送到尽可能近的地方。可本王难以将你们送到本王的城市,正因为那城是本王建造的,所以无法看见那里。既然它要去往帝都,那何不将你们送到那里呢?"

"对我来说,那是再好不过了。"阿特雷布斯说。

"那好,既然如此,还等什么呢?"魔神的语气又兴奋起来,"很高兴见到你们。祝大家好运吧,起码现在是。"

他示意苏尔拿走那把剑。这位黑暗精灵重新把剑裹好,然后背在肩上。

于是魔神克拉威库斯·维尔单手一挥,他们二人立刻消失不见了。

阿特雷布斯回想起来回穿梭于湮灭位面时的情景,本以为已经习以为常,不过当他离地面十米掉落下来时,还是忍不住大喊起来。他拼命地挥舞手臂想保持平衡,可惜还是一头撞上了大树。他从树上跌落下来,后背扎到了松树的松针,然后一屁股摔在了硬邦邦的地上。

他大口喘着粗气,竟然有想笑的冲动。维尔不会是故意把他们摔下来的吧?还是这位魔神神力减弱,无法控制自己的能力了?

苏尔应该会知道吧。

阿特雷布斯站了起来,拍拍身上的灰尘,然后环视四周寻找他的同伴,可放眼望去,并没有同伴的身影。只见一尊巨大的克拉威库斯·维尔的石像,身旁还有一只石雕的狗,只是这狗比他们亲眼见到的那只大了不少。石像周围是一片空地,空地外是片森林。

他听说过帝都的西边有一座维尔的神庙,离环形路不远。如果传言是真的话——那就意味着——他们不用走多远就能到帝都了。

他又四处张望了一下,这次更加小心仔细。这样的地方总是会有险情和意外发生,即使魔神把他们送到这里了,也不一定能安全,没准还会派他的手下来。

仔细观察之下,并没有什么异样,突然他发现神庙后面露出了苏尔的一只靴子。

"苏尔?"他大喊着，跑过了空地。

苏尔还有呼吸，但是紧闭着眼睛，头上一道很深的口子，正汩汩流着鲜血。他肯定也摔下来了，可没那么幸运。

"醒醒，苏尔!"阿特雷布斯拍拍他的脸，但是苏尔没有反应。他给苏尔泼了点水，清洗伤口。他没有看到骨折的地方，头骨也没有损伤。他脱去了苏尔身上厚重的外套，把衣服撕成布条，然后缠在苏尔的头上。忙活了半天，可苏尔还是没有丝毫苏醒过来的迹象。

阿特雷布斯坐在地上，琢磨着该怎么办。他觉得很孤单，因为一直以来他都依靠着这个丹莫老男人——他的力量、才智，甚至还有时常的鼓励，都是支撑阿特雷布斯走到今天的后盾。要是苏尔伤得比看起来更严重怎么办？他是不是快死了？那他还有没有可能完成任务呢？也许还有机会吧，可是要是没有苏尔这个术士在身边，机会更加渺茫了。

不能干坐在这儿啊，是吧？可受伤的人也不能轻易移动啊。也许应该找人帮忙。

可即使认得路，自己来回也得个把小时了——而且如果他离开太久，可能就会有野兽出现，苏尔就成了它们的美味大餐了。

他又将苏尔那件三牙海象皮做成的外衣撕成了几块布条，然后砍了一些柳树枝，花了大约一个小时把这些做成了一副雪橇一样的东西。做成之后，他就用雪橇拖着苏尔走进了森林。虽然心里焦急而又担忧，不过却还是觉得有种成就感。他十分肯定地知道环形路的方向，到了那里一切就好办了。

他们缓慢地穿行在林间，因为阿特雷布斯总得停下来检查一下临时拼凑而成的雪橇，或者休息一下喘口气。他知道这雪橇做得不怎么样，谁让他以前从来没做过这玩意呢。就算见过，他也根本不会想要知道这是怎么做的。

他犹豫了一下，想着该怎么走。如果他们是在西边，那离帝都就很近了，不过他在艾奥尼的狩猎小屋也离这里不远。自己是应该先去狩猎小屋，把苏尔安顿好，再叫来一些卫兵呢？还是直接去帝都呢？

阿特雷布斯到达了环形路，速度比他想象的要快，夕阳下山前一小时就到了。拉玛尔湖好美啊，他好久没见过这么美的景色了。夜色渐近，湖水泛起阵阵涟漪。从湖面传来麻鹬和黑鸭的叫声，那声音如此熟悉，就像音乐一般悦耳动听。他看到帝都了，傲然雄壮地屹立在岛屿之上，中间高耸入云的就是白金塔，仿佛支撑着天空——有人说就是如此。

对于阿特雷布斯来说，真是万幸，还好他及时要求魔神送他们来了，一切还来得及。他的父皇会听从他的建议的。不管有没有苏尔，他们都会攻入安布瑞尔，并且将"暗影"封印在剑里。

天色还没太黑，他见到了一座很小的打鱼小屋，建在一座古老的石雕之上，大约能追溯到野精灵时期。他犹豫着要不要进去看看，有没有治伤的药，突然他听到身后有奇怪的动静。他转过身，看到的竟然是他们。

刚一看到军队，他心里像长出了翅膀一样兴奋雀跃；这时碰见巡逻的士兵那真是太幸运了。不过，片刻之后，他突然改变了想法，因为细看之下，那些士兵有些不太对劲。他们没有穿着军装，手里还拿着乱七八糟的武器。这些人原来是安布瑞尔的僵尸大军。

阿特雷布斯连忙转身快跑，拉着苏尔向村子跑去。他跑了很久，频频回头，却没有看到有人追来，也许那些人根本没看到他们。

他躲在一座小木屋后,看着邪恶之军匆匆而过,数了数人数,大约有二十人。

他们到了村子时,夕阳已经落下,而玛瑟还依然悬在天空熠熠闪亮。整个村子不知何时已经废弃了。

然而,在一个小码头上,他发现了一条小船,还有船桨。

阿特雷布斯凝望着夜色中帝都的剪影。

他并没有看到浮在空中的安布瑞尔;可他觉得如果那座城在这儿的话应该能看到的。所以这就意味着僵尸军队可以在远离安布瑞尔的地方行进。虽然安娜格曾经对他说过这件事,而且没人说那些僵尸不能这么做,可他还是感到有些惊讶。

阿特雷布斯也不知道到底有多少僵尸在这儿,不过既然他们能在环形路上畅行无阻,那么想来人数肯定不少。也许整个城市都被他们占领了。

不过这种情况下,走水路肯定要比陆路安全多了。苏尔需要帮助,而他自己也饿得不行了,看来在这座人烟荒芜的村子里是既没有吃的,也找不到药了。

于是,无须再考虑了,他将苏尔从雪橇上弄下来,然后放进了船上。他开始摇起船桨,朝着远处灯光闪亮的码头区划去。

第三章

午夜时分，苏尔突然在睡梦中呻吟起来。他的胳膊在抽搐，手指也在不停地颤动。阿特雷布斯心想，但愿苏尔不是在对梦中的敌人扔火球或者召唤什么东西。

虽然不懂医术，不过他觉得这是个好征兆，毕竟对一个失去意识的人来说，有动静总比没动静强。这说明他的灵魂还在，还没有脱离肉体。

没有人追来，虽然阿特雷布斯想了很多种可能，不过都无法确定。从自己的亲身经历来看，安布瑞尔麾下的那些不死生物并不需要船或者其他任何工具；他曾经亲眼看到他们出现在沸腾之河，维瓦克城的残垣断壁在他们周围四散漂浮。况且就算有人追上来，他也看不到。不过，他还是觉得在环形路上看到的那些僵尸并没有发现他，或者根本没有把他放在眼里。这跟他以前见过的以及安娜格跟他说过的情况完全不同。僵尸军队的作风向来是见人就杀——至少只要是安布瑞尔选中的灵魂，他们都会毫不留情地夺走。而安娜格说过，那些死者的灵魂都被浮空城上像水晶一样的丝线吸了进去，所以浮空城下那些被杀之人为整个城市提供了养分和能量。他看到的那些僵尸却不是在乌寒的浮空城下，从他们行进的方式来看，他们似乎是有任务在身——可能是在寻找和屠杀帝国巡逻队，更有可能是前往堤道并且将其包围占领，也可能是赶上前方已经到达的队伍。

如果是这样的话,他们也许就会忽略掉行进途中遇到的个别过路之人。

还有一件事让他有些不解:上次他遇到的不死僵尸知道他是谁——或者认得苏尔。那么如果在这里再次遇到僵尸,他们会认得他吗?他这么猜测有没有道理呢?因为毕竟,乌寒曾经下达过命令,让他们抓住存放那把剑的疑似地点的所有人,正是因为这样,他们后来才认识了苏尔。

也许安娜格知道更多的事情,而且他摇桨摇得胳膊都快断了,于是他从破烂不堪的背包里拿出了咕咕鸟,打开了暗门。
一开始什么也没有,过了一会儿,安娜格的面庞赫然显现。他脸上立刻显出一股愧疚之色,可看到安娜格却完全没有任何欣喜的表情。

"怎么了?"阿特雷布斯问,"现在可以说话了吗?"

"可以。"她说,"很高兴为您服务。"

"你怎么了?"他问,"出什么事了吗?"

她似乎是在一间卧室里,整个房间被几个发光的圆球照亮了。虽然她没有什么遮遮掩掩的举动,但是却不像平常那样。不对,她看起来是在生他的气。难道她知道了他和艾琳佳的事?不可能啊……

可心里那股愧疚感却越来越强烈,在他胸中灼灼燃烧着。他记得那天早上把咕咕鸟从床头桌子上拿下来了啊。难道暗门是开着的?难道她看见了……

"听我说——"他刚要开口。

安娜格摆摆手,"你无须跟我解释什么,王子殿下,"她说,"我没你想的那么蠢。只是这里的事情非常——复杂。"

"怎么复杂?"

"我现在不想说,"她说,"我还在努力解决当中。有些事你可能想要知道,如果您能拨冗片刻的话。"

"我有些时间,"他说,开始对自己有些生气和自责,"我这里情况也不太好。苏尔受伤了——可能快不行了。我刚刚被湮灭里的另一位魔神送到这里,摔了下来。我现在要划船横渡拉玛尔湖,要是在一个晴朗的好天气,带着野餐篮子坐在这里划船,一定是种享受,可是此时却是一种煎熬。如果因为我而让你受到了伤害,我很抱歉。我只能告诉你我所做的一切都是为了实现我们的目标,而不是——"

"为了我们的目标?"她几乎喊了起来,眉毛挑得老高。最终她还是闭上了眼睛,先压制住内心的激愤,直到眉头舒展开来,露出一丝疲惫之色。

"我们的目标是什么呢,王子殿下?"她再次看向阿特雷布斯,语气平缓地问,"我自己都不知道有什么目标。"

"你听我说——"

"不,"安娜格打断了他的话,"你不懂。这不是你的问题,是因为我不想告诉你。现在还不想跟你谈这件事。你以为我想谈的是那个女孩吧,但其实并不是,你明白吗?我想说的是我自己。我已经不是原来的自己了。我一直以来认为可以永远依靠和相信的那个人——"她说不下去了,双手捂着自己的眼睛。

"我现在不想跟你争论,"她说,"我已经没有力气争辩了。接下来的几天我要尝试一件新的办法。也许有效也许没有用。如果没有用的话,我只是想说给另一个人听听。这就是我想让你做的，阿特雷布斯。这是我对你唯一的需求。"

"听着，"阿特雷布斯说，"我马上就要到达帝都了，安娜格。你只要再坚持一阵就好。不过我明白你的意思了。你想告诉我什么就尽管说好了，过一阵把你得到的信息跟我说说，我们一同想出好计策来。"

她点点头，然后说起了那些奇怪的树还有她研制的毒药，那毒药也许会把树都摧毁殆尽——但是丝毫没有提到她自己。

"你知道自己有多勇敢吗？"阿特雷布斯说，"还有坚强，甚至比我都坚强。我隐约知道你做了一些负面的事情。但是我明白你做的一切都是身不由己的，而且是为了大局。"

"你怎么？"她难以置信地低喃，"为什么这么说？"

"因为你的话我都认真地在听，"他说，"而且句句记在心里。更重要的是我相信你。"

安娜格的眼睛里闪动着泪光，她抿着嘴抑制着自己想哭的冲动。

"谢谢你对我说这些，"她说，"现在我得走了。"

"等等，"他说，"明天我能跟你联络吗？"

"如果我还活着的话，当然可以。"她说。随后就关上了项链盒。

他呆坐着，看着苏尔均匀地呼吸，然后拾起船桨接着摇了起来。

塞库达升了起来，这让他可以看到不远处的码头区，它也在一个岛上，不过与帝都不在同一个岛。码头区的岛上还有一个面向内陆的海港，他正从海港后方驶来。微暗的月光下，他看到了上百座棚户和小屋，拥挤在围墙和水边之间的空间里，鳞次栉比。实际上许多房屋都是直接建在水面上的。他已经能闻到岸边传来的臭气了。各种人类倾倒的废物、水里腐烂发臭的鱼和内脏，还有廉价劣质的啤酒。他想绕道去周围看看，可已经走了这么远的路程了，他划桨都划累了，于是尽量悄悄地驾船，从水面上建起的几座小屋外部的立柱和梯子之间穿行而过。

他以前来过这种棚户区，大概十五岁的时候吧，那时的他听闻棚户区的臭名远播，便对城中这块最穷困潦倒而且危机四伏的地方充满好奇，一直想要去看一看。不知何时起这里如此寂静萧瑟了——曾几何时，这里却是喧嚣无比。即使在夜里，你也能听到嗜酒之徒或放浪形骸的引吭狂歌，或声嘶力竭的鬼哭狼嚎，或你死我活的打斗叫嚣。而如今，这里如同他驾船启程之处的村庄一样，安静得没有一丝声响。难道这里的人也因安布瑞尔的僵尸恶鬼而四散逃跑了吗？

他放慢了靠近的脚步，小心翼翼地看着岸上有没有人。

小船轻轻摆动，片刻之后突然剧烈晃动起来。他回头看看是不是撞到了什么东西，没想到却看见船侧身出现了一只手。他目不转睛地盯着那只手，接着另一只手也抓住了船身。然后一只又一只腐烂的手接踵而至，纷纷从水面上伸出来，抓住了船身两侧。他大吼一声拔出了宝剑，将那些手一一砍断。那些人倒是毫无还手之力，很容易就被砍下去了，但是他还是觉得船在上升，他这才意识到还有更多的人在水里——在船下面，正合力将船举起。他向外探身，想挥剑朝他们砍去，但是找不到合适的角度。小船继续上升，就像脱离水面已经上岸一般。绝望之下，他准备将苏尔背在肩上，从那些人中杀出一条血路。如果能冲到海港附近，也许还有可能碰到帝国的卫队。

没料到船身突然倾斜，他们二人一头栽进了恶臭难闻又泥

LORD OF SOULS
The Elder Scrolls

泞不堪的浅滩。他拼命挣扎，不过还是被那些人卸掉了武器，五花大绑起来。

跟以前一样，他们依然没有杀他。而是把他拖向了更深处的内陆，一座看起来不错的小屋外，他们在屋外转悠了一会儿。那些人似乎不怎么在意他，于是他大呼救命，希望能有一线获救的生机。

谁知道，过了一阵，门开了，他看到了一盏灯。

灯光中，出现了一个人的脸，看上去是人类，而且是活生生的人。是个男人，大概四十多岁的样子，头发微红，略有秃顶，左耳有个豁口。

"呦，"他说，"这是怎么回事？"

"从河里抓来的，"一个抓着阿特雷布斯的家伙粗声粗气地说，"我们要留着他吗？"

那男人提着灯凑近阿特雷布斯，突然瞪大了眼睛，"伙计，恐怕不行，"他摇摇头说，"谁会想到呢？玛拉卡斯在上，我们没有白费力气。"

"我警告你，"阿特雷布斯被那男人冷漠的语气吓得浑身发冷，开口道，"你要是不放了我的话——"

那男人放声大笑，"就是他。别生气，我的王子殿下。我不会一直扣留你的，我这就把您送走。"

"送到哪去？"

"一个地方——比这里更好的地方。"他望着阿特雷布斯说。

"安布瑞尔？"

"否，不是那里。您要去的地方是宫殿。"

"那你告诉这些东西放我走。我自己认得路。"

"这点我相信。不过有人吩咐我不能让您单独行事。"

"是谁吩咐你的?"

"耐心点,小家伙。"

"我的朋友受伤了——"

"是啊,不过我也无能为力。"那男人说。他走回了小屋,再出来的时候身边还有一个虎人和一个波斯莫女人。其中一个人把一个袋子放在了阿特雷布斯的头上。他本想放声大喊,可是闻了几下奇怪的味道后,他的意识就变得模糊了,仿佛进入了一种怪异而又五颜六色的梦境之中。

在弥漫着肉桂茶的香气中,阿特雷布斯醒来了。眼前出现了一张面孔,湛蓝色的双眼上方,一对眉毛就像横卧着的两条毛毛虫。这张脸好熟悉啊。

"希尔拉姆!"他叫了起来。看看周围,他们好像是在一间起居室里,陈列着各种奇怪的炼金术的器具还有野精灵时期的各种奇珍异宝。阿特雷布斯正坐在一把扶手椅上。他想站起来,但是没想到身子却动不了。

"这是怎么回事?"

"咱们开门见山吧,"希尔拉姆心平气和地说,"咱俩之间也没什么交情。甚至可以说是相看两厌。"

"快把我放了,"阿特雷布斯声色俱厉地说,"要是被我父皇发现——"

"你父皇是发现不了了,"希尔拉姆说,"除非是我亲自告知他。"

"那你打算杀我了?"

"还没到时候,"希尔拉姆点点头说,"等我确定你对我来说毫无用处的时候——等我的大计全部实现的时候。"他笑着说,"你还真以为自己能成英雄呢?"

阿特雷布斯咬着牙说:"苏尔呢?"

"他现在好多了。已经找大夫看了他的伤,不过我让他一直睡着,因为我只能说这个人太过危险了。"他又坐回到座位上,"他带着的武器挺奇怪的。"

阿特雷布斯看到了一丝希望。难道希尔拉姆不知道"暗影"吗?

"是吗?"

"是的。里埃尔,就是把你带到这里的人之一,把那把剑抽出来,然后就疯了。我无奈之下只能把他杀了。你能跟我说说你怎么会有这么一把剑吗?"

"那是苏尔的祖传宝物,"阿特雷布斯说,"他想找到他父亲的坟墓或是别的什么地方把那把剑埋起来。"

"是这样啊,"希尔拉姆说,"那跟安布瑞尔毫无关系喽?"

"没有,"阿特雷布斯说,他要把焦点从那把剑上转移开,"但是你却跟安布瑞尔有关系,是吧?你跟乌寒是一伙的。"

"乌寒?"希尔拉姆轻笑,"他不那么称呼自己了,而他也不是真正的自己了,是吧?你见过他,而且从他身边逃走了,这些我都知道,虽然都不是凭借自己的能力。"

他举起了一个小瓷杯,然后喝了一小口,"我想你终究会来的,所以我说服了安布瑞尔——这是乌寒喜欢的名字——借给我他的陆地大军,消灭一切想要进城的人。没人能进城,你也看到了——他们要么就原地不动,要么就离开,为的就是更容易发现你的踪迹。"

"可为什么这么做?"阿特雷布斯问。

"这个嘛,是因为安布瑞尔想要见你,非常想见你。最主要是想见苏尔,不过你也是。"

"那你是要把我们送到他那里了。"

"你也知道,"希尔拉姆说,"我真心认为你应该被称为'智者阿特雷布斯'。你应该以此称号被载入史册。'智者阿特雷布斯',一个自认为是英雄的王子。这是我想到的主意,你觉得如何?我跟你的父皇谈过。'人民需要一位风华正茂的英雄。'我是这么跟他说的。"他大笑不止,"他原本是认同我的。他原本一直是要安抚我的,可结果,他却认同了你。而且他对你的认同也奏效了,人民都拥戴你。"他又喝了一口,然后直直地瞪着阿特雷布斯。

"不,你个傻瓜,我不会把你交给安布瑞尔的——至少不是现在。除了我,其他受命者都没有发现你,所以他还不知道你在我的手上。我想知道的是,他为什么这么怕你?你有什么比他厉害的?"

"什么也没有,"阿特雷布斯说,"他不是怕我们——他和苏尔之间有很多不可告人之事。我认为他只是想折磨苏尔,直到把他折磨致死。"

"不,"希尔拉姆并不同意阿特雷布斯的说法,"他的确害怕什么。他把他的城市带向了晨风,方向完全错了。虽然安布瑞尔也有毫无理性的一面,但是这完全说不通——除非他在找什么东西。而他在那里找到了什么呢?是你们两个。让我很惊讶的是——你本来应该死了的。可你突然又在水之边缘复活了。而几天之后,你又出现在了晨风。"他摇了摇头,"这些事情,我们需要好好谈谈。"

"你别痴心妄想。"阿特雷布斯说。

"我们还没开始呢,别着急。"希尔拉姆说,"一切都会水落石出。我只想欢迎你回家。"

"你为什么要这么做?"阿特雷布斯问,"你想得到我父皇的王位吗？如果安布瑞尔到了帝都，就没有什么人可以统治了，人都死了。"

"不会的，"希尔拉姆说，"我会拯救这个城市的，而你父皇根本做不到。而你将以叛国者和阴谋灭国者被斩首——至少现在我的计划是这样的。"

"而乌寒——也可以说安布瑞尔——还会继续愉快的旅程吗？不能——他的城市需要灵魂才能继续飞行。"

希尔拉姆眼里显出一丝异样，"是的，你的信上是这样说的。但是你是怎么知道的？"

"我——"他停住不说了。他们并不知道安娜格。不能让他们知道。"苏尔告诉我的。"

"啊，可他是怎么知道的呢？"

"他曾经和乌寒一起共事过，在晨风。他们用灵魂将一座建筑漂浮了起来。"

"真理之石的天仪。我认为很有道理。也许他担心苏尔知道怎么摧毁安布瑞尔的天仪。"

"看来你并不相信他，"阿特雷布斯说，"不管你跟他达成了什么约定，你担心他不会履行他的承诺。"

"是这样的，"希尔拉姆回答，"不过反过来，我也不怎么忠实于我的承诺。"

"我父皇怎么会相信你这么个投敌叛国的可耻之徒？"阿特雷布斯说。

"在他眼里，提图斯从来没相信过我。他把我留在身边是因为他没有别的选择。"希尔拉姆又大笑起来，"相信我。你只是你父皇名义上的儿子。提图斯可能是个毫无教养、没有纯正血统的克洛维亚暴发户，不过唯一的优点就是还有脑子。"

希尔拉姆再次举起杯，看了一眼，又放下了。

"我不会害你,"他说,"安布瑞尔——浮空城——马上就要到了,我还有很多事要忙,在我们下次见面之前,还有些东西需要准备。在那之前,我为你准备了住处,希望你能满意。"

第四章

"马兹加!"一个熟悉的喊声传来,突然一个小家伙从一群难民中跳了出来,来找马兹加,原来是小地精。幸好马兹加没有条件反射上来就踢一脚,不然那小家伙就没命了。小姑娘正紧紧抱着她,像一只水蛭一样黏着她不放。

"好了,好了,"马兹加说,"我也想你。别这么激动嘛。"

"出什么事了?你们去哪儿了?"

"我们从香丁赫尔突围时,布雷纳斯和我负责断后,然后就跟大家失去了联系,"她说,"花了很长时间才赶上了你们。"

"啊,真是太好了,你还活着,"小地精说,"我还以为你出事了呢。"她扫了一眼四周,"布雷纳斯呢?"

"他正在马车上歇着呢,就在那儿。"她说。

"你们回来多久了?"

"两天。"马兹加说。

"那你怎么不来找我?"

"阿吉斯队长派我们负责管理这一队人,"她说,"我们除了带路还没机会干别的呢。"

"真幸运我们能分在同一个小队,而且还能碰到。"小地精说。

"是啊。"马兹加也这么想。

很显然在安布瑞尔赶上之前,他们到不了帝都。阿吉斯——他们当中级别最高的军官——决定最好的安排就是把大家分成两队，一队往蓝色之路以北的方向走，一队往南走，但愿僵尸军团的主力不会追赶他们。

到目前为止，一切还都顺利；看样子，安布瑞尔的目标是帝都，他们那时刚好是在它前往帝都的路上。虽然沿途还是遇到了几个僵尸小队，就像曾经袭击布雷纳斯和马兹加的那伙僵尸一样，不过还没遇上过大队人马。

马兹加很不解，为什么他们不绕一大圈再回到香丁赫尔，其实不少难民也都有同样的想法，并且开始议论起来，声音愈来愈大。再说，索恩骑士团也看到了香丁赫尔并没有被敌人占领，没有驻军把守。安布瑞尔的后方应该是最安全的地方。

然而阿吉斯一心想赶到帝都，可没有士兵们的保护，大多数人都不愿意冒着被当成活靶子的危险去那里。现在时候还没到。她有种感觉，这种状态持续不了太久。

他们正行进着，小地精叽叽喳喳说个不停，这时，一个骑着马的人来到他们身侧。

"帝国卫队正在前方，"他大声喊着，"原地待命。"

"看我说得没错吧，"马兹加摸着小地精的头说，"终于有了转机。"

"谁是这儿的头儿？"一位年轻的军官喊道，透着浓浓的克洛维亚口音。

"是我，长官。"马兹加回答。

"你叫什么？"

"马兹加·格拉·亚加什,帝国军团斥候。"

"斥候?你怎么会在这里?"

她跟这位军官解释了一番,军官听完点了点头。

"我认识法尔考斯,"他说,"他是个好人。"

"是的,长官。"

"我是指挥官普罗索斯,现在负责保护这一队的难民,"他说,"鉴于你的经验和表现,我提拔你为队长,做我的副将。"

"谢谢长官。"

"我们的任务是立刻往北行进。塔卡尔将军即将在西面的几公里处与敌军会战,我不想在人群中引起骚乱。老实说,我实在搞不懂你们为什么还在那东西行进的路线周围徘徊。"

"我只能听从命令,长官。"

指挥官普罗索斯大笑,"我喜欢你这么说。你也知道阿吉斯是个傻瓜,可你又不想这么说。好吧,如果你觉得我跟他一样是个傻瓜,你可以直言不讳地说出来。当然,是在私底下说。这是命令。"

"遵命,长官。"

"很好。带领一支小队侦查一下南面的那座山,看看有没有敌人。如果有的话,就发个暗号,然后原地等候。我们会马上赶过去的。"

"遵命,长官。"

她对塔卡尔将军有所耳闻。这位将军来自落锤省,曾经反抗过帝国,后来成了提图斯·迈德的手下败将——传闻二人是通过决斗分出的胜负。而且这个精彩的故事被广为流传,不过她却不是太相信。

不管真相如何,塔卡尔如今可是迈德眼前的红人,而且是最信赖的将军之一。

山上没有敌人，于是马兹加派人下山送信，并且驻扎了下来。

塔卡尔拥兵五千，大部分是骑兵和法师。她从山上看到塔卡尔的军队正在一大块空地上列兵集结，另外还有八辆大型战车，看起来是某种攻城装备。

"真希望我也能加入那支大军，"她对布雷纳斯说，"我真是不想再跑了，烦死了。"

"哦，没事，虽说不能加入，不过能看看也好。"布雷纳斯说。

布雷纳斯说得没错。不到一个小时之后，随着安布瑞尔投下的阴影步步移近，塔卡尔的大军遇到了实力强劲的敌手。不知为何，僵尸军队缩小了行军范围，仅仅在浮空城下方的一小块范围行进，而不是像先前在村子里那样肆意扩张。

刚开战不久，马兹加就听到了远处传来的震耳欲聋之声，她看着陆地上的鏖战，只看了一会儿，也是唯一的一会儿——因为空中的激战已然打响。军中的半数人都突然间离开了地面，连同战车一起，飞向了那座浮在空中的城市。

"噢耶！"布雷纳斯激动地呐喊。正屏息凝视着军队飞行的马兹加被他这一吼吓了一跳。

就在士兵们即将接近安布瑞尔之时，一群敌人从城市上空飞将下来，与其迎战。马兹加曾经见过这群敌人；他们看起来像是鸟，至少从远处看是这样的。他们俯冲下来，然后眨眼间就消失了，变成了缕缕青烟。布雷纳斯告诉她，这些都是尸体中附着的灵体，当浮空城进入湮灭位面的透明泡膜时，他们也随之穿过泡膜，于是便失去了自己的肉身。

帝国军队已经进入了泡膜里面,像鸟一样的那群怪物蜂拥而至,向他们冲来,猛烈地冲进他们的身体。刹那间,电光火石弥漫天际,人们的叫喊声响彻云霄。叫喊中的人们从天上纷纷坠落,细看之下才发现——绝大多数掉落中的人身穿的都是帝国军队军装的颜色。

战斗持续了不到一个小时;只有一辆战车接近了安布瑞尔的边缘,却没有一辆能够进入其中。

陆地之上,传来了哀鸣的号角声。塔卡尔撤军了,而安布瑞尔未受到丝毫冲击,继续挺进。

当晚他们继续带领和指挥平民们绕开安布瑞尔飞行的路线行进,直至翌日,都没有看到僵尸军队的踪迹,甚至连散兵游勇也没有出现过。

"看来浮空城的主人目标已经锁定了帝都,正全力驶向那里,"普罗索斯对马兹加说,"统领认为对那些难民来说,只要有一个卫兵保护就行了,即使那卫兵已经骨瘦如柴。许多百姓都偷偷溜回了香丁赫尔,我们也放他们走。毕竟我们不能一直都养着他们。"他伸了伸腰,"这里就交给你负责了,队长。照看好这些人——一切靠你自己了。"

"您要去哪儿,长官?"

"去增援帝都。"

"我要跟您一起去,长官。"

"我是为你好,"他轻声说,"战争有多么残酷,你不是没看到。"

"不,长官。如果您命令我负责这里,那我只能听从,但是我的使命是参战打仗,而不是当他们的保姆。我的母亲英勇无畏，战死沙场——如果她看到今天我这样会怎么看我？求您了，长官。这里有的是人可以像牧人一样看守这些小羊。"

他考虑了很久，才叹了口气说："那好吧。"

布雷纳斯清了清嗓子然后开口了。

"她奉命要保护我。"他说。马兹加转过身——她竟然不知道布雷纳斯就在身旁。

"是真的吗？"普罗索斯问。

"是法尔考斯下的命令，"她承认不讳，"每位法师都会被指派一个护卫。"

"是帝国统战部直接授命的，"布雷纳斯说，"任何情况下都不可有违此令。"

"可任务已经结束了，布雷纳斯。"马兹加说。

普罗索斯摇摇头，说："他说得没错。如果他所言为实，那你必须陪他留在这里。"

"非也，"布雷纳斯说，"在下之意是我必须也跟你们一起走。"

第五章

"一切都归于平静了。"马罗长官说。

"是啊,"科林也有同感。从城墙之上望去,一望无际的拉玛尔湖碧波荡漾,更远处的湖心岛上郁郁葱葱。只有视线最远处,瞭望之下,能看到萧瑟惨败的景象,看上去像是一片乌云压顶,仿佛顷刻间疾风骤雨即将来临,但是科林知道其实并非如此。

"什么时候发现它的?"科林向马罗询问。

"两天前。"

"然后呢?"

"皇帝坚决不同意撤退,即使现在撤也来得及。塔卡尔将军组织起了防御反击——他带领了一支庞大的军团。希诺法师们施展法术将近三千士兵传送上天,但是某种可以飞行的魔族顷刻间就将那些人全部杀死。法师们也使用了别的魔法——听说足有百余种——可惜都起不到任何效果。就像他们事先就知道我们要做什么一样,而且早已做好了准备。所以目前,我们只知道所做的这些都是徒劳无功的。"

"必须找到可行的办法,可惜留给我们的时间不多了。"科林说。

"你有什么想法吗?"

科林犹豫了一下,这一小小的举动被马罗识破了。

"你肯定隐瞒了不少的事情,"马罗长官其实早已有所察觉,"而且经常魂不守舍。当你开始着手这项任务的时候,我就告诉过你,光想是没有用的,不过我们也都知道真相要比想象的复杂得多。有时候,我倒认为如果我手下的巡捕私下调查案情,我也应该睁一眼闭一眼,予以通融。我不知道你调查到了什么程度,但是如果你获取了什么对我们有利的信息,现在就向我汇报。如果你觉得还是不说为好——那你就赶快采取行动。"

"我明白了,长官,"科林说,"我会好好考虑的。"

"很好。还有一件事,你也许会感兴趣。"

"什么事,长官?"

"我收到了可靠的线报,在码头区发现了阿特雷布斯王子的行踪。"

"那里不是已经被敌人占领了吗?"

"是的。情报人员没有亲眼见到。只是据说阿特雷布斯被绑架了,头上套着袋子被人带走了。"他双手背在身后,"我知道维尔将你调离了阿特雷布斯的案子。我只是觉得你会对这个消息感兴趣。"

"这件事大概是什么时候发生的,长官?"

"几天前。情报人员也没说太详细。"

"谢谢您,长官。"

阿特雷布斯在小牢房里走来走去,摸摸栏杆、敲敲墙面、踩踩地板。而苏尔——此刻正在他的对面昏迷不醒——他想把他叫醒。他不断地叫着苏尔,也不知道这样持续了多久。

最后,累得声嘶力竭,一屁股坐在了地上,思索着目前的处境。

突然听到了脚步声，于是立即躺倒在地，装作睡觉，耳朵始终听着动静。

是希尔拉姆，不过看都没看阿特雷布斯一眼，就径自穿过了牢房，走到了下一间屋子。顺着门缝，阿特雷布斯看到希尔拉姆停住了脚步。然后突然有东西在发光，是一面很大的镜子，像旋转着的纺车一样发出耀眼的亮光，希尔拉姆瞬间就不见踪影了。

他去哪儿了？显然，是用了魔法。他听说过传送术，但是从来没见有人用过。就像是幻觉一般——不过希尔拉姆为什么这么匆忙呢？

"安布瑞尔。"他喃喃自语。

肯定是。很显然，希尔拉姆和乌寒或者安布瑞尔一直秘密联络。他原先以为他们通过某种类似咕咕鸟这样的工具进行联络，但是会不会他们其实是直接见面联系呢？

他站了起来，想看得更清楚些；他看到了地上有一个红色的魔印。

他一直盯着，可惜倦意渐渐袭来。他疲倦得不行了，眼睛半眯半睁。突然间，他惊讶地发现在那红色魔印之中的竟然是一只小小的老鼠，在四周嗅来嗅去。那老鼠立起小脑瓜，紧紧地趴在地上，像是头顶上有什么可怕的东西。

大约又过了半个小时，阿特雷布斯又有些睁不开眼了，正迷糊之中，突然又亮起了光，希尔拉姆站在了那里。

而那只老鼠却消失不见了。不是匆忙逃跑了，也不是被一脚踩死了——他很确定，因为他一直看着，眼睛眨都没眨。它就是凭空消失了，就像希尔拉姆一开始那样。

阿特雷布斯希望这位宰相大人赶快走了就完事了，没想到他却没走——他停在了苏尔的牢笼前，握住栏杆，那栏杆闪了一下光。然后他退后几步，似乎是在观察着这个昏迷不醒的男人。

苏尔不安地全身乱动，接着又连声惊叫。

"快停下！"阿特雷布斯大喊。

希尔拉姆转身，竖起了眉头。

"不是我干的，"希尔拉姆说，"我只是叫他醒来，现在我终于腾出时间来处理你们了。我发现两个人一起审问更容易一些。不，不管是什么事，它都在苏尔的脑子里。但是别担心，我会找到他尖叫的原因的。

"希尔拉姆，"阿特雷布斯说，"听我说。现在改变主意还来得及。不管你跟安布瑞尔做了什么约定——"

"你要是再出声的话，"希尔拉姆靠近牢笼，说，"最好说些有用的话。那样的话，我还会让你好过一点儿——我问你问题，你直截了当地回答我，怎么样？"

"我什么都不会说的。"阿特雷布斯说。

"真的吗？连你的名字也不说吗？"

"什么意思？我叫阿特雷布斯·迈德啊。"

"很好。"希尔拉姆一边说着，一边用一只手做着奇怪的动作。

阿特雷布斯感到有什么东西轻轻触碰着他的额头，然后突然双膝跪地，一股极度悲伤痛苦之情涌遍全身。他忘形地痛哭，不由自主地哀嚎，难以抑制。

一瞬间，这一切都停止了。他发现自己正趴在地上，浑身不住地颤抖，这种感觉他再也不想感受到了。

"这就是回答对了的结果，"希尔拉姆说，"还想再试试别的吗?"

行啊!他想,但是他闭上了嘴,不作回应。

可是这一切又卷土重来了,这次的时间更长。他压抑住内心的激愤,用意志力控制着自己,但是根本没用,很快就败下阵来,只盼着再也不要经历这些了。

但是,希尔拉姆岂能让他如愿,一次又一次地折磨,他真想立刻就死去。

"住手,"他听到了一个低沉嘶哑的声音,"他已经到了极限了,就快承受不住了。你会毁了他的。"

是苏尔。这个丹莫人已经站了起来,身子倚靠在栏杆上。

"我们可以试试,苏尔。"希尔拉姆说。

"我记得你,"苏尔说,"当年你是帝国派驻到晨风的大使。"

"正是在下。你的记性不错——那就考验一下你的记忆力吧。为什么安布瑞尔怕你?"

"因为我将要亲手取下他的首级。"苏尔说。

"是吗,可你已经试过一次了,"希尔拉姆说,"可惜并没有成功。尽管如此,安布瑞尔还是忌惮于你,这是何故?"

"你自以为了解他,其实并非如此。"苏尔说。

"是的,我无须了解他,"希尔拉姆说,"但是这却关系到我的宏图大业。一切都有条不紊地进行着——我多年来所期盼的那一刻终于即将到来。因此,我不希望有任何闪失,特别是不希望因他而出现什么差池。"

"世事无常,这是难免的。"苏尔说。突然苏尔惊声尖叫起来,厉声地嘶吼着——那声音就像沸水浇身一般地痛楚,阿特雷布斯从来没在苏尔的脸上看到过如此痛苦的表情。希尔拉姆转向阿特雷布斯,说:"不老实回答我,就是这样的下场,还有比这更厉害的。"

阿特雷布斯猛地冲向牢房的栏杆，伸出双臂要抓住宰相，可惜希尔拉姆离他太远了。

"咱们别绕圈子了，"希尔拉姆说，"安布瑞尔害怕的不只是苏尔吧？"

阿特雷布斯站在原地，直喘粗气。希尔拉姆已经猜到了，不是吗？不能对希尔拉姆泄露任何他不知道的消息。可是如果保持沉默，希尔拉姆会再次折磨苏尔。

"是的。"他低声说，他知道自己这么做是正确的，心里不禁有些暗暗自喜。

"是那把剑，对吗？他害怕那把剑？"

阿特雷布斯开心大笑，但是马上这种喜悦就消失了，因为苏尔再次痛苦地叫喊起来。

"是的！"他大喊。希尔拉姆满意地笑了。可突然宰相又问了阿特雷布斯另一个问题。而他却无法回答，虽然他拼命地想给出让希尔拉姆满意的答案，可是他不能……

他根本无法集中精神听清宰相说的话。他满脑子回忆的都是刚才的那个感觉，那种伤心绝望的失落感。他趴在石头地面上，掩面哭泣。

也许是过了几个钟头，也许是过了几天，他终于意识清醒了。有生以来，他第一次真心想一死了之。这个世界太可怕了，现实是如此的肮脏丑恶，他已无心留恋于这世上。

"阿特雷布斯，"苏尔说，"阿特雷布斯，听我说。"

他费力地睁开眼皮，却无力再站起。

"说什么？"他吃力地开口。

"你会渡过难关的。虽然现在情况很糟，但是你一定会挺过去的。"

"不。他还会回来的。他会撬开我的嘴,供出一切,然后把我杀了。"

"他不会的,"苏尔说,"他不会回来了,因为我跟他招了。"

"什么!你个该死的!"阿特雷布斯大吼着爬了起来,拼命地拉拽着监牢的栏杆,"我要杀了你!这是唯一的秘密,唯一的办法——"他一下子恼羞成怒,挥起双拳凿击墙面,手指关节都磕出了鲜血。

"这是我们仅存的希望。"他终于开口了。

"我知道。"苏尔点点头说。

"那你为什么还要告诉他?"

"因为他还会继续问你,你会被他毁了的。而现在,虽然你仍有愤怒,但至少你还活着。"

"可希尔拉姆现在——你跟他说那把剑的事了?那把剑的秘密?"

"是的。"

阿特雷布斯无力地瘫坐在地,全身都在发抖,"那为什么我们还活着?"

"以防万一。"苏尔回答。

"什么意思?"

"如果事情进展不像希尔拉姆预计的那样,他说他会把剑交给我们,并且把咱们送到安布瑞尔。"

阿特雷布斯立刻用满是鲜血的手背抹去了脸上的泪水,"那就是说我们还有机会?"

"也许还有。他传送自己去了某个地方,但是没有带着那把剑。但是,你得静待时机,听到没有?"

"我不知道自己行不行。"阿特雷布斯说。

"我知道你可以的，"苏尔说，"我说可以就可以。"

科林回来了，回到了隐藏在城市下面的密室，其实他每晚都是如此。艾瑞丝已经走了五天了，他已经开始有些觉得她不会回来了。所以，当他看到有人出现在密室等着他时，他直觉地拔出了匕首。

"是我。"她说。

他真是一时不知该如何是好。他是不是该立刻冲上前去，抱住她，亲吻她？

"你还好吗？"他什么都没做，只是问了这么一句。

"很好。只是时间比预想的久了一些。村子里到处都是那些僵尸怪物。"

"你有什么发现吗？"

"我也很高兴见到你。"乐泰恩说。

"我——我很担心你，"科林说，"我还以为——"

"没事了，"她说，"来吧。"

过了一会儿，乐泰恩对科林说："关于那些图表，我没有找到任何线索，实在抱歉。"

"要找到线索确实很难，"科林说，"真是让人头疼啊。"

"现在怎么办？"

"我要回去，"他说，"回到希尔拉姆的私人住处。"

"为什么？"

"我觉得他可能抓走了阿特雷布斯，"科林说，"虽然没有确凿的证据，但是如果是真的——"

"那么皇帝就有了充足的理由开始行动。"

"我认为不需要再说服皇帝了,"他说,"安布瑞尔近在咫尺,我得想办法对付它。"

"是啊,"她说,"是该如此。"

"那好,"科林说,"我得找些东西。如果我没有回来——"

"那么我一切都要知道。这次,我跟你一起去。"

"艾瑞丝——"

"这次不只是偷偷溜进什么地方这么简单,我跟你打赌,你需要我。就这么定了,无须再言。"

"那好吧,"他说,"你准备好了吗?"

"让我先穿上衣服再说。"她娇嗔道。

入夜,无声无息之中,两个穿着夜行衣的人突然而至,低头看着阿特雷布斯。阿特雷布斯简直难以置信,只见那两人一男一女。女的是一位漂亮的金发女郎,而那男的却相貌平平,棕发绿眼。

"阿特雷布斯?"那男人小声说。

阿特雷布斯沉默不语,只是看着他,心想不知希尔拉姆在搞什么鬼。难道宰相改变主意了?

"你是来杀我的吗?"他问。

"不是,"那男人回答,"希尔拉姆在这里吗?"

"不在,"苏尔回答,"不过他随时会回来。"

"很好,"那男人说,"听着——我们是皇帝的手下。我们来救你们出去。"

"这里不只是被上了锁。"苏尔提醒他们。

"我看出来了,"那男人说,"别出声,给我点儿时间。"

那男人仔细观察着囚禁阿特雷布斯的牢房。他闭上了眼睛，全神贯注。阿特雷布斯觉得自己颈后的头发都竖起来了。过了一会儿，那男人睁开了眼睛，看起来自信满满，然后拿起了锁。咔嗒一声，锁开了，牢门被打开。

"你是谁？"阿特雷布斯问。

"我是科林·万尼班，"那男人回答，"请跟我来，殿下——"

"苏尔，把苏尔也救出来。"

科林看了一下关着苏尔的监牢，"这个要更困难一些，"他说，"需要很长的时间。"

"没关系，试试看。"阿特雷布斯说。

"可万一希尔拉姆回来——"那女人说。

"我们想他在安布瑞尔呢，"阿特雷布斯打断了她的话，"他去了隔壁的房间，站在一个魔印之上，然后就不见了。他还会从同一个地点回来。如果你站在那里等他，一定会吓他一跳的。"

"这个主意不错，"科林说，"艾瑞丝？"

"我明白了。"她回答说，然后走进了隔壁的房间。

"希尔拉姆对你够关照的啊。"大约过了半个钟头后，随着最后一部分咒语的解除，牢门终于被打开了，科林对苏尔打趣道。

"显然，关照得还不够，"苏尔说，"你是怎么知道我们在这里的呢？"

"我监视他有一阵子了，"科林说，"传闻说王子被绑架了，我想应该来这里找找。"

"现在该怎么办？"艾瑞丝问。

"现在你带王子回到他父皇身边,"科林说,"我留在这里对付希尔拉姆。"

"他会杀了你的,科林。"艾瑞丝决断地说。

"他一出现我就抓住他。"

"不行,"阿特雷布斯声音嘶哑地说。他刚才一直垂头丧气地坐在监牢外面,而现在突然站了起来。

"殿下——"

而阿特雷布斯走向了丹莫人,"我们可以到那里,苏尔,"他说,"去安布瑞尔,用希尔拉姆的方法。"

"他用了某种东西,"苏尔说,"我想是那个东西启动了传送门。我们得从他手里拿到这个东西。"

"不,不用,"阿特雷布斯说,"我决断如果我们站到那个魔印中间,等他回来的那一瞬间,我们就会被传送到那里。我曾经见过一只老鼠就是在他出现的那一刻消失的。"

"等一下,"科林说,"听我说。如果我们把您护送回您父皇身边,他可以派遣上百人通过传送门——无数士兵还有法师——您根本无须亲自前去,王子殿下。"

"万一传送门只对希尔拉姆才启动呢?万一只有他才知道启动传送门的咒语什么的呢?我们不能冒此危险。苏尔,我们得在希尔拉姆回来之前找到那把剑。"

"等有时间我再跟你们解释吧。"王子说。

"要是他不会来了呢?"科林跟着他,语气急切地说,"要是他一直待在安布瑞尔直到城市陷落才回来呢?"

"我不知道,"阿特雷布斯说,"但是我认为他会回来的。你们留在这里,见机行事。"

"我觉得他是对的,"艾瑞丝等他们走后说,"我也觉得等安布瑞尔一到帝都,希尔拉姆就会回来的。"

"为什么?"

"直觉,"她说,"王子决意已定——就让他随心而为吧——我们留在此地静候希尔拉姆。"

"王子真是异想天开。"科林悄声说。

"你带不走他。"

"谁说的,我当然能。他父皇会感激我的。"

他听到脚步声,他们回来了。苏尔背着一个用布条裹起来的东西。看样子是一把剑。

苏尔和阿特雷布斯走向了魔印。他们一脚踏了进去,但是什么也没有发生。

"你能打开传送门吗,苏尔?"

黑暗精灵摇了摇头,"这不是湮灭的大门或者通道。我也无能为力。"

"那好,我们就等着好了。"

"殿下,"科林说,他想再尽力挽留一下,"我的任务是将您护送到安全之地,而不是看着您往火坑里跳,往敌人的老巢里钻。"

"我知道你是怎么看我的,"阿特雷布斯说,"说实话,现在我最想做的就是回到我的宫殿,躺在我的床上,哪怕死在那里也好。但是我不能。我永远也不会成为书中把我描绘成的那种英雄。但是我的使命已经开始,而且我要将其完成。我不想再谈论这些了,作为你们的王子,我命令你们此事不许再提。"

科林深深吸了一口气,然后点点头,"遵命,王子殿下。"

阿特雷布斯和苏尔站在魔印当中，做好了准备。巡捕——科林——还有那个女人，艾瑞丝，站在身后，魔印之外。苏尔解开了"暗影"剑，替代掉了他平时使用的武器。

"你有什么计划？"阿特雷布斯问道。

苏尔看向阿特雷布斯，眼神比平时更加深邃。

"如果希尔拉姆此刻正在跟乌寒碰面，那我们就走运了，即将立刻就出现在他眼前。如果是这样的话，我就当即用剑刺向他。倘若一切顺利，这把剑就会将维尔的力量收回。我便有机会亲手杀了乌寒。"

"那然后呢？"

苏尔歪着脑袋，仿佛是听到了异族的语言。

"然后他就死了啊。"他轻言轻语地说，像是跳跃在琴谱之上的音符。

"可安布瑞尔呢？倘若没有维尔的力量使天仪运行，那它就会从天上掉下来，或者——"

"维尔说过他会接管过去的，"苏尔轻描淡写地说，"你不记得了吗？"

"对啊，不过——"突然，他一下子明白了，"原来你只管杀死乌寒，别的你什么都不在乎。"

"我除了说过要杀死乌寒，还说过别的吗？"苏尔斩钉截铁地说。

"呃——没有。但是我以为——"

"别试图揣测我，"苏尔说，"也别那么大惊小怪的。我只管杀死乌寒——别的就是你自己的事了。你知道我一抽出'暗影'剑会发生什么吧——你还记得厄胡尔吧？一旦我拔出剑来，最好离我远点儿，赶快去找那个女孩或是你一心惦念的什么人去吧。"

"那你为什么还要我跟着你一起呢?"

"因为如果我们出现在那里的时候,乌寒却不在,我们就得找到他——而你身上带着那个魔法鸟,另外还有身处高位的朋友。所以我还会借助于你。而说到鸟……"

"对了。"阿特雷布斯说着便立即打开了他随身背着的袋子。

第六章

　　他在漆黑如墨的水中游走，不时从被水浸烂的叶丛中探出头来，一双锐利的双眼越过水面观察着浅滩和岸边的动静。这里，柏树的树根交错缠绕，盘根错节，水池深处大型的生物不会尾随他追到这里，危险往往来自陆地之上。

　　泥土里有东西在动，他用带蹼的爪子一把抓住，举起一看，是一只有着毛，长着腮的孑孓。他开心地一口将其吞下，然后再继续找，不一会儿肚子就填饱了，他想晒晒太阳。于是他慵懒地游回了大家聚集的洞穴。

　　先到的示意已经占据了各自的地盘，所以他只好爬到了一根圆木上，那里已经被他的同类挤满了，他从他们身上慢悠悠地爬过，直到感觉肚皮蹭上了粗糙的树皮。他的同类们都被他吵醒了，漫不经心地抱怨他跟他们挤地盘。他感觉到太阳照在身上，开始幻想着自己的未来的日子：游水、晒太阳、杀戮、躲避被杀、日出日落、月明星稀，一切都是那样的神奇、一切都是那样的惊险，一切都是那样的美好。就这样日复一日，年复一年。

　　后来，有了树根，他们开始吸取树液的精华，也开始有了变化。有的变化缓慢，有的变化迅速，他——还有他们一起——在时间的长河里共同游走。他原先的身形还在，只是有了变化，那是树根根据从某处而得的记忆，而促使他形成的样子；他的后腿变长，背脊突起。头脑中的简单思维也开始发散延伸，曾经意识中简单的认知，诸如温暖、明暗、动静、恐惧、满足、生气、欲望等也变得更加清晰鲜明，并且更加系统和完善，而不仅仅是简单的客观认知。世界还是这个世界，却感觉比以往更加广阔，更加新奇。

死而复生，生而又死，生死轮回往复全都源于树根，也归于树根，每一次的生命都有所不同，也都始终如一。

直到有一天，树根被移去，他成了孤身一人。聚居的洞穴空空如也，只剩下他一人——没有长者，也没有同类。他游走在漆黑的水中，忘记了一切，忘却了自己，融化于无形。

但是在忘我的融合之中，意识也随之融于无形。一人即是众人，众人即是一人。他唱着歌，曲调哀伤，似是追忆，似是祷告。纵声高歌，那歌声来自每根枝丫和根基，那歌声发自内心，深入骨血。

我想回家，他唱道，我想回家。

格里姆睁开了眼，大口喘着气，从嘴里喷出水来，他最后的记忆是来自胸口处的剧痛，还有全身散发出的恐惧。渐渐地，记忆越来越清晰——心脏停止了跳动，整个人陷入了冰冷的虚无之中。

他还想起了菲娜，仿佛就在眼前。随后他才晃过神来，他见到的菲娜不是在他的记忆里，而是现实中——她正焦急不安地看着他。

"怎么了？"格里姆说。

"天啊，你在说话！"菲娜说。

"我这是在哪儿？"

"在一个安全的地方,"她说,"只要知道你很安全就好了。"

"我不明白。"他有些茫然地说。他感觉自己的皮肤很紧实,有些发痒,此刻他正在发抖,脑子里满是一幅幅不停转换着的画面,似梦似醒,仿佛回到了家乡,正轻触着城市之树的树根,只是这感觉比以往更加强烈,更加新奇,更加无拘无束。

"我这是怎么了?"他说, "好像不是原来的我了。那些树——"

"你现在能听到他们了,"她说, "就像我能听到他们一样。"她轻轻触碰了一下格里姆,脸上顿现不解之色,"不,"她说,"跟我不一样。比我听得更清楚——也更多——就像你是他们之中的一员似的,格里姆。"

"我不是他们,"他说,"我就是我。"他压制住了那些不断涌进他脑海里的东西。

"到底怎么回事?"他不解地问,"我以为我死了。可我确实死了。"他摸了摸自己的身体,又摸了摸脸,"我的伤口怎么不见了?"连一丁点伤疤也没有。

"她这么做是为了救你,"菲娜告诉他, "为了确保你的安全。"

"她做了什么?"格里姆发问,他感觉自己快要急疯了。

"我杀了你,"一个熟悉的声音传来,"是我杀的你。"

是安娜格,但是她怎么会这么说。

"她是为了救你。"菲娜将手放在格里姆的肩膀上轻声说道。

"你们两个在说什么啊,我完全听不懂。"他怒吼着。

"冷静点,格里姆,"安娜格用他们两人惯有的方式说,"平静下来,听我解释。"

他安静地听着，安娜格一边观察着他的表情，一边跟他解释说他还是格里姆，还是那个从小跟她一起长大的朋友，她不是想杀死他，而是为了救他。

不过格里姆的脸跟以前并不完全相同了。看起来更加年轻，这倒容易理解，可是脸型和模样也有了些许不同；脸的颜色没有变，但是锈色更多了一些。她要是几个月前看见这个人，一定会认为这是格里姆的兄弟，但是不管怎样，她还是不会把这个人和格里姆看成是同一个人的。

虽然外表有变化，但是内心还是一样的。他还是那个格里姆。当然，如今的他比原先的格里姆多了一丝心神慌乱，似乎难以集中精神听她讲话，不过这肯定是孵化过程中产生的副作用。从幼虫长到成年，而且几天之内就有了十八年的记忆，一定是个不小的震动和冲击。

但是格里姆并没有想到这些。

"你是说我已经不再是以前的我了，"他用一种奇怪的语调说，安娜格从来没听过他发出过这样的声音，"我是个复制的？"

"不是，"安娜格说，"你们都拥有同一个灵魂，格里姆。在安布瑞尔把你的灵魂带走之前，我用自己制作的毒药把它提取了出来。"

格里姆抓挠着自己的身体，"可这不是我的身体。甚至不是撒西勒的身体。这是从幼虫发育而来的。我不是——"他浑身颤抖着，几乎站立不住，"在你眼里我是什么？就是一个试验品！'喝下这个，格里姆，你就会变成隐形，这会让你飞起来，这会要了你的命并且让你死而复生'，不，不是这样的，不是这样的!"

安娜格感觉全身都被紧紧地勒住了,被身上一层层的衣服紧紧裹着,什么也听不见,什么也看不见,她想呼救,声音却淹没在层层围裹的衣纱之中。

"对不起,格里姆,这是我能想到的唯一的办法。"她尽了自己最大的努力了,现在看来还是不完美,也许永远都无法达到完美。

"听着,"她尽力想要平复格里姆的情绪,"我知道现在对你来说无法接受这么多的事情。我知道你在恨我。但是我要告诉你一些事情,我正计划——"

"住口,"格里姆躲开了安娜格的轻抚,"曾经我参与过你的计划,你说什么我就做什么,对你言听计从。现在,我不会再这么做了。"

"格里姆,你听我说。"安娜格说,但是他却转过身,愤怒地走出了房间。安娜格跟在他身后,湿漉漉的脚印延伸到了阳台,然后就不见了。她站在阳台向下看,只看到水面上的阵阵涟漪。菲娜也来到了阳台,站在她身旁。

"回到边缘森林吧,"她对菲娜说,"我敢肯定他会去那里找你的,如果他没有立刻被再次杀掉的话。也许你说的话他能听进去。"

菲娜点点头,轻轻地走了,留下安娜格孤单一人,眺望着这座神奇而疯狂的城市——安布瑞尔。

她的项链盒发出了滴滴的响声。

她把项链盒拿起来,看了一下,然后轻轻打开。

阿特雷布斯看上去疲惫憔悴,像是一个多月没有睡觉了一样。

"你好,"他说,"你还好吗?"

"好得不能再好了。"安娜格回答。

"听我说,"他说,"我没有太多时间跟你细说。苏尔和我找到了一个办法前往你所在的城市。我不能确定什么时候会到那儿,也不知道最终会到具体什么地方。"

"到底怎么回事?"她问道。

"希尔拉姆,我父皇的宰相——他与安布瑞尔相互勾结。我们认为他通过魔法门穿梭往来于两地之间。我们希望他回来之时,我们同时被传送到他去往之地。"

她的神经突然绷紧了起来。

"我该怎么做?"

"我们想要用那把剑,就是我们以前提到过的,"他说,"就算我们成功到达了,我也不敢确定到时会发生什么。但是我想应该让你知道这件事,这样你可以事先做好准备,只要有一线机会,就赶紧从那里逃走。"

"那你呢?"

"等一切结束了,苏尔也许会把我俩再次带进湮灭。"

在安娜格看来,似乎阿特雷布斯根本不在乎自己的生死。

"阿特雷布斯,"她说,"我很抱歉,以前那样对你,对你发火——"

"没什么的。我想……我想也许你那样做是对的。我觉得将来有机会我们可以好好谈谈。"

"好啊,"她说,"等有机会。"

"我要关上咕咕鸟了——不管何时,我都得做好作战的准备。我只想让你知道将会发生什么事。如果有机会的话,到了那里以后我会再跟你联络的。"

"一定要联络我。"她说。

项链盒变黑了。

她最后看了一眼阳台远处的景色，然后昂首阔步走向了厨房。

几个小时过去了，阿特雷布斯开始担心，也许科林说的没错，希尔拉姆根本无意再返回帝都。等待给了他们时间可以充分交流各自掌握的信息，但是除此之外，等待完全是一种折磨。他脑子里一直回想着希尔拉姆折磨他时的那种感觉，他害怕如果再次发生这种情况，他根本无力反抗。

"艾瑞丝？"

"属下在，王子殿下。"

"你说你是我父皇的手下。"

艾瑞丝看了一眼同伴，但是他并没有任何反应。于是她只好转过来，看向阿特雷布斯。

"回殿下，我曾经一度是他的秘密属下。"

"你有密印吗？"

她点点头，正要给他看，他却摇了摇头。

"不用了，我相信你。"他深呼了一口气，"所以，关于我的事，你都知道？"

"我不太明白您的意思，王子殿下——"

"我敢肯定你很清楚我的意思。"他说。

她微微做了个鬼脸，然后点头承认了。

"你能告诉我为什么吗？"他问

"您的父皇——他是一位英勇的将军，也是一位很有手段的帝王。我从来没见过像他那样强大的男人。但是您是他唯一的软肋。"

"软肋？我父皇可从来不会感情用事。"

"我不是这个意思,"她说,"我是说他不知道该怎样对待您。希尔拉姆当时建议把您塑造成一位少年英雄,我想他也因为有人给他指出了方向而感到些许的如释重负。通过这个办法,他可以时时关注您,同时也让您感到快乐和满足。"

"是啊,我十岁的时候,也许是这样,"阿特雷布斯说,"但是十五岁呢?十九岁呢?"

"有时,有些事一旦开始,就会一辈子都这样持续下去了。没人能预见到将持续多久,也没人能知道这将对您造成怎样的影响。我已经十年无缘见到皇帝,再跟他毫无拘束的谈话了,但是我相信他还是希望能将您从这种束缚中渐渐解脱出来,让您娶妻生子,把您的生活安顿下来,准备让您统治这个帝国。"

阿特雷布斯全神贯注听着她的话,沉浸在回忆中,他想起了戈兰临死前还说过他刚刚结婚不久……

"他们都因为我而死了,是我害死了他们,"他痛心地说,"我早应该知道这些的。我早应该想到的,可是我却不愿去想。结果,因为我,那些跟随我的人,他们都——"

"是希尔拉姆干的,不是您。"科林忍不住插嘴道。

"他说得没错,"苏尔直截了当地说,"现在没时间谈这些事了。"他的声音又柔和一些,"也许我们该听从他的建议——去找你的父皇。我一个人前去刺杀乌寒,如果我一个人不行的话……"他话音减弱,最后停住不说了。

"那就算带着我去也没有用,是吗?"阿特雷布斯替他说完了最后一句,"你不是说还需要咕咕鸟吗?"

"我会找到他的。"苏尔回答。

"我不是像你一样的勇士,"阿特雷布斯说,"我也不会什么法术。但是要是没有我的话,你早就死在厄胡尔手里了。"

"是的。"苏尔也承认了。

"所以你需要我。"

苏尔深吸一口气正要反驳，突然阿特雷布斯听到了一声巨响，震得他都耳鸣了，吓得他心都要跳出来了。他身子摇摇晃晃的，竭力不让自己倒下。黑暗之中，一个人站在他眼前。

"乌寒！"苏尔怒吼道。

丹莫人惊讶地瞪大了眼睛，张大了嘴巴，但是还没来得及说话，苏尔就已经拔出了"暗影"剑，剑锋凌厉。

苏尔挥剑而出，砍向乌寒的头，乌寒轻声一哼，黑暗精灵一剑砍空，只见剑锋之下一道幽蓝的剑光。

阿特雷布斯拔出他的闪光剑，刺向乌寒的腿关节，虽然一剑刺到，但是却像刺在坚硬的钢铁上一般，被结实地挡住。乌寒对他视而不见，单手击向苏尔，将苏尔推出数丈之远。

阿特雷布斯再使一剑，乌寒怒目而视，刹那间他感觉周身顿时冰冷刺骨。他失去了先机，乌寒轻而易举便低身避开，然后箭步而上，抓住了阿特雷布斯的衣领。

苏尔一声怒吼冲向乌寒，再次向他一剑刺去，所有人都跌入了混沌缥缈之中。

整个世界，以及繁星璀璨的天空，还有阴森幽暗的安布瑞尔都如同噩梦一般在阿特雷布斯身边纠缠着，一种出于本能的恐惧如电流一般蹿遍全身。感觉已经跌落了好久，其实他知道他只惊叫了一声便落在了一个感觉奇怪而又松软的东西上。火光闪耀，就像一只燃烧着的巨掌一般。他跌跌撞撞想要站起来，但是身下的平面剧烈地摇晃。

他这才发现自己身在何处——在一片水晶之林的顶端。

这是他想到的最好的名字。这是他和苏尔上次来过的地方。

俯瞰下面，遥远的深处，是一张巨大的网，网线柔韧而且透明，像玻璃一样，铺满整个天空，将所有的建筑、山谷、水池全都笼罩在这张巨网之下。数百条纤细的丝状网线向天延伸而出，如树枝一般延展，直到汇聚成漫天的透明枝丫，最高处的枝丫也只有手指般粗细，而后便垂落下来。

他费了半天力气才勉强站了起来，听到了苏尔正在大叫。与当初苏尔在昏迷中的哭喊不同，此时他听到的喊声更加歇斯底里，简直像疯了一样。这让他想起了厄胡尔。

苏尔再次攻向乌寒，安布瑞尔之主脚下的玻璃丝线迅速弹起，将乌寒升起，躲过了利剑的攻击。水晶之林突然发出了蓝白色的光，乌寒的眼睛里也闪耀着同样颜色的光色。阿特雷布斯感觉到有东西缠住了他的脚踝，要把他拽倒，苏尔也碰到了同样的情况。

"你们竟敢把它带到这里来？你们以为我会怕它吗？"乌寒高声咆哮着，震得阿特雷布斯的脸都在抖动。

苏尔唯一的回应就是含糊不清的叫喊声，同时一剑挥向支撑着乌寒的丝状网线。剑锋所到之处，水晶般的丝线应声而断，如破碎的玻璃，断得粉碎，阿特雷布斯见状大吃一惊。

看着那些支撑他的东西顷刻间四分五裂，乌寒也是吃惊不小。阿特雷布斯听到了奇怪的哼声——就像是从他嘴里哼出的声音一般——然后大片的丝线瞬间黯淡下来。只剩下一小块，载着乌寒躲过了苏尔的又一次攻击，而那些支撑着苏尔的丝线，依然闪烁着亮光，而且亮光丝毫没有减弱。

乌寒口中喊着什么，一股黑影袭向苏尔，将他震出老远，"暗影"剑也飞脱出手。越来越多的丝线变得黯淡，只残存一息淡紫色的微光，有的甚至失去了光芒。

阿特雷布斯，现在完全摆脱了束缚，于是奋力攻向乌寒，而乌寒刚刚对苏尔的一击，已经因耗去太多力量而显出虚弱。

等乌寒注意到他的时候，阿特雷布斯已经距离他不足五步。阿特雷布斯使出全力砍向乌寒的脖颈。虽然剑刃还是被坚硬的皮肤所挡，不过这次终于还是砍进去了一些。虽然砍得不深，不过足以砍断了动脉。于是，霎时间，鲜血喷涌而出，乌寒连忙用手捂住伤口。接着，一条发光的丝线缠住了阿特雷布斯的脚踝，另一条绕紧了他的脖子。他使尽浑身解数想斩断那些丝线，但是很快，拿剑的那只手臂也被其束缚而动弹不得了。条条丝线拉拽着他，将他拖离乌寒，然后开始将他慢慢吞没入丝线之中。

苏尔站了起来。阿特雷布斯看到他正凝视着"暗影"剑，此刻那把剑就横在他和乌寒之间。随后，苏尔又转而看向了阿特雷布斯。即使十多米之外，阿特雷布斯也能看到他的同伴正在颤抖，就像中风麻痹了一样。

"你对我干了什么？"乌寒大发雷霆，"快说，不然我让他立刻毙命。"

苏尔朝着剑又走了一步。

"我砍伤他了，苏尔，"阿特雷布斯大声喊着，"他已经露出破绽，不堪一击了——"

缠着他脖子的丝线又勒紧了一些，他几乎喘不上气了。

苏尔又向前迈了一步。更多的丝线光亮黯淡，乌寒开始向后退。阿特雷布斯看到了乌寒脸上恐惧的神色——其实乌寒自己也心知——现在一切都无法阻止苏尔停住脚步。

无数的丝线将他淹没，他什么也看不到了。他所能做的只有拼命挣扎，他想要呼吸，不能就这样失去生命。他奋力与缠绕住他的丝线抗争着，但是那些丝线依然明亮耀眼。在他上方，几百条奇异的棱镜组成了一道道的彩虹，他知道那一定与乌寒脱不了干系。

杀了他，苏尔。阿特雷布斯已经没有了力气。这是他失去意识之前唯一想到的。

突然之间，那些缠绕在他身上的东西竟然全都粉碎殆尽，苏尔出现在眼前。他们又开始坠落。

这次他们撞在了水面上，摔了个半死，虽是水面却感觉就像摔在石头上一样。

梅尔-格里姆停在了一棵大树的树枝上，向下俯瞰。他看到了两个月亮，一个在上一个在下，他不愿费心去想为什么是这样——反正就是这样。随后，他才发现月光照耀下的水面，一片浩瀚的水域——难道是海？

怎么会呢？接着，他看向前方，月光中矗立着一座巨塔，被一片广袤的城市包围，于是他终于明白了——从安娜格曾经的描述看来——这就是她提过的那个地方。

"那是什么地方？"在格里姆身后的菲娜问道。

"帝都。"

"可真大啊。"

"是的。"他说。但是他现在根本无心留意那个城市。

因为他听到了树木洪亮的声音——就像曾经听到的希斯特的声音一样，深深印刻在他的脑海中，唯一不同的是，他们并不是在告诉他要做什么；他们是在唱歌，一首深沉而又忧伤的歌曲。

"你听到了吗？"他问菲娜，"树的声音？"

"是的，听到了。"她说。

"他们经常发出这样的声音吗？"

"是也不是。几天前他们的歌声变了。"

"几天前?是在我死之前还是之后?"

"之后吧,我觉得。"

"我梦到过这首歌,"他说,"在我苏醒之前不久。"

"你不是苏醒,"她说,"而是重生。"

"安娜格又让我死而复生了,"他喃喃自语,"但是这些树……"他又看了看自己的身体,和以前的身体一样又不太一样,而且他发现自己的心脏跳动得比以前更加轻缓了。

"她爱你,"菲娜说,"她觉得她对你做的这些都是为你好。"

格里姆跪下来,然后倚靠着树,闭上眼睛,感受着自己的内心。

"是啊,"他说,"我以前没有想到。我不应该对她发火。"

菲娜也跪坐下来,"你在想什么,格里姆?"

"他们把我塑造成这样,"他轻声说,"就像希斯特一样。他们塑造我,是为了让我为他们做事。"

"什么事?"

他刚要开始跟菲娜说,突然感觉到了什么,仿佛出了什么天大之事。

"不,"他惊惶不已,"不要,安娜格,不要!"

"出什么事了?"

"我得走了,"他说,"我得去阻止她。"

"那我跟你一起去。"

"太危险了,"他说,"而且你也做不了什么。"

"我知道自己能做什么,"她黯然低语,"你会知道的。"她凝视着他的眼睛,仿佛看进了他的心里。

"好吧,"他说,"跟我来。"

第七章

希尔拉姆出现了,科林从他身后攻上去,左手一手按住了希尔拉姆的额头,另一只手举起刀就要刺向他的头。

"不要!"希尔拉姆大喊。科林曾经在桥上杀死的那个男人在临死前也喊了同样的话。

科林有些退缩了。他放下了刀,改为扼住了希尔拉姆的咽喉。

"你在干什么?"艾瑞丝呵斥道,说着便举起了自己手中的匕首。

"不,不能杀了他,"科林说,"我们还不知道他的阴谋。我们得——"

"你个傻瓜。"艾瑞丝说着便一个箭步,飞身刺来。

谁知匕首却没有刺到目标。刀锋在距希尔拉姆喉咙不到一寸的地方停了下来,像是被什么东西挡住了,然后突然迸发出一道炫目耀眼的亮光。艾瑞丝尖叫着退了下来。科林正想锁紧希尔拉姆的喉咙,突然希尔拉姆像条湿滑黏腻的蛇一般,从他手中溜走。

"还真是个傻瓜。"希尔拉姆说。

科林蹲下身子去拾起掉在地上的刀,可是他刚一碰到刀,忽然间又想起了他杀死的那个男人，还有那些横在街头的死尸，一个个看上去就像是破烂不堪的布娃娃。他震怒中，深吸了一口气，但是自己也知道这样做其实一点用也没有。完了，一切都完了，无论是这里，还是别处，最终一切努力都成了徒劳。他看着手中的刀，胸中溢满悲切和绝望。于是最终瘫倒在地。

"我真弄不懂你在搞什么把戏，艾瑞丝。"希尔拉姆说着，一步一步走向了她。她的眼睛看起来像是失明了一般，眼神空洞茫然，没有聚焦。

"科林？"她大声喊着。

"恐怕他救不了你了，"希尔拉姆说，"他现在已如丧家之犬了。"

房间的墙壁中传来尖声巨响，突然出现一个庞然大物，身形像是人类，但是身上长着黑色的鳞片，每只手上都有三个像镰刀一样的手指。那魔族像鸟一样飞身跳起，冲向希尔拉姆，科林此时才发现那家伙的脚上也长着镰刀一样的脚趾。

希尔拉姆一拳击出，虽然没有击中那怪物，但它也被迫退回到墙边。然后它再次跳起，攻向希尔拉姆。

"他对你使了手段，科林，"艾瑞丝大喊，"一定要抵抗住，千万别让他得逞。"

也许真是这样，科林想，但是又怎么样呢。一切都无法挽回了。他的双手沾满血腥和杀戮，永远也无法洗刷干净了。

魔族再次袭来，但是这次希尔拉姆没有完全抵挡住，那怪物飞身掠过，一只锋利的爪子划过了宰相大人的胸口。他的长袍被划开，发出了奇怪的金属声音，科林看到他长袍下隐藏着盔甲。那盔甲也被撕破，希尔拉姆的胸口开始流血。

一声长啸，希尔拉姆转过身，一拳击中了那只魔族。那怪物应声倒下，虽然没有立时毙命，但是也重伤无法动弹，仿佛身上有千斤重负一般。

"科林！"艾瑞丝大喊一声，从手中发出一道光击向希尔拉姆。那道光好像惧怕希尔拉姆，突然转过方向，将艾瑞丝击倒在地。

此刻科林耳中听到的只有希尔拉姆急促的呼吸声。宰相查看了一下自己的伤口，然后冷哼一声。

"作为杀手已经身手不错了，"他低声说，"我本想问问是谁派你来的，目的为何，不过这已经不重要了，或者此时来说，还不是最重要的。我更想知道的是王子和他的同伙在哪里，他们去了何处？"

"你下地狱去吧，你的阴谋不会得逞的。"艾瑞丝气喘吁吁，费力地想要站起来。

"啊！"他叹了口气，"艾瑞丝！我真是对你很失望——还是应该说真是引你为傲？你发现了我的计划了，是吗？我也感觉到了有人在调查我的事。"

"你的目标是那座塔，"她说，她用双手推开了希尔拉姆，力图让自己站起来，"那把钥匙。我开始还不明白，后来科林记起了一个符号，意思是'回声'。白金塔是塔的回声，是神创造的第一个神圣遗迹。第一个鬼斧神工之作。"

希尔拉姆笑了，"安布瑞尔认为它可以使他自己与克拉威库斯·维尔完全脱离，从此永远逃离魔神的控制。不过需要我助他一臂之力才能做到。但是我看得出来，你已经发现了它的另一个用途。"

他手伸进了一个口袋里，然后拿出了一个直径大约一英寸，长六英寸的圆柱体。他将其轻轻摇了摇，那东西又像望远镜一样伸出了三十多厘米，并且闪动着暗红发黑的光，通体刻满了魔族的符文。

不，不能轻言放弃，科林对自己说，不能就这样结束。

希尔拉姆将那圆柱体对准了艾瑞丝。科林感觉到时间凝滞了，那个他曾经吻过、抚过、爱过的女人，即将走向生命的终结。

他举起了刀，顺势扔了出去。

希尔拉姆早已有所察觉，向他出手。科林的刀越过了希尔拉姆的肩膀，插进了墙里。

"你的意志力比我预想过的更强大。"希尔拉姆说。

科林尽力隐藏自己的情绪，装作面无表情，但是他知道希尔拉姆从他眼中已经看出了端倪，因为当魔族从身后向他扑来时，宰相大人突然躲了一下。不过，随后他就大声嚎叫起来，原来他还是没有躲过魔族的锋利巨爪，只是嚎叫声并没有持续太久，魔族凶狠地噬咬着他的尸体，然后消失离去了。

感到被施在身上的魔法有所减弱，科林慢慢站起身，走向了艾瑞丝。艾瑞丝正摇摇晃晃地想要站起来。科林连忙扶住了她的肩膀，帮她站稳。

"谢谢。"她说，身子正不住地颤抖着。

"他刚才说什么？"科林问道，"我还以为你没找到线索呢，关于——"

正说话间，突然一把刀插进了自己的胸口。艾瑞丝退后几步，留下他一人，惶然无措地看着自己的胸前的刀柄。

"为什么？"他支持不住，跪倒在地。

艾瑞丝瞪大了眼睛，张着嘴巴，惊惶而又伤心不已。她的手不由自主伸向刀柄，好像不相信自己会做出这样的举动。

"科林……"她的表情更加痛苦了。

"对不起，科林，"她说，"十年，十年了！"她怒喊着，嗓音都撕破了，"我有负于人，希尔拉姆有负于我，亏欠的终究要偿还。"她捡起了希尔拉姆掉落在地上的圆柱棒，从他的衣服上踏过。科林不知道她还拿了什么，因为他一直盯着自己身上被插的刀子。

艾瑞丝在门口逗留了一下——他不知道这是因为艾瑞丝在犹豫要不要杀了他还是想要告诉他什么。

可她什么也没做便离开了。

他觉得无法呼吸了，也许艾瑞丝这一刀是插进了他的肺里。

安娜格看着从树酒里缓缓流出的毒药，心知从此刻开始已经没有回头的余地了。不管能否起作用，安布瑞尔迟早会发现的。

也就是说，她是时候该离开厨房了。她拿起了自己的背袋，扛在肩上，但愿没有落下什么有用的东西，不过她不愿意再仔细检查一遍，想也没想便径直离去。她不知道阿特雷布斯和苏尔到没到安布瑞尔，还是等到她找到落脚的地方再说吧。

她也想知道格里姆去哪儿了。

她走到餐具间门口，突然听到一阵骚乱，她走到走廊，看到格里姆撂倒了厨房的几个帮工，正要闯进走廊，叶尤姆和另外六个人排成了一行，手里拿着家伙严阵以待。

"嘘——"她小声说。她手伸进自己的袋子里摸来摸去，最后找出了一个玻璃小瓶，然后用力扔到叶尤姆身后的地上，瓶子应声而碎。安娜格闪身躲开，黄色的烟雾将叶尤姆和其他的人吞没。他们纷纷倒地，失去了意识。安娜格屏住呼吸，从他们身后跳了出来。

"格里姆，"她说，"你在干什么啊？"

"安娜格，你不能这么做，"格里姆急切地说，但是并没有发怒，"不能给树下毒。"

"格里姆——来不及了，已经无法收手了。我很抱歉，我理解你的心情——"

"你什么都不知道，"他说，"他们只是想回家而已。"

"对我来说，这超出了我所能理解的范围，"她说，"事已至此，格里姆，我们已经没有时间了。我们现在能做的只有逃跑。"

"可是——"

"我们现在必须马上离开这里！如果你有话跟我说，那就路上说吧。"

她走上了往返于边缘森林的梯子，按动开关，他们便开始上升。

"那些树，"格里姆说，"我能听懂他们了。是他们改造了我，因此我可以帮助他们。"

"帮他们做什么？"

"回家。"

"他们的家在哪里？"她问道

"我不知道——另一个地方。不在塔玛瑞尔。这不就是我们想要做的吗？"

"我想要做的就是结束这里的一切，格里姆。"

"我也能感觉到了，"菲娜说，"你还不明白吗？如果树完了，那我们也都会死的——包括格里姆。"

梯子升到了最上边。

"我们得躲起来，"安娜格说，"他们很快就会来追捕我们的。"

"你在听我说吗？"

可此时安娜格的脑子在飞快地运转，现在是紧急关头。她哪有功夫专心致志听这些。

"拜托——别催我，好吗。"她说。

她的项链盒突然哗哗直响。

在一片灰蒙蒙而又怪异的薄雾中，马兹加摇着船桨，船在水面上缓缓而行。布雷纳斯蜷缩在她身旁，还有五个士兵也在船上，狭小的空间被挤得满满当当。和迷雾一样不同寻常的是，四周一片寂静。没有窃窃私语，就连自己的呼吸声都会让人感到不安。甚至水面上也异常平静，只有船桨划水时的微微声响。

不过这也有些好处。比如当箭雨落下的时候，寂静中她便能听见离弦之箭的声音，还有被射中的敌人发出的惨叫声。突然坐在她前面的一个士兵紧紧抓住了自己脖子上的箭柄，她这才发现大片的僵尸正向他们猛扑过来。

还好，拉姆和戴斯达在她前面，举起盾牌，挡住了大部分射过来的箭。

但是不一会儿，大家都吓得瞪大了眼睛，马兹加感到有人抓住了她的船桨。她定睛一看，船的一头被举起来了。

僵尸在水里。

远处的迷雾突然发出了橘色的炽光。

惊奇的事情真是不断出现。她想。

船开始倾斜，于是马兹加干脆直接跳进了水里。抑制住因害怕被水吞没而产生的惊慌和恐惧，她尽力保持住平衡。四周的僵尸浮出了水面，重重将她围困。

她双脚踏到了泥泞的水底，终于站稳了脚，然后一拳打飞了离她最近的僵尸，然后拔出了近身的匕首。拉姆、戴斯达、马汀和一个不知道名字的红卫士兵围着布雷纳斯组成了菱形方阵，开始向岸边推进。马兹加挡住了一双双朝她扑来的手，左手一拉，右手拿着匕首砍断了僵尸的手腕，又一刀刺进了僵尸的脖颈，就这样奋力突出重围。在水里，她的动作要更慢一些，但是对那些僵尸来说也是如此，真是谢天谢地。

她看到拉姆背后有僵尸袭来，抱住了他，拉姆趁势砍掉了敌人的半截胳膊，摆脱了禁锢，没想到突然一阵箭雨落下，拉姆不知怎的无声无息倒了下去，原来是捡起了一个盾牌挡在胸前。

马兹加揪着的心终于放开了，接着僵尸们纷纷撤离，转向了别处寻找其他的攻击目标。马兹加松了一口气——因为这说明布雷纳斯还活着——但她还是不放心，向布雷纳斯的方向看去。他正朝马兹加点了点头。

他们抵达岸边，幸存下来的前两拨船只排成了两列，一列面向从海面奔涌而来的敌人，另一列面向陆地。顿时喧嚣声响彻天际——厮杀的喊声，痛苦的嚎叫声，阵中将领的指挥声，此起彼伏，混成一片。马兹加看到了普罗索斯，他把马兹加派到了最前线，这个位置对她来说再合适不过了。她抽出了宝剑，迎向敌人，奋力厮杀。

让他们看看姊妹剑的厉害吧。

今天一大早她带着五百士兵出发。他们的任务是从北面横渡拉玛尔湖，然后到那里率领众人向城市的西北部进军。那里是敌人重兵聚集之地，几天前开始频繁攻击城门，企图破门而入，直闯帝国大牢。大牢所在之地也正是安布瑞尔将要抵达的地方，因为浮空城一直跟随着僵尸大军一路而来。

而现在，她手里的队伍只剩二三百人。她站在队伍当中，面对的敌人数量超过了他们的三倍。

他们依然严阵以待。地势平坦而又开阔，敌方的弓箭手便是早些时候向他们频发箭雨的家伙，此刻看起来已经被打得溃不成军，无法近距离向他们发射箭羽。马兹加他们以楔形阵队向前推进，这样做是为了防御僵尸军队从侧翼向他们展开大规模进攻。随后，他们便大举出击，冲锋陷阵。马兹加左边的一个士兵扯着嗓子大喊："冲啊，把这群人不人鬼不鬼的玩意儿碾成肉泥。"于是整个队伍都振臂高呼，大声回应。

在马兹加右边的一个金发男人突然倒下了，一支柳叶形的长矛刺穿了他的身体。她感觉肩头一沉，那男人倒在她的肩膀上，于是她把这个受伤的男人拖离队伍后面，让一个兽人顶了上去。

在队伍中间，她呼喊着军医赶来医治，但是很显然即使军医来了也无济于事。

金发男人心里也很清楚。

"没关系，"他费力地说，"快动手吧。"

马兹加点点头，合上了他的眼睛。然后一口气砍下了他的头，接着又砍断了手和脚。因为，有时候即使没有了头，他们还是会复活成为无头僵尸。

马兹加原地休整了一会儿，喝了几大口水，看着安布瑞尔缓缓向前移动，越来越近。

布雷纳斯走过来,坐到她身旁。

"我知道这很痛苦,"他说,"可是你不得不这样做。"

"命令就是命令,"她说,"而且这是唯一的办法。"

"我知道,"布雷纳斯说,"但是很难硬下心来下手。"

"离到达城门还有多久?"马兹加抬头指着浮空城问道。

"几个小时,"他说,"除非皇帝能想出办法让它停下来。"

"我听那个长得像老鼠的索雷恩说,他们又试了几次飞上去攻向浮空城。"

"我们不想让外人知道,不过的确是这样,可惜跟上次一样也都失败了。但是也许到了城墙就不一样了。希诺和维斯帕学院会把所有的法术都施用上,放心好了。而且他们有足够的时间准备防御。"

马兹加握着他的手,"让他们自己想办法吧,"她说,"各负其责吧。"

她拍了拍布雷纳斯的肩膀,然后又回到了自己的队伍里准备作战。

第八章

"阿特雷布斯。"

他听到声音,睁开了眼睛,看到了苏尔那双深红色的眼睛近在咫尺,正看着他。

他感觉到自己正躺在一块石头上,全身都湿漉漉的。苏尔身后,他看到了一片微微发光的墙。

"我们在哪儿?"他问道。

"我们掉进了安布瑞尔正中心的湖里,"苏尔回答,"这里是岸边的某种洞穴。"

阿特雷布斯顿时想起了什么。

"你动手了吗?你把他杀了吗?"

"没有,"苏尔说,"你能走吗?"

"出什么事了?"他追问,"你不是抓到他了吗?"

苏尔没有回答,而是站起身来,伸出一只手来拉他。阿特雷布斯抓住了他伸出的手,半倚着他站了起来。

"你比我更熟悉这个地方,"苏尔说,"你觉得我们这是在哪儿?"

阿特雷布斯反应过来之后,脸唰地一下红了。

"你是为了我才放弃了杀他的机会,"他说,"你救了我的命。"

"我失败了,"苏尔说,"功亏一篑——"

阿特雷布斯立刻打断了他的话,"你做得没错——他已经受伤,我们已经尽力了。那把剑根本没怎么伤到他。也没有将维尔的力量收回。"

"看来是安娜格的毒药,"阿特雷布斯猜测,"肯定是。"

"很有可能,乌寒肯定会去阻止她的,全力挽回她所带来的灾害。"

阿特雷布斯转过身,一眼看到了"暗影"剑又被裹起来了。

"等等,"他说,"你是怎么把它又放回去的?"

"我差一点就放不回去了,"苏尔说,"没准下次——"

"没什么'下一次'了,"阿特雷布斯反驳,"既然这把剑不起作用,何必再要冒一次险呢?"

"我有种预感,"苏尔说,"这把剑就算了吧,跟那个女孩联络一下——事不宜迟,不能再浪费时间了。"

阿特雷布斯点点头,拿出了咕咕鸟,打开暗门。过了不一会儿,安娜格出现了。

"阿特雷布斯,"她说,"你在哪儿?"

"我们跟乌寒大战了一场。那把剑根本没用,不过他受伤了。"

"我可能打乱了他的阵脚,他被我弄得方寸大乱。"安姆格说。

"你的毒药起作用了?"

"开始有些效果了。你们在哪儿?"

"我们掉在安布瑞尔中间的湖里了,现在在岸上的一个洞穴里。"

"你们是在吸怪的洞穴里。"

"看来是吧。"

"待在那里别走，"她说，"把咕咕鸟也开着。"

安娜格关上了项链盒，然后转身看向格里姆。

"暗影剑不管用，"她说，"现在唯一的希望就是我的毒药。树木一旦开始死亡，我们也许就有逃出去的机会了。菲娜可以跟我们一起逃走。"

"根本不需要这么做。"格里姆还是坚持己见。

安娜格闭上了眼睛，她已经厌倦了格里姆的固执，"我需要你下去一趟，去吸怪的洞穴，把阿特雷布斯他们带到这里。"她说。

格里姆瞪大了眼睛，周遭充满危险的气味。安娜格微微退后了一步。

"不。"他说。

"他们也理应得到逃出去的机会，你得快点儿。"

"我说了，不，"亚龙人语气平缓却又坚定地说，"除非你把树救活。"

"我跟你说了，这是不可能的。大部分的毒药现在已经进入——"

"如果你知道怎么配制毒药，那么你也应该知道怎么做解药。"他说。

安娜格盯着他的眼睛看了好一会儿，然后把手伸进自己的口袋，拿出了一个长长的盖着塞子的玻璃管。

"这就是解药，"她说，"这是为我们自己准备的，以防我们被毒药感染。这些剂量根本不够解除我倒进树根里的那些毒药。"

"他们正在抵抗那些毒药，"他说，"如果给他们一些解药，他们就会知道怎么做——他们可以自己产生出足够的解药救活自己。"

"还会救活那些领主,还有安布瑞尔,"安娜格说,"然后帝都被毁,我们也逃不出去了。"

"不,"格里姆语气郑重而且肯定地说,"我会帮助那些树回到故乡,连同整个城市一起带走。"

"你确定你能做到吗?"安娜格问道。

"我确定。"

安娜格揉了揉额头,说:"把阿特雷布斯和苏尔找来。然后我给你解药。"

"我可以现在就从你手里抢走的。"格里姆轻声说。

"你敢抢,我就把它扔了。"

"等找到阿特雷布斯并且把他们带来,就来不及了。现在就把它给我,我保证按你说的做。"

"格里姆——"

"嗯,我在这儿。"

"好吧,"她说,"没想到你竟然威胁我。"

"对不起了,"他说, "如果你能像我一样能感知到他们……确切地说,我和他们是一体的,他们就是我,我就是他们。他们的愿望,他们的需要也就是我的。尽管我对你的做法有些异议,但是当初我始终站在你的一边。而现在,你需要站在我的一边。请你相信我。"

安娜格闭上了眼睛,回想着他说的话,忘却心中存有的疑虑、背叛和忧伤,想着,想着,突然,脑海中出现了一幅画面:

一个五岁的小女孩,长长的黑色卷发,水中出现了一个人的脸,一个大约同样年纪的撒西勒男孩。安娜格还看到了两个人的脚,在一座古老而又斑驳的古城墙上荡来荡去。

"我们跳下去吧。"女孩说。

"太高了。"那男孩说。

"来嘛,咱们一起跳。"

"那……好吧。"

于是两人一起跳了下去。

安娜格睁开了眼睛,格里姆突然间想起了她小时候的样子,那双满含无限期待的眼睛,犹如当年一样,仿佛回到了童年充满快乐的时光。

她什么也没说,将玻璃瓶递给了格里姆。

"谢谢,"格里姆说。他转身看向菲娜,"把她带到秘密藏身处。等我回来。"

"我听说过那个地方。"菲娜说。

格里姆将解药放进了自己腰间的袋子里,然后弯腰靠近树干,感知到树木中毒已深。他不知该如何是好——是将整瓶解药都倒入,让树根自己吸收,还是利用边缘森林的佣工使用的营养注射器将解药注射进去。在病痛中,树木已经精神涣散,虚弱无力,无法交流,格里姆实在无从知晓他们的需要和要求。他唯一能做的就是保持清醒,不要被树木的痛苦和恐慌所影响。既然安娜格如此相信他,他绝不能辜负她的这份信任。他要找到王子和他的同伴,但愿到时他能想出解救那些树木的办法。

化生池里也变得污浊油腻,他刚一闻到那股恶臭之气,差点儿恶心得要吐。他惊讶地看到了一群刀叶鱼,但是那群鱼却没什么反应,只是漂在水面上,仿佛只剩下半口气。他找到了浅滩上零星分布的树木的透明血管,随着它们的分布找到了血管汇聚之处。接着他开始在各个洞穴里搜索。在搜索的第三个洞穴里,格里姆找到了阿特雷布斯和苏尔。苏尔最先发现了有动静,还没看到人影,他便拔出了剑,接着王子才转过身来。

"等等,"他说,"那是个亚龙人。梅尔-格里姆?"

"是的,王子。"他微微鞠躬,回答道。

"你认识这些人吗?"王子问道。

格里姆注意到洞穴的另一头有一群吸怪。其中几个吸怪手里拿着武器。格里姆走近他们,这时,维特走了出来。

"我认识他们。"格里姆说。

"他们是谁,格里姆?"维特问。他面容憔悴,脸色比以前更加蜡黄,黄疸病似乎更严重了。

"你们不用担心,他们没有恶意。出什么事了?"

"不知道,"维特说,"辛娜和斯科汉死了。其余的人——也好像生病了,而且是同时全都病了。"

他咳嗽不止,格里姆觉得维特快要倒下了。

"我们该怎么办?"

格里姆深呼了几口气,看向了吸怪们。他的吸怪族兄弟,顿时间,他不仅能感知到树木,而且能感知到所有的人,他知道该做什么了。

他拿出了解药瓶,拔出瓶塞,一口气把解药全喝光了。

安娜格在隐匿的树屋里走来走去,她真希望能有点儿事做,哪怕做个饭也好。上一刻好像还觉得一切都尽在掌握,可突然间又觉得下一刻不知道会发生什么。

"格里姆是个言出必行的人,"菲娜说,"我相信他。"

"你当然相信他,"安娜格说,"也许他会信守承诺。但是也可能——你想过没有？——也许他已经疯了。"

"不，不会的，我能感觉到。因为那些树，他变得不一样了，而现在，不知为何，那些树也有了变化。好像它们从格里姆那里获取了什么。它们对格里姆抱有希望和寄托。不管怎么样——既然你给了他解药，你就必须要相信他。"

"不，"她说，"我把解药给他不是因为这个。"

"我不明白。我——"

一个怪异的咳嗽声打断了菲娜的话。安娜格看到另一个女人的眼睛像利剑一样向她射来，然后又转过头去。

站在正中的竟然是安布瑞尔。"果然是你，"他说，"一感觉到你的毒液，我就闻到了那上面有你的气味。"

"安布瑞尔大人……"

"那些树木在激烈地抗争，"安布瑞尔说，"毒液已经经由天仪传输散播，此时正侵蚀着城市的各个角落，他们正在努力提取解药。虽然他们可以及时将解药循环输送回去，但是损毁还是无可挽回。不知道这是不是你想达到的目的。不得不说，这办法确实高明。因为首先遭受打击的就是源头——也就是我。迫使我不得不吸取了瑞尔和其他三位领主的力量，才勉强保住这副躯壳，找到下毒的元凶。"

"可惜啊，瑞尔还一心幻想着长生不老呢。"

"他倒是想得美，只不过是我随时可取的工具而已。而你也是如此。这毒药也会要了你的命的。"

"只要能阻止你，哪怕是死我也在所不惜。"她说。

"是啊。不过你也留了解药。"

"我没有。"安娜格说。

"我虽然力量减弱了，"安布瑞尔的声音变了，"但我还没变傻。"

"我没有解药。我把它给别人了。"

"是吗,"安布瑞尔慢慢走向她,"不过你还有,就在你脑子里。"

"站住,"安娜格说,"不许再靠近。"

"我们就快到了,"安布瑞尔咆哮着,露出了尖利而又发黄的牙齿,"只要到达白金塔就功成圆满,我们就能永远摆脱他了。"

"这不关我的事。"安娜格说。安布瑞尔喘着怒气。安娜格悄无声息地挥着隐形匕首,削去了安布瑞尔三根手指。

安布瑞尔发出一阵骇人的尖笑声,然后出手一击。击中安娜格的不是安布瑞尔,而是别的什么东西,将她猛地扔到墙上,震得一阵风扫过。

他伸出手,手指又长出来了。脊背上的刺直立起来,脸上尽现肃杀之气。

"这是怎么回事?"他自言自语,"真是不可思议。他们做到了。"他低头看着安娜格,嘴角弯起,笑里藏刀,"干得不错,有胆就放马过来。"

"放开她。"一个声音传来。

虽然并不是冲着安娜格说的——但是那声音充满了力量。她听出来了,那是阿特雷布斯的声音。他正举剑大步冲向安布瑞尔。格里姆和丹莫人紧跟在他身后。

"不,"安布瑞尔的话在她脑海中回响,她一下子恍然大悟,大声喊道,"阿特雷布斯——化生池。那把剑不起作用,是因为他的灵魂不在他身上——所以根本没有力量可以收回剑里。格里姆!他的灵魂在天仪——"

突然间安布瑞尔的眼睛里喷出了绿色的火光,直射到安娜格身上。她每寸肌肤都剧痛无比,难以忍受。

苏尔怒吼着,刹那间,一个身影出现在乌寒和他们之间,那是一个女人的身形,长着蝙蝠一样巨大的翅膀和利爪。

苏尔迅速转身,抱起梅尔-格里姆,往出口跑去。

"等等!"阿特雷布斯说。

"你听到她说的了没有!"苏尔大喊着。

苏尔召唤来的怪物和乌寒厮杀成一团。阿特雷布斯看到一个黑暗精灵女人将瘫倒在地的安娜格带离了激战的地带。而他却独自站在原地,仿佛麻痹了一般。他应该过去救她的,她就近在眼前。

但是如果为了救她而死了,那帝都怎么办?他的父皇还有他的人民该怎么办?

那一刻,他突然明白了,为救安娜格,他宁愿一死——但是可惜他失去了这个机会。

于是,他转身跟着苏尔而去了。

他来到一棵树下,看到了苏尔和格里姆正弯下一根树枝。他连忙赶上他们,三个人没走几步,便看到有许许多多人形在树间蒸腾而上。有些像是人类或精灵——另一些看不出样貌。

格里姆迟疑片刻,便立即改变了方向,在树枝之间敏捷而迅速地跳跃,令人望尘莫及。

"我们不下去吗?"阿特雷布斯从一棵粗大的树枝爬到另一棵树枝时向格里姆问道。

"一旦下去就上不来了,"亚龙人说,"还有很长的路要走。"

他们的力气终于没有白费,最终来到了另一棵粗壮的大树,他们爬上了顶端,阿特雷布斯瞬间便被眼前壮阔的景象震撼住了。

他们站在了边缘森林的最高处，整个广袤的森林尽收眼底，远处一片碧草如茵，迎风轻舞。

再往下看，便是帝都的最高处——他从未以这样的视角看过这个城市，而且他只看见了都城的一角，因为安布瑞尔投下的影子已经将城墙笼罩。就快到达白金塔了。不管安布瑞尔意欲何为，他必须将其阻止。

"快没时间了，"阿特雷布斯转身对亚龙人说，"你不是说可以利用树将安布瑞尔带离塔玛瑞尔吗？"

格里姆坚定地点了点头。

"现在就行动吧。"

"那你就会被困于此地了。"格里姆说。

"事到如今，只有这样了。"阿特雷布斯说。

梅尔-格里姆点点头，跪在树前，侧着身将脸贴在树干上。

格里姆能感觉到毒药的药效已经消散，那些树又能听到他了。他觉得自己渐渐放松下来，随着树木在城市的边界遨游，安布瑞尔上的一切都向他敞开，展现在他面前。他听到了回乡的呼唤，他静心倾听，那呼唤的声音更加强烈。

他试着更深入地聆听，但是突然身体里传来一阵疼痛，一个强制的声音在命令他，让他从这里掉下去，从这个世界永远消失。他刚要反抗这个命令，却不由自主站起来，迈出了一步。就在那一瞬间，他意识到他必须对抗，也可以征服它。

但是那些树却都顺从于这个声音，仿佛这是自古以来便传下来的惯例。

安娜格曾经对他的质疑是对的。他当初信誓旦旦能解救所有人，但是却没有料到这一点，安布瑞尔有能力将他的力量取回。

现在他唯一能做的只有逃走。

有那么一瞬间，大家似乎感觉梅尔-格里姆就要从树上跳下去了，但是他突然又停住了脚步，他闭着眼睛，看不到他的目光。

"我无能为力。"他说。

"别浪费时间了。"苏尔说。

三人沿着树枝爬，直到树根和浮空城边缘的岩石相互缠绕的地方，然后又爬了几步，站在了城边，两座奇异而别致的建筑之间，那两座建筑是由玻璃和金属丝构建而成。一条长长的缆绳从建筑的底部一直延伸，直跨过对面的山谷。几座小屋悬挂其中，就像节日宴会上悬挂的灯笼。从第一个小屋延伸出第二条缆绳，一路向下直伸到水边。

"在那里，"苏尔指着那条缆绳说，"那是最快的路。一路直接到下面的水池。"

"我得跟你们一起去，"格里姆说，"没有我带路，你们也到不了化生池的池底。"

缆绳大约直径五英尺，但是踩上去还是有些危险。他们走了几米，快要到悬挂的小屋时，苏尔指着对面喊了起来。乌寒和几个手下正向他们飞来。

苏尔快跑了三大步，然后纵身一跳；格里姆紧跟在他身后，犹豫片刻也跳了出去。阿特雷布斯也跟着跳了。这种掉落下去的经历已经无数次上演了。

　　格里姆笑着掉落下去,想起了很久以前,安娜格问他敢不敢从古老的城墙废墟上跟她一起跳下去。
　　他跌落进水中,脚先入了水,然后身体轻盈地滑落水中,激起片片水花。他深潜池中,身后带起一串水泡,犹如镜面般的水面上划出的一道裂痕。
　　阿特雷布斯和苏尔沉落水中,慢慢下沉,格里姆抓住了他们的手腕,将他们拉向池底——朝那个像星星一样闪光的亮点推去,以前的他,一直被人告诫远离那里。现在,他感觉到了,在那里,安布瑞尔的心脏在跳动,安布瑞尔的灵魂在游荡,天仪的核心正是灵魂之主。光亮渐渐暗淡,他们终于到了。

　　阿特雷布斯感觉到了肺部逐渐加重的压力,心知他们再也回不到水面了。当格里姆拉着他们下沉时,他看到了亮光。
　　他们终于到了池底,他发现苏尔已经昏迷了,于是他别无选择——从苏尔背着的刀鞘中抽出了"暗影"剑,刺向了光亮之处。剑锋刺入之时,他感觉到了一股难以遏制的狂暴之气。他变成了剑刃,仿佛"暗影"将他一口吞下。他变得坚如钢铁,甚至比钢铁更甚。那个肆意挥剑,嚎啕狂吼的已不再是曾经的阿特雷布斯。
　　那亮光突然爆发,但是他却无动于衷。所有人,所有事,一切一切都该受到诅咒。在希尔拉姆住处所遭遇的一切,以及这些日子来遭受的每一份痛苦都变得难以忍受。不过,他知道他还死不了——只有等到一切都灭亡,他才能回归到最初的平静。

那光越来越亮，越来越清晰，他躺在地上，全身不住地颤抖。"暗影"就在几步之外，同时躺着的还有苏尔和亚龙人。

他们掉进了一个抛光的石头砌成的巨大巢穴中，里面还有晶莹闪亮的水晶。空气中充满了微小的石砾，还有虚无缥缈的沙沙低语，恍如荧光闪亮中，微小的沙砾在兴致勃勃地私语交谈。巢穴的正中心是一支晶莹剔透的水晶玫瑰，柔缓的水波从枝头掠过，闪耀的光线从十英尺之下的平台直射上来，亲吻着娇艳的花蕾。平台之上数千条发光的丝线相互交错，形成了一个炫亮夺目的光体。

苏尔挣扎着坐了起来；格里姆正仰望着悬在他们头上的水面。

穿过水面，乌寒迎面而来，眼中闪着炽烈的亮光。

苏尔一跃而起迎向乌寒。张开的手掌突然发射出一道蓝色的火焰，瞬间将乌寒吞没，犹如热油在乌寒身上熊熊燃烧。乌寒退后一步，剧烈地摇晃身体，身上的火焰消失了，浑身散发着灰烟。格里姆冲了上去，爪子抓向乌寒的胸口。苏尔反手一击，将格里姆推倒在地。接着亚龙人不知用了什么办法阻止住了苏尔冲上前去的脚步。阿特雷布斯什么也没看到，只感觉到自己身上的皮肤爆裂开来，空气中弥漫着炽热的钢铁的气味。

苏尔奋力向前迈了一步，然后突然倒下了。

"这就是你的复仇吗，蚍蜉之力，何以撼树。"乌寒低声对他说。

阿特雷布斯看向了"暗影"剑所在的地方，极力克制住心中的恐惧，要完成自己的使命。

"住手！"乌寒大喊。

阿特雷布斯绝望地呐喊着奔向了"暗影"剑。他拿起了剑,好像又一次被剑一口吞噬,心里的痛苦和恐惧仿佛永远挥之不去。他纵身向下,直奔光体。乌寒紧追上去,快如闪电。

可惜迟了一步。

"暗影"剑直直地插入安布瑞尔的心脏,一切都改变了。

第九章

当阿特雷布斯将"暗影"剑插入天仪之时,苏尔听到整个世界都在尖声嚎叫。天地之间一片哀嚎,也包括乌寒。从天仪中伸出一条炽烈的火舌,击穿了它的宿敌乌寒。他的身体扭曲变形,逐渐变成一团黑影。

"暗影。"苏尔说。

"安布瑞尔,"那团黑影咆哮着,向他逼近。火光渐暗,变成了一条火绳,"为什么?"

"与你无关。我要的是乌寒。"

"我可以与他分离,划清界限。我可以使你变得更加强大,甚至超过我们当年的力量。我依然可以逃离维尔的桎梏。"

"不,"苏尔说,"一切都已结束。"

"还没有。"那家伙冲上前,狠狠地说。苏尔感到有一双如钢铁般坚硬的手掐住了他的喉咙。他挥剑刺进了安布瑞尔的喉咙。但是那怪物却掐得更紧了。

不过紧接着,"暗影"发出了最后一声嚎叫,松开了手,身体瘫倒,毫无生气。那条火蛇又从他身体里出来回到了天仪。

苏尔将尸体从他身上推开,咳嗽不止,大口呼吸着空气。

身处下面的阿特雷布斯周身开始发光,整个人开始扭曲变形。苏尔看到了敌人,又是一个长得像乌寒的人。他的胸口因怒气而起伏。苏尔伸手握住刀,但是没有将刀拔出,而是跳下去来到阿特雷布斯身边。

"成功了。"阿特雷布斯说,但是却不是阿特雷布斯的声音,看向苏尔的眼睛竟然变成了克拉威库斯·维尔。

"放了他,"苏尔大声叱喝,"他会没命的。"

"是他甘愿牺牲的,"维尔说,"我以为你知道他的下场的。"

"可应该牺牲的人并不是他。"

"可惜了,人算不如天算,"魔神说,"本王已到,便意味着这里的一切将重归本王的掌控。你与本王的交易已经完成——你可以走了。"

苏尔握紧了刀,猛力挥去,可是阿特雷布斯——应该说是那个披着阿特雷布斯躯壳的魔神——比他更快。魔神将"暗影"剑从天仪拔出,迅速刺向了苏尔,直直刺进了他的胸膛。苏尔奄奄一息,再无还击之力,手脚无力地瘫软下来,整个人被悬在剑上。

苏尔慢慢恢复了意识,探寻着萦绕在他心中四十余年的愤恨之意,回想起晨风的废墟——伊乐汶,多年来让他一直备受折磨和煎熬的噩梦。

他感觉到自己的心脏即将停止跳动,他睁开眼,直视着将他杀死的凶手——阿特雷布斯。突然间,他找到了自己心中所需,那既不是愤怒,也不是仇恨。

仿佛是在梦里,他伸出手,握住了剑柄,将剑从自己的身体拔出,用尽最后一丝气力,击向了阿特雷布斯的下颚。

阿特雷布斯向后退去,扔下了武器。苏尔看到他的眼神又回复了正常,一脸茫然。

"没事了。"他对年轻的王子说。然后一个踉跄,倒在了地上,光体耀眼的光芒将他笼罩,一切恩怨仇恨就此了结。

光芒之中，苏尔仰天长啸——接着便消失得无影无踪了。

刚从一场噩梦中醒来的阿特雷布斯，还惊魂未定，便又迎来了另一个噩梦。苏尔在耀眼的光亮中倒下，他的人，连同他的剑一起熔化在炽热的光芒中，化成了一股黑烟。

"苏尔！"

"你救不了他了。"一个气息微弱的声音传来。

阿特雷布斯抬起头，看到乌寒正俯视着他。他哭嚎怒吼着，攀着墙站了起来。

"那我就杀了你。"阿特雷布斯说着便要拔出闪光剑。

"杀也好，不杀也好，"乌寒说，"都是白费力气。维尔无论如何都不会放过我了。我可以与他相抗——即使没有'暗影'剑，我也有自己的力量，这部分力量他想夺也夺不走——可惜我坚持不了多久了。不过还来得及。"

"来得及什么？"

"来得及等到你的朋友拯救安布瑞尔上的某些东西。"乌寒回答说。

"我不明白。"

"克拉威库斯·维尔现在将成为这个城市之主。这真的是你想看到的吗？他很有可能继续驱使它，让它临到帝都，以我对他的了解，他会将你们的世界好好玩弄一番。"他转头看向梅尔-格里姆，格里姆正站在一旁擦拭着鼻子上的血渍。

"这个亚龙人是与此地融为一体的，他有能力将这浮空城带离此地。"

"他原也是这么说的。他试过了，但是不行。"

"那是因为我对他提出了警告，阻止了他。毕竟，我已经统治了这个地方数十年。"他看着梅尔-格里姆说,"现在你能感觉到了吗?"

亚龙人点了点头。

"很好,那就开始吧,"乌寒说,"结界之膜会允许你通过的。"

然后他转身仰望头上的云朵,开始变换身形,再次变成了人形。脸庞竟然跟苏尔一模一样,眼神坚定而平和。

"他说得对,"格里姆说,"我们得抓紧时间了。"

安娜格感觉到脚下的地面在震动,一不小心突然摔倒了。虽然只是短短一瞬,但是却让人心惊胆战。

"出什么事了?"菲娜问。

"不知道,"她说,"也许是他们动了天仪。"

"你是说他们已经把天仪毁了?如果毁了的话会怎么样?"

"如果天仪停止运行,我想我们就会掉下去了。"安娜格说。

"那我们就死定了。"

安娜格一只手伸进口袋,拿出了一个小药瓶。

"时机到了,"她对菲娜说,"喝下这个,你就能飞起来了。我们也有可能化为轻烟,不过即使如此,也值得一试。"

"那格里姆怎么办?还有你的那几个朋友?"

"管不了那么多了,"她说,"快,我们到上面去就能知道发生什么事了。"

她们爬到高处,直到看到整个塔玛瑞尔展现在她们眼前。安娜格看到了大湖,却没有看到帝都,看来帝都正在她们下面。

安布瑞尔再次震颤起来。

她们坐下来等着。菲娜却哭了起来。

正当阿特雷布斯和梅尔-格里姆来到隐秘小屋时,安布瑞尔开始持续不断地颤动。他们发现那两个女孩在外面,正在树枝间攀爬。一波更加强烈的地震颤得树枝不住地摇晃,菲娜哭着飞奔向格里姆。阿特雷布斯呆呆地看着安娜格,不知所措。这一刻对他来说,就像对着咕咕鸟看到的画面一样——殊死的拼杀,苏尔的牺牲,还有此刻的相见——仿佛一切都远在天边,他只是个身在局外的看客。

安娜格从容不迫地跨过了一棵摇摇晃晃的树枝。

"把这个喝了,"她说,"也许我们还有一线生机。"

他木讷地接过了药瓶,还好此时不需要表露出任何情绪。

安娜格走到了格里姆面前,格里姆伸出双臂将她抱住,温柔地抚摸着她的头。闻到了格里姆身上那熟悉的麝香味道,安娜格再也压抑不住,泪如雨下。

"对不起,格里姆,"她说,"我一次又一次地伤害你。"

"傻瓜,"他说,"你知道的,我爱你。"

"你还爱我吗?"

"我一直都爱着你。"他再次紧紧地抱住了安娜格,然后轻柔放开她,"维尔放手了,你终于可以离开这里了。"

安娜格感到心跳漏了一拍。

"不是我,是我们。"她纠正说。

格里姆摇摇头,"我要带这些树回到故乡,"他说,"我要跟他们一起走。"

"不要，"她说，"那我……"她激动得说不下去了，一头扎进了格里姆的怀里。

"那我呢，"她说，"我……不过这是你长久以来的心愿，是吗？"

"是的，这么多年了，终于，"他说，"有真正需要我的人了。我找到了属于我的归宿。"

"我明白了，"安娜格说，"虽然不愿这样，但是我可以理解。"

"我真高兴你能理解我，"他说，"这样我就放心了。走吧，我也要走了。"

她拭去了脸上的泪水，看向了菲娜。

"照顾好他。"然后喝下了药水，转身走向了阿特雷布斯。

"我们走吧。"她说。

"我该怎么做？"他问道。

安娜格向他伸出手。

"握住我的手。"她说。

科林怀念起他的出生之地安维尔，回忆起那里热闹喧嚣的码头，还有凉风习习、叶落萧萧的秋夜。曙光初上，朝阳映红了天际，仿佛为天空抹上了一笔金色的余晖。海岸边波涛阵阵，奏起一段优美而又哀伤的旋律。

他眼前出现了一幅画面，一个五岁的小男孩，一双稚嫩的小手正用芦苇编织一条小船。那孩子非常认真而专注地编着，因为他要做得尽善尽美。他低头看到杨柳枝下滚滚而过的河水，咆哮着流向大海。可他的小船还没有完成，于是他将小船刷上松脂。

科林看到了他的祖母，握起一双同样稚嫩的小手放在了迪贝拉大教堂的祭坛上。

"这些神祇都是善良的，"祖母告诉他，"他们都来自于一个无限虚无之境，都是为了我们，他们幻化而来，变成了这个世界。我们的所见、所及、所感都是源于他们。而在众神当中，迪贝拉是最慈爱的。"祖母的笑容温柔而美丽，他甚至怀疑她是不是他的祖母。

科林终于醒来，发现自己在楼梯上，身上满是鲜血，连呼吸都艰难费力。他不知道自己昏迷了多久，但愿没有太久，因为他没有多少时间了。

科林顽强地站了起来，倚靠着墙，微微迈出了一步。他有种奇怪的感觉，仿佛向迪贝拉的祷告真的有了回应，可他从来都不曾发现他有这样的天赋。

不过他很快就明白了，他要么就是即将失血过多而死，要么就是会被自己的鲜血吞没而死。

艾瑞丝肯定已经知道或者猜到了楼梯在哪儿——因为楼梯的位置并不在他的地图上。他怀疑那楼梯恰好在希尔拉姆居室隐藏的门外。宰相大人一定是早就预料到了会有这样的一幕。科林怀疑还隐藏着更大更深的楼梯，直接从皇帝的行宫延伸到白金塔的顶端。

他慢慢地移动，深知自己没有时间也不能再停下来了。

他还没看到人，便已听到了她的声音。她在自言自语，但是听不清她在说什么。此刻，他来到了一个平坦的地面，摸索了片刻，他找到了一个门环，然后打开了门。

他本以为会来到白金塔顶，结果并非他所想的那样，映入眼帘的是一间宽敞而又低矮的房间。整个地面上都绘满了各种魔印和符号，和他在希尔拉姆的居室看到的那些很相似。有些魔印和符号上还有颜色奇怪的火焰摇曳闪烁,另外一些图案上还有各种大小不一的神秘物体。艾瑞丝站在屋子正中,那里也许是白金塔的坐标轴上。在她前面,是一个长长而宽大的窗户。透过窗户,可以看到天空的一角,大部分都是岩石,看来是山的一部分——似乎那座山正在移动,因为那山逐渐变大了。

"过来吧。"她说。

"你是要偷走它的力量。"科林说着,便支撑不住跪在了地上。

艾瑞丝猛地转身看向他,一脸惊讶的表情。

"真不敢相信,"她说,"看来我真应该……"她走向科林,似乎在考虑该怎么做。

"真应该把我杀了。"他替艾瑞丝说。

艾瑞丝耸耸肩。"我通常行事都很干净利落。不过这次看来是被情绪左右了判断。"

"也就是说你是真的爱上我了。"科林自嘲地苦笑着。

艾瑞丝一把抓住了他,"也许吧,"她一脸严肃地说,"如果不是在这样的境况下。但是我知道你会阻止我的。"

"希尔拉姆欺骗了安布瑞尔,是吧?他打算用这些东西将浮空城所有收集到的灵魂都吸取过来。而你利用了我帮你得到它。"

"我一开始并不知道希尔拉姆在搞什么阴谋,"她说,"直到几天前才发现。希尔拉姆认为这样一来他就能成神了。能否成神,我并不清楚。但是我知道我将得到足够的力量,再也不用战战兢兢地过日子了。我将拥有自己想要的生活,这个世界将任由我掌控。"她看向了窗外。

"它马上就要过来了,科林。一旦成功,你就不需要死了。我会将你治愈的。"

"也许吧,"科林说着,便一头栽倒在地,"但是有件事我需要纠正,这是你做不了的。"

"不许再过来。"她警告说。

"如果你不是站在正中心,那就成功不了,对吧?"他说,"要是这里并不是正中央呢?"他拿出了一个缠绕着银色丝线的水晶球。

艾瑞丝转动眼睛,好像是在召唤什么。

科林拔出胸口插着的刀,鲜血瞬间从伤口喷出,地上一片血红。他坐了起来,扬起手臂,将刀顺势扔出。

艾瑞丝抬头看向屋顶,退后一步。他以为没有投中,没想到突然间艾瑞丝摇摇晃晃向后倒去,科林这才发现那刀柄正插在艾瑞丝的一只眼睛上。

他静静地坐在那里,看着艾瑞丝。空气中噼啪作响,一片彩虹色悬浮在她倒下的地方。他听到了似乎有声音传来,仿佛是来自远方的召唤。

外面,岩石近在咫尺,仿佛伸手就能触到——可突然间那座山却调转了方向,然后眨眼间便消失了,只留下一阵犹如雷鸣般震耳欲聋的轰鸣声。

"阿特雷布斯,"他自语道,"干得好。"

他费力地爬到了窗前。那扇窗坚如岩石,却是透明的。他不禁纳闷窗户另一面也是透明的,还是就是石头的样子。

他看向窗外的城市,还有拉玛尔湖,远处还有绿色的山谷,眼前的景象愈发模糊了。

他感觉到了阵阵微风迎面而来,听到了风吹过柳枝的细语之声。他将那只小船放到了溪流之上,看着它顺流而下,不知它将漂向何方,多希望他能一直伴随着那只小船,随它一同漂流历险。他将双手浸入小溪中,深吸一口气,新鲜的空气盈满胸中，伴随着青草的香气，心中一片宁静安详。

　　日落几小时前，他们与第十二军团余部会师，共同奋战，将僵尸大军拦退于城墙之外。他们扫清城门附近的残军，部兵把守，严阵以待，面对即将到来的另一拨敌军攻来。

　　马兹加和布雷纳斯此刻正在战场的西侧，战斗已经将近尾声。

　　安布瑞尔离他们越来越近了，巨大山峰几乎挡住了整个天空，向西边投下了一片幽暗的阴影，看不到尽头。被吸取的无数灵魂发射出奇怪的光芒，仿佛在恸哭哀嚎，痛诉哀伤，强烈的光亮照得马兹加睁不开眼睛。倘若她身处在那浮空城之下会怎样呢？假如她抓住了那山之一隅，会将她带上去吗？有人如此尝试过吗？

　　她听到了西边传来一阵骚动，布雷纳斯不禁暗自祈祷。她刚要走过去查问究竟，却突然看到了令人震惊的一幕。

　　僵尸大军——成千上万——正从西面蜂拥而来。所剩无几的骑兵却视死如归，决不后退。即使向神求助也无济于事了——还有数量更多的敌人正从湖边以及东面相继涌来，几乎所有的僵尸都一下子倾巢而出，集中攻向城墙。

　　"怎么回事？"她一边抓紧调集军队，一边不解地说。

　　"安布瑞尔正向这里逼近。"布雷纳斯说。

　　"所以呢？城门已经失守了？"

　　"还没有。"布雷纳斯说。

　　马兹加大喝一声，拿起了盾牌，调集部下分列左右。

　　僵尸们拼死狂奔，犹如脱缰的野马。这景象让马兹加想起了蚂蚁，见到猎物就一股脑儿冲过来。

僵尸们的第一波攻势被帝国的军队阻止了，无数僵尸的尸骸堆积如山，犹如一道低矮的城墙，横在他们面前。但是这丝毫没有震慑住敌人进攻的野心。他们纷纷踩着同伴的头和肩膀攀爬而上，意图越过那道尸墙。马兹加的队伍急需长枪手，但是大部分的长枪手都部署在城门，那里刚刚遭遇了主力大军的进攻。

马兹加一声长吼，一手拿着盾牌，一手挥动长剑。蛆虫僵尸的残骸和腥臭的血浆溅在她脸上，她甚至都能尝到那腐臭的味道。越来越多的僵尸犹如涨潮的海水，从四面八方奔涌而来。

"城墙！"她听到了布雷纳斯气喘吁吁的声音。

她无暇分心，过了一会儿才终于得到片刻喘息之机，一看究竟。他们左侧的城墙已经崩塌，石块坍塌，堆成了一道围墙，僵尸们纷纷将同伴涌到城墙，用自己的身体架成人梯。天空中，爆发出一阵炽烈的亮光，整个世界瞬间犹如白昼，强烈的亮光照亮了僵尸们一张张溃烂的脸，一双双凶恶仇恨的眼睛。

另一波僵尸大军来袭，他们一个个摩肩接踵涌向城墙，甚至完全无视了马兹加的存在，不顾一切疯狂地冲向城墙。

四个僵尸冲过来，将马兹加右边的士兵一下扑倒，她心中一阵惊骇和悲痛。她咆哮着挥起盾牌，将一个僵尸的头颅瞬间削去，然后双手握剑砍向周围的僵尸。

天空之上，安布瑞尔已经堂而皇之飞过了城墙。

布雷纳斯大喊一声，在马兹加身后不远处倒下。马兹加一声怒吼，砍下了一个僵尸的胳膊，找到了他，她扶起布雷纳斯且战且退，最后将他安置于城墙之下。他们周围燃起了半圆形的蓝色火焰，她守护着布雷纳斯，以防僵尸靠近，不过并没有僵尸冲向他们。只是从周围走过。

结束了。

布雷纳斯倚在墙边,气息微弱。马兹加看到了他的伤口,心中一凛。

"伤得不轻,是吧?"他问道。

"我见过好多比这更严重的呢。"马兹加回答。

"是吗,"他咳嗽着说,"但是这已经足以致命了。"

"布雷——"

"我知道,"他说,"我知道你要做什么。"

"别担心,"她说,"我会一直在你身边。"

"这是我的荣幸,"他说,"我以前好像说过一件事……"

"你是说过。"她说。

他脸上突然出现惊讶的表情,逗得马兹加差点儿笑出来,"我说了什么?"他问道。

"你说了孩子。我也很喜欢孩子。"

"我希望你知道这可不是向你求婚。"他虚弱地说。

"是啊。"她说。蓝色的火焰即将熄灭。"我要动手了。"

布雷纳斯点点头。

马兹加举起了剑,定睛注视着布雷纳斯的喉咙。

突然天空中传来轰鸣声,震得她耳朵都要聋了,一阵狂风吹过,将她吹倒在地。忍住耳中的鸣响,马兹加挣扎着站了起来。整个世界突然发生了改变。她看到火焰已经熄灭,但是没发现任何动静。到处都是僵尸,城墙边挤满了僵尸,像是被风吹到那里的。每个僵尸都在不住地抽搐颤抖。

她放下了手中的长剑。

"你看发生什么事了?"她问布雷纳斯。

可布雷纳斯并没有回答,马兹加知道布雷纳斯永远也不会回答她了。她坐倒在地,坐在他身旁,放声大哭,直到太阳升起。

尾 声

阿特雷布斯站在又高又窄的窗前，手指随着欢快飘扬的乐曲敲打着节拍。大街上人山人海，彩旗飘飘，空气中弥漫着飘香的烤肉、煎鱼和糕点的味道。紧接安布瑞尔消失不见之后，他的父皇大开粮仓，整个城市酒香四溢，美食遍地。城中央的广场上，人们载歌载舞，欢声笑语，场面喜庆而壮观。今晚，恰逢皇帝的驾临和英雄的现身，热闹壮观的景象达到了高潮。

"你在这儿啊，阿特雷布斯。"一个声如洪钟的声音从身后传来。

"父皇。"他转过身说。老迈德还没有换上正装，只穿了一件款式简单的长袍。他看起来有些慌乱，也有些不知所措。在阿特雷布斯眼中，这有些不同寻常。

"很抱歉，没有及时找到你，让你独自一人经历了这么多苦难。"他的父皇说。

"您是皇帝，父皇，"阿特雷布斯说，"我知道您承受着很多的压力和重担。"

"确实如此。可是……我也是一位父亲。有时我经常忘记了自己作为父亲的责任。"

阿特雷布斯点点头，不知该如何回应。他的父皇移开目光，然后大步向前，出乎意料地伸出双臂，将他紧紧抱住。

"我以为你已经死了，"他说，"我对此深信不疑。这全是我的错,因为我的纵容和沉默,才导致了这样的后果。我从没有想要伤害你,我的儿。其实刚好相反。"

"我明白,父皇。"阿特雷布斯宽慰他说。

"而看看现在的你,"皇帝退后一步,看着他说,"已经成了一个真正的男人,一个英雄。"

"我不是英雄,"阿特雷布斯说,"经历了这么多,我才终于有所领悟,我不是英雄。苏尔、安娜格、梅尔-格里姆还有无数牺牲在城墙之外的战士,他们才是真正的英雄。我害怕过,也犯过错误,甚至有时,我都不知道自己在干什么,或者为什么要这么做。"

"可你还是做到了,"他的父皇说,"危难之时挺身而出,这样的人怎能不是英雄呢?"

"我不是诗歌里赞颂的那个人。"

提图斯·迈德翻了翻白眼,"你当然不是。就连我也不是这样的。我们比那些家伙强多了。"

"可您的那些丰功伟绩是真的。"阿特雷布斯说。

"某些方面也许是的。但是拯救帝都的人是你,甚至拯救了整个塔玛瑞尔。"

"您相信我吗?经过这么多波折,发生这么多事情,您真的相信我吗?"

"你一直都是诚实之人,阿特雷布斯,"他的父亲说,"谎言永远不会从你的嘴里说出。光明磊落、胸怀坦荡是你的本性。而且,如此奇幻而不可思议的经历,再有想象力的人也编造不出来。此外,还有不少人亲眼看到了你和那个女孩从浮空城飞下来的情景。不要害怕,今晚,一切荣耀和赞美都是你应得的。全城的百姓都将知道他们的王子就是他们的救世主。"

"但是我想——"

"我已经考虑很久了,"皇帝说,"我也想过改变主意。希诺和维斯帕学院想将此次胜利占为自己的功劳,但是我不会让他们得逞的,不能将你的功劳白白被人夺走。我们的百姓理应知道真相。"

"不,不能告诉他们真相。"阿特雷布斯说。

他的父皇一脸惊讶和好奇,"什么意思?"他问道。

"我对政治从来没有什么兴趣,父皇,但是近来我也对此有些了解。随着希尔拉姆的死去,您的统治地位岌岌可危。你需要议会的支持,为此,您必须得到希诺和维斯帕学院的支持。除此之外,希诺和维斯帕学院双方互相遏制排挤已有多年——而现在,他们都提出愿意携手合作。也许这是调停他们之间的纷争,使他们互相和解的开始。"

"你是说我应该把功劳归给他们?"

"是的,"阿特雷布斯说,"我已经得到了很多了,神都已知晓——为了帝国的和平昌盛,即使做些牺牲也是值得的。"

他的父皇定睛凝视着他,阿特雷布斯看到了他父皇眼睛有些湿润了。

"你真的已经成了一个男人,"皇帝说,"比起王子,这更为珍贵。"

"也许还差一点,"阿特雷布斯说,"不过这次我要开始尽力完成我的身份所赋予我的使命——您是否应允呢?"

"当然。"他的父皇说。

安娜格骑着一匹长着斑点的灰色母马,拽着缰绳,在林中驰骋,享受着阳光和林中婆娑的树影。阿特雷布斯也骑着马跟在她身后。与他同行,却相顾无言,让安娜格感觉怪怪的。以前他们用咕咕鸟和项链盒联络的时候，每次相见都有说不完的话。

静默无声，过了好久，终于还是阿特雷布斯打破了沉默。

"你现在感觉怎么样？"他问道。

"不知道，"她说，"很奇怪，是吧？有些害怕。"

"害怕？"他不解地说，"我——我很难过。为苏尔而感到哀伤。但是我并不害怕。"

"不，你在害怕。你害怕跟我说话，而我也是如此。很奇怪，不是吗？这么长时间以来，我们一起并肩斗争，相互陪伴，彼此默契。而现在……"她耸耸肩。

他抚摸着马的鬃毛，说："在我身上，发生了很多事。这些事我不想提起。一开始，我以为自己心里的创伤永远都无法治愈，最好的结局就是死亡。这就是我最后一次见到你时的感觉。我什么也没有对你说，因为我对别人也没有什么话可说。而我知道你经历了很多——"

"是的。"安娜格打断了他的话。

"而现在……"他想说，却欲言又止。

安娜格感觉自己的心格外沉重。

"现在怎样？"她说。

"我开始觉得有一天我的心里的伤终会愈合。再次成为一个正常的人。也许会跟以前的我有所不同，但是我会将我的心交给——呃，某人——如果那个人愿意给我时间，耐心等我。"

"某人？"

他点点头。"那个人就是你，"他轻声低语，"我从没想过要了解什么人，除了你。以前我从没想过爱情是什么。就算现在我也无法说清楚。但是我的生命里不能没有你。随着时光流逝，我想越来越多地了解你。而我只需要——你的耐心。"

安娜格不禁嘴角轻扬,也许甚至已经微微而笑。

"我本性不是个有耐心的女孩,"她说,"我一向率性而为。但是如果你对我也持有耐心的话,我也可以对你同样如此。"

于是两人又一次相顾无言,静默无语,静静地聆听着林中悠扬美妙的旋律在彼此心中流淌。

远方,另一对男女也在倾听着深远而奇异的乐曲,看着一根根发着银光的丝线如闪烁的音符在空中悠扬飞舞,好像在欢迎他们的到来。树木轻哼低吟,不再如从前一般轻轻浅浅,而是犹如千万条河流汇聚成大海一般,波澜壮阔,在这片陌生的大地上空回响。那些粗壮的枝干支撑着整个岛屿,使其不再飞行于空中,并且深深扎根于陆地上的沼泽之中。

菲娜倚靠在格里姆的怀里,深呼了一口气,"这个地方真美,"她说,"我喜欢这里。"

"我也喜欢,"格里姆说,"比任何见过的地方都好。"

"什么意思?"

"不知道我们这是在哪里。起初我以为我们回到了克拉威库斯·维尔的地界,虽然没有去过那里,但是我觉得这个地方并不属于维尔的领地。"

"当然不是,"她说,"这里是那些树的故乡,不是安布瑞尔。"

"可这是哪里呢?"

"家。"菲娜轻声说。

"嗯,是啊,"他说,"现在是了。"

"永远都是。"

他笑了,心满意足——终于他找到了自己的归宿。当然,

LORD OF SOULS
The Elder Scrolls

并不是所有人都满意。在他们之下，随着领主们的死去，那些自以为是，欲得其位的厨师们还有其他人，都在不遗余力地自相残杀。不过吸怪们以及边缘森林的工人们都获得了自由，他们中的许多人已经离开了这个城市，各自去往别的地方，寻找属于自己的生活。

"你看那是什么？"格里姆指着远处地平线上露出的尖顶问道。

"不知道，"菲娜说，"岩石？古老的建筑？到底是什么？"

"明天我要去那里走走，看看那究竟是什么。"他说。

"好啊，"她说，"就明天。"于是她深深依偎在格里姆的怀抱中，两人一同看着闪耀的音符在空中翩翩起舞。